dtv

W0324323

Seine neue Heimat Deutschland ist für den Polen Chopin (ein Spitzname aus Jugendzeiten) Synonym für das Gute. Er versucht alles, um seine polnische Existenz hinter sich zu lassen. In Bremen steigt er in den Gebrauchtwagenhandel großen Stils ein, der für ihn dann doch eine Nummer zu groß ist. Außerdem möchte er die wahre Liebe finden, und als er der Sozialarbeiterin Maria Magdalena Sobotta mit den grünen Augen begegnet, ist es um ihn geschehen. Doch dann läuft alles aus dem Ruder.

Artur Becker, geboren 1968 in Bartoszyce, Masuren, lebt seit 1985 in Deutschland. Er schreibt Romane, Erzählungen, Gedichte, Aufsätze und ist als Übersetzer tätig. Für seine literarische Arbeit erhielt er zahlreiche Preise und Stipendien. Zuletzt erschienen von ihm die Novelle ›Die Zeit der Stinte‹ und der Roman ›Wodka und Messer. Lied vom Ertrinken‹.

Artur Becker

Das Herz von Chopin

Roman

Deutscher Taschenbuch Verlag

Von Artur Becker
ist außerdem im Deutschen Taschenbuch Verlag
erschienen:
Die Zeit der Stinte (24497)

Ungekürzte Ausgabe
September 2008
Deutscher Taschenbuch Verlag GmbH & Co. KG,
München
www.dtv.de
© 2006 by Hoffmann und Campe Verlag, Hamburg
Umschlagkonzept: Balk & Brumshagen
Umschlaggestaltung: Wildes Blut, Atelier für Gestaltung,
Stephanie Weischer
Umschlagfoto: iStockphoto
Druck und Bindung: Druckerei C. H. Beck, Nördlingen
Gedruckt auf säurefreiem, chlorfrei gebleichtem Papier
Printed in Germany · ISBN 978-3-423-13689-1

**Für Gerald, Jacek,
Ovid, Peer,
Rainer und Robert**

»Die einzige Hoffnung der Menschheit ist Liebe in jeglicher Form und Äußerung – die Liebe zum Leben ist die Quelle aller Liebe, die, wie wir wissen, mit den Jahren wächst und reift.«

Isaac B. Singer,
»Old Love.
Geschichten von der Liebe«
(1979)

»Höre meinen Rat, halte du dich lieber an die Fremden, die Ausländer, vergehe in den Ausländern, Zergehe in ihnen, aber Gott schütze dich vor der Gesandtschaft, und auch vor den Landsleuten, denn sie sind Bös, Schlecht, schwerenot, und Beißen werden sie dich, beißen bis aufs Blut!«

Witold Gombrowicz,
»Trans-Atlantik«
(1970)

Erster Teil

Mein Piano, mein Brasil, deine Lila Eule

1

Jedes Mal, wenn ich ganz beiläufig erwähnte, ich, Chopin, sei ein Soldat der Ewigen Nacht und der Roten Fahne, wurde ich mit Fragen bombardiert, auf die ich keine Antworten hatte.

Ich wollte ja nie so werden wie mein Vater aus Polen.

Ich war hier in Bremen nicht aufgewachsen, aber ich saß im »Piano«, meinem Stammcafé, und wartete auf meine Verabredung. Es war brechend voll an diesem Samstagabend, und obwohl ich wusste, dass Maria Magdalena nicht mehr kommen würde, wartete ich und versuchte, meinen Liebeskummer im Johnnie Walker zu ersaufen. Eigentlich hatte ich nie wieder mit der Trinkerei anfangen wollen, aber mein Herz und ich waren seit vier Jahren, dem 11. August 1999, in diese Frau verliebt, und das war mehr, als ein Mann aushalten konnte.

Ich bot der Prohibition die Stirn.

Es war Sommer, der heißeste in diesem neuen Jahrhundert, und Maria Magdalena und ich hätten auf meiner Dachterrasse faulenzen und uns mit Eiswürfeln bewerfen sollen. Stattdessen herrschte zu Hause der Tod. Maria Magdalena hatte mich vor sechs Tagen verlassen, und seit diesen sechs Tagen wohnte ich mit ihm zusammen. An allen Wänden und Türen unseres

Reihenhauses im Fesenfeld stand sein Name. »Ich bin der Tod, willkommen in meinem Reich, Chopin!«, höhnte es von überall.

Ich war zerstreut und müde, doch ich hatte noch genug Kraft, um zu bemerken, dass ich beobachtet wurde. Ein Mann an der Theke mit einem Pils vor der Nase, der etwa Mitte sechzig war, sah mir seit einer halben Stunde mit ungenierten Blicken zu, wie ich mich betrank.

Ich erwiderte einen seiner neugierigen Blicke. Er grinste herüber, stand dann unvermittelt von der Theke auf und steuerte mit dem Glas in der Hand meinen Tisch an. Er fragte, ob er sich zu mir setzen dürfe. Da er einen sympathischen Eindruck machte und es mir in meinem trostlosen Zustand gleichgültig war, mit wem ich mich betrank, sagte ich zu ihm: »Nur zu, setzen Sie sich.«

Er stellte sich als Leo Bull vor und orderte für uns beide neue Getränke: für mich einen Johnnie Walker, was sehr aufmerksam von ihm war.

Er trug eine Brille, war glatt rasiert und auf dem Zeigefinger seiner linken Hand prangte ein Siegelring mit Familienwappen, offensichtlich ein Erbstück. Seine Jeans brauchte dringend einen Vierzig-Grad-Waschgang, aber sonst war seine Kleidung tadellos. Der schwarze Marco-Polo-Pullover verlieh ihm Autorität und unterstrich noch die Wirkung des goldenen Siegelrings.

Ich sagte: »Ich heiße Chopin.«

»Wie der …«, wunderte er sich.

»Ja, wie der …«, unterbrach ich ihn.

»Sind Sie etwa mit ihm verwandt?«

»In gewisser Hinsicht. Wir kommen aus demselben Land. Der Unterschied zwischen uns beiden ist jedoch, dass er berühmt und unsterblich ist und ich weder das eine noch das andere bin. Dabei gäbe ich alles darum, unsterblich zu sein. Denn ich könnte dann wenigstens meine Fehler korrigieren ...«

»Sie machen sich unnötig Sorgen«, sagte mein Gast, »wir *sind* unsterblich.«

Ich war verblüfft.

»Und das wissen Sie ganz genau?«

»O ja. Verlangen Sie aber keine Beweise von mir. Es gibt Dinge, die lassen sich nicht ans Tageslicht befördern und dann in aller Ruhe betrachten und zerlegen wie bei einer Leichenschau. In einem Seziersaal werden Sie die Unsterblichkeit nicht finden, sondern nur Fleisch und Knochen – leblose Atome, wenn man so will.«

»Und Sie sind sich vollkommen sicher, dass ich auch unsterblich bin wie Sie und all die anderen?«, fragte ich, weil ich unsere Unterhaltung aufrecht erhalten wollte.

»So ist es«, bejahte er und wirkte dabei so ernst und würdevoll, dass ich mich nicht traute, etwas zu sagen.

Er merkte rasch die Verunsicherung, die er bei mir hervorgerufen hatte, und musste offenbar lachen. Zu meiner Überraschung tat er das hinter vorgehaltener Hand, und zwar mit einer Geste, die ebenso gekünstelt wie weibisch wirkte, indem er mit den Fingerspitzen seine Oberlippe berührte. Er fragte plötzlich: »Warum sind Sie dabei, sich voll laufen zu lassen? Ich habe Sie eine Zeit lang beobachtet, und ihr trauriger

Blick verriet mir nichts Gutes. Sie haben die ganze Zeit wie versteinert die Eingangstür des Cafés angestarrt.«

Ich stieß einen Seufzer aus und sagte: »Ach! Ich bin von einer Frau verlassen worden. Sie wollte sich hier mit mir noch ein letztes Mal treffen, und ich hatte die Hoffnung, dass sie kommen würde. Aber umsonst.«

Ich hatte Zweifel: Sollte ich mich dem Fremden anvertrauen oder nach dem Drink, den er bestellt hatte, einfach aufstehen und gehen?

»Wollen Sie mir nicht erzählen, warum Sie verlassen wurden?«, kam mir der Fremde zuvor und erleichterte mir meine Entscheidung. Ich schaute Leo Bull geradeheraus in die Augen. Sie waren winzig klein, aber das mochte an der Stärke der Brillengläser liegen. Ich habe nichts zu verlieren, dachte ich und sagte: »Doch. Aber dann müsste ich bei Adam und Eva anfangen, und ich weiß nicht, ob Sie mir so viel Zeit schenken wollen.«

»Keine Sorge. Ich habe heute Abend nichts vor. Und ich kann zuhören. Fangen Sie irgendwo an. Oder, wenn Sie wollen, helfe ich Ihnen ein bisschen mit einer Frage: Was würden Sie tun, wenn Sie König der Welt wären?«

O ja! Bin ich schon gewesen!, grinste ich vor mich hin, ich kenne den Geschmack der Macht!

Er überraschte mich erneut mit seiner offensiven Art, sich einem unbekannten Menschen zu nähern, und da es mir gefiel, beschloss ich zu bleiben.

»Und wer sind Sie?«, fragte ich zurück.

»Ich?« Er staunte. »Ich bin Linguist und leite einen kleinen Verlag für Sprachwissenschaft an der Bremer Uni. Wir publizieren Schriften, Promotionen und Bücher. Nichts Großes. Eigentlich muss ich bei diesem Geschäft sogar draufzahlen.«

»Wer sich's leisten kann!«, kommentierte ich sein Geständnis und machte eine Pause; ich musste nachdenken, bevor ich Leo Bulls Frage beantworten würde. Ich wollte kein dummes Zeug reden.

»Was ich tun würde?«, murmelte ich. Aber dann wusste ich, was ich sagen wollte, und begann: »Als König der Welt würde ich als Erstes das Geld abschaffen. Dabei bin ich Gebrauchtwagenhändler und verdiene einen Haufen Kohle. Achttausend Euro bringe ich monatlich nach Hause, im Portemonnaie versteht sich. Mein Vermögen ist für den Staat tabu. Einmal im Monat zahle ich bei der Sparkasse eine kleine Summe ein, und alle sind zufrieden: Maria Magdalena, das Finanzamt und die Bank. Dabei bin ich nur ein kleiner Fisch. Lukas und Volley, meine beiden Geschäftspartner und Freunde, verdienen noch mehr. Aber inzwischen weiß ich, dass das Geld eine Erfindung des Bären aus Hannover ist. Dort hat nämlich die Leasingbank, von der wir die Autos kaufen, ihren Sitz. Herr Bär ist ihr Inhaber. Er besitzt Millionen und uns im Grunde genommen auch. Spätestens nach drei Jahren laufen die Leasingverträge ab, aber die Karren bleiben, und auf die lauern Autohändler. Aus ganz Deutschland reisen wir an, studieren die Listen mit den Angeboten und schlagen zu.

Die meisten Menschen würden, wenn sie zum Leben kein Geld bräuchten, wahnsinnig werden. Sie wüssten mit ihrer Zeit nichts anzufangen. Sie würden niemals vor einem Baum niederknien und ihn anbeten. Ich hingegen, ob zu Hause oder auf Reisen, gehe, bevor ich mich schlafen lege, zu einem Baum, falle vor ihm auf die Knie und sage zu ihm: ›Du bist ein großes Wesen. Viel größer als ich. Du besitzt kein Gehirn und kein Herz. Aber du hast Wurzeln und Zweige. Die Wurzeln verbinden dich mit der Erde und die Zweige mit dem Himmel. Ich habe weder Zweige noch Wurzeln. Ich bin ein Mensch. Ich kann fliegen, schwimmen und laufen, sogar unterirdische Gänge graben. Aber ich bin ein kleines Wesen, weil ich weder mit dem Himmel noch mit der Erde verbunden bin. Für dich ist das Universum dein Blut, deine Luft – für mich ein See, in dem ich ertrinken kann, *kurwa*!‹

So bete und rede ich dann, wenn ich alleine bin, und muss über mich weinen und lachen. Denn schließlich bin ich kein König der Welt, sondern ein Kleinkapitalist, obgleich ich mir aus Geld nichts mache.

Als Zweites würde ich für Frauen und Männer einheitliche Kleidung einführen. Frauen müssten hellblaue Kostüme tragen, Männer rote Anzüge, Kinder Felduniformen einer modernen Armee. Diese strenge Kleiderordnung würde bewirken, dass niemand mehr auf die Idee käme, über andere herrschen zu wollen. Jeder wäre jedem ebenbürtig und gleichrangig wie in den kühnsten Träumen der Kommunisten, als sie noch aufrichtig an ihre Ideale glaubten. Außerdem würde sich unser sexuelles Verhalten ändern, vielleicht nicht gänzlich, aber bestimmt zum Positiven hin. Vor einer Uniform hat jeder Respekt, und Aggressivität, Sadismus und Eifersucht würden automatisch abnehmen. Liebespaare müssten dann zwangsläufig glücklicher werden – unter anderem auch ich und Maria Magdalena. Sie besteht nur aus Eifersucht, als wäre sie ihr Lebenselixier.

Die letzte Reform wäre religiöser Natur. Den Glauben an das unbeschreibliche Nichts nach dem Tod würde ich verbieten. Es würde nur noch einen Glauben geben: an die Unsterblichkeit. Meine Maria Magdalena würde nicht mehr sterben müssen. Friedhöfe und Beerdigungen hätte ich bereits an meinem ersten Königstag abgeschafft. Sollte jemand dennoch unbedingt sterben wollen, würde ich ihm sagen: ›Tu's, lieber Freund, wundere dich jedoch nicht, wenn wir uns bereits am nächsten Morgen wiedersehen – unter welchem Namen auch immer. Vielleicht wirst du der Direktor sein und ich dein Sekretär, dein Untertan.‹«

Mein Vortrag war zu Ende, und Leo Bull schwieg eine Weile, dann sagte er: »Sie lernen sehr schnell.«

»Meinen Sie?«

Die Kellnerin brachte uns die Getränke. Ich zündete mir die nächste Gauloises an und stieß mit meinem Gast an.

»Auf ewiges Leben!«, sagte er.

Der Scotch floss durch meine Speiseröhre wie ein Bach in den Bergen. Ich wurde vierzigprozentig wach. Ich wusste aber, dass der nächste Scotch, nämlich der fünfte, bereits meinen Untergang bedeuten konnte. Ich erreichte dann den Samsara-Zustand, den höchsten Berg der Illusionen, und ich kannte ihn gut, diesen Kilimandscharo und Chomo Lungma, trotz der zweijährigen Prohibition, ich hatte nichts vergessen.

Da Leo Bull wieder schwieg und ich mich mit sicheren Schritten dem Chomo Lungma näherte, versuchte ich, meinen ausschweifenden Monolog fortzusetzen, doch diesmal über den Berg der Illusionen: »Wissen Sie, nach dem fünften doppelten Scotch … werde ich ganz sanft. Frauen werden bildhübsch, und zwar alle, und Männer meine besten Freunde oder ärgsten Feinde, und obwohl Feinde dazu da sind, geschlagen zu werden, tue ich ihnen nichts, selbst dann nicht, wenn sie mich angreifen. Das Wichtigste ist jedoch, dass der fünfte Drink das Bewusstsein verändert: Du bist endlich zur Liebe fähig. Du liebst die ausgedrückte Zigarette im Aschenbecher. Du liebst die Kellnerin, die dich bedient. Du liebst die schlechte Musik, die im Piano gespielt wird. Du liebst die Straßenbahn, die vorbeifährt. Du liebst das Flattern einer zerlesenen Zeitung, die niemand von der Straße aufheben und in den Papierkorb stecken will. Du liebst die Junkies und die Penner, die Schulter an Schulter in ihrem Delirium einschlafen. Du liebst die schwangere Frau, die vorbeigeht und dich nicht einmal anguckt. Du liebst den Rosenverkäufer und kaufst ihm eine Blume ab. Du liebst die Menschheit. Du liebst den Bundeskanzler und seine Minister. Du liebst dich selbst. Deine Liebe wird unermesslich groß, und du liebst sogar deine Eltern. Du liebst die Liebe selbst und bist nicht imstande zu begreifen, dass es noch etwas anderes geben könnte. Und weil du alle und alles liebst, fängst du auch an, deine Liebe zu zeigen. Du sprichst jeden an. Und du bist niemandem böse, wenn du einen Korb kriegst, voller Absagen. Weil du liebst. Du hast nur das enorme Bedürfnis, zu reden und dich zu offenbaren.

Und wenn du Maria Magdalena siehst, denkst du plötzlich, dass sie dich auch liebt. Mit derselben unerschütterlichen Kraft. Und du begreifst nicht, warum sie schweigt. Du denkst lediglich, sie liebt mich, und weil deine eigene Liebe unendlich groß geworden ist und nicht gebremst werden kann, möchtest du auf der Stelle Maria Magdalenas Schweigen brechen. Und da es dir nicht gelingt, dieses Schweigen zu besiegen, obwohl du seit einer halben Stunde redest und keine Pause findest, beginnst du entsetzlich zu leiden. Dann bestellst du dir den sechsten doppelten Scotch, und ich weiß, was passieren wird, sobald ich ihn trinke. Ich werde dann nicht nur leiden, ich werde Selbstgespräche führen und zwar laut, sodass jeder zuhören kann. Der zweite Chopin wird geboren, mein Gesprächspartner (in der Kirche wurde ich auf einen anderen Namen getauft, aber ich habe ihn vergessen).

Doch so weit ist es noch gar nicht. Mein Gott, ich habe mich wohl ein bisschen verlaufen. Der Chomo Lungma ist noch in weiter Ferne. Alles ist in bester Ordnung. Selbst mein Handy schläft. Keine Anrufe von Kunden aus Litauen, Rumänien, Bulgarien, der Slowakei und Tschechien, aus Russland und Polen. Neunzig Prozent meiner Kunden sind Osteuropäer. Die Deutschen geben kein Geld mehr aus und sparen für ihr nächstes Leben. Ihre Körper heben sie in der Gefriertruhe auf. Die Bulgaren, Litauer und all die anderen existieren hier und jetzt, zusammen mit mir, und jeden Tag preise ich den Schöpfer dafür, dass er Osteuropa geschaffen hat. Die Deutschen, insbesondere Privatkunden, haben an meinen Fahrzeugen immer etwas auszusetzen. Nie sind sie zufrieden, und manch einer versucht es sogar mit einer Klage, selbst wenn sein Auto nur sechshundert Euro gekostet hat. Sie sagen, aber Herr *Schopän*, auf Ihrer Internetseite stand, die Reifen seien noch wie neu. Und die Bremsbeläge wären ausgetauscht worden. Und der Auspuff ebenfalls. Und die Beule hinten links – die war auf dem Internetfoto nicht zu sehen. Ich sage, ja, dann müssen Sie zu Ford gehen und einen Neuwagen bestellen. Diese Kiste hat zwei Jahre TÜV. Zwei Jahre! Und sie fährt einwandfrei.

Jeder Russe oder Pole ist mir da lieber. Denn auch wenn sie etwas zu bemängeln haben, kaufen sie schließlich das Fahrzeug wie verabredet und schenken mir noch eine Flasche Wodka oder eine Stange Marlboro dazu. Danach sehe ich sie nie wieder. Sie bringen die Opel nach Kiew oder Stettin, wo sie so lange zaubern, bis die Karren tatsächlich wie neu aussehen. Das nenne ich anpassungsfähig. Und mutig. Denn solange sich die Räder drehen, der Motor läuft und Personen von A nach B befördert werden können, ist die Fahrgestellnummer schließlich vollkommen unwichtig. Brauchen Sie eine, kann ich Ihnen eine ausstellen. Alles nach Wunsch. Wen interessiert die Kilometerlaufleistung? Ich schicke meine Tachos an Herrn S. – seine Identität und seinen Wohnort werde ich natürlich nicht preisgeben. Der Spaß kostet mich jedes Mal hundert Euro. Aber da bin ich nicht knausrig, denn hunderttausend Kilometer sind keine zweihunderttausend. Die Rechnung ist schön einfach, deshalb gefällt mir mein Job.

Horst Sobotta, Maria Magdalenas Vater, kümmert sich um den technischen Zustand unserer Kisten. Zu seiner Rente verdient er sich auf unserem Autohof *Super-Gebrauchte aus Bankverwertung* jede Menge Knete hinzu. Ich nenne Horst Papa, obwohl ich mit Maria

Magdalena gar nicht verheiratet bin. Und Papa kann jedem bestätigen: Wenn Deutsche auf den Hof *Super-Gebrauchte aus Bankverwertung* kommen, erwarten sie für sechshundert Euro einen Neuwagen. Am besten mit einer Ein-Jahresgarantie für den Motor. Sie zitieren Gesetze, die zum Schluss besagen, dass der Autoverkäufer, also ich zum Beispiel, für seine Kunden und ihr Leben die volle Verantwortung trägt. Sie drohen uns mit ihren Gesetzen, die die Bundesregierung für sie erlassen hat, selbst Horst Sobotta, der nie jemand anderes als ein waschechter Norddeutscher aus Jever gewesen ist, schlägt des Öfteren die Hände über dem Kopf zusammen und klagt: ›Lieber Gott! Schick uns wieder einen Russen!‹

Manchmal habe ich auch Angst. Maria Magdalena hat schnell kapiert, dass sie unsere Privatadresse an ausländische Anrufer nicht rausgeben darf. Ich möchte nicht eines Nachts aufwachen und zwei Kalaschnikows auf mich gerichtet sehen. Ich möchte nicht wegen dieses Papiers, das sich in meinem Tresor stapelt, überfallen und von Maschinengewehrpatronen durchlöchert werden. Schließlich bin ich rein zufällig Autohändler geworden; und wenn es den Zufall nicht gibt, dann ist es Schicksal. Meine Bestimmung ist nämlich eine ganz andere. Doch eigentlich wollte ich Ihnen ja erzählen, warum mich Maria Magdalena verlassen hat, und dafür muss ich weit ausholen.«

Leo Bull sagte: »Ich bin ganz Ohr! Und gucken Sie genau hin!« Er schob die Haare über seinem linken Ohr beiseite. »Es ist aus Kautschuk! Jean-Paul, mein Foxterrier, hat mich letzten Frühling in die Wade gebissen, und während ich mich wehrte, griff er mich auch am Kopf an! Ich musste den verrückten Köter einschläfern lassen, in der Blüte seines Hundedaseins – er war gerade fünf Jahre alt geworden!«

»Sie haben … ein Gummiohr?« Die Bestie Jean-Paul war mir schnuppe.

»Ich kann es zum Schlafen sogar abnehmen!«, antwortete er stolz. »Die Ohrmuschel wird am Brillengestell befestigt wie ein Hörgerät! Mein Gehörsinn ist bei dem Biss nicht zu Schaden gekommen, das Trommelfell ist intakt!«

Ich war perplex. Man musste wahrhaftig sehr genau hinschauen. Unter dem dunkelgrauen Haar versteckte sich die Prothese der plastischen Chirurgie, und was diese heutzutage zu leisten vermochte, war enorm. Der Farbunterschied zwischen der echten und der nachgebildeten Haut war fast nicht zu sehen.

»Gummiohr!«, sagte ich. »So nannten wir in Bartoszyce, wo ich 1965 geboren wurde, den politischen Volksarmeeoffizier Puzoń, der ein Spion der kommunistischen Arbeiterpartei war: ›*Gumowe Ucho*‹!«

2

In meinem polnischen Heimatstädtchen Bartoszyce an der Łyna grassierten zwei Krankheiten: der Tod und die Liebe. Es verging kein Tag, an dem nicht jemand an einer dieser beiden Krankheiten oder gar an beiden gleichzeitig starb. Die schwarz umrahmten Todesanzeigen, die *klepsydry*, klebten an jedem Haus, und als Schüler war ich fast täglich damit beschäftigt gewesen, die Namen der Verstorbenen zu notieren. Ich führte eine Liste, die immer länger wurde, und ich nannte sie die »Todesliste«. Am anfälligsten für die beiden Seuchen waren dreißigjährige Männer, so auch mein Vater, und dass er immer noch lebte, hatte er wohl den ekstatischen Gebeten meiner Mutter zu verdanken, die eine Schwester der Heiligen Maria war. Jedenfalls stellte ich irgendwann fest, dass die Dreißigjährigen selten älter als fünfzig wurden. Sie tranken sich zu Tode oder brachten sich vor Liebeskummer um. Des Weiteren herrschte in Bartoszyce die Ewige Nacht des Dezembers. Selbst in den heißen, ostpreußischen Sommern der Deutschen und Pruzzen ließ sich diese Ewige Nacht nicht vertreiben. Ich mochte sie zwar, weil sie mir die Sterne näher brachte, aber sie jagte mir doch ab und zu Angst ein. Besonders an manchen Abenden, wenn ich zur katholischen Kirche gehen musste. Dort lehrte man mich verschiedene heilige Formeln und Gebete. Zusammen mit anderen Schülern. Und dort war auch der Sitz dieser Ewigen Nacht, die Bartoszyce Tag für Tag heimsuchte und verhüllte. Zu allem Übel hatte sie auch noch gute Freunde und Verbündete, die sie mehr oder weniger tatkräftig unterstützten. Sie saßen in Häusern, auf deren Dächern die Rote Fahne wehte. Diese Verbündeten trugen schwarze Anzüge und veranstalteten am 1. Mai Siegeszüge durch die ganze Stadt. Alle waren betrunken, die Frauen und Männer gingen fremd, wir Kinder ließen Luftballons und Drachen in den Himmel steigen, zogen in Räuberbanden durch die Stadt und verprügelten die Schwächeren unter uns.

Die Ewige Nacht und ihre Verbündeten befahlen uns Kindern, ihre heiligen Figuren und Ikonen zu lieben. Wir sollten mit ihnen sprechen, sollten sie anhimmeln und in unsere intimsten Geheimnisse einweihen. Ich fühlte mich wie ein Verbrecher.

Erst als ich fünfzehn wurde, entdeckte ich die Sonne. Ich verliebte mich an einem nahe gelegenen See in ein Mädchen. Und diese Liebe entpuppte sich als meine Rettung. Zum ersten Mal hatte ich keine Schuldgefühle. Zum anderen war sie mein Untergang, weil ich anfing zu trinken und auf dem besten Wege war, genauso zu werden wie die Dreißigjährigen aus Bartoszyce. Man sollte meinen, ich wäre glücklich gewesen. Aber Jolka lebte in Warschau. Uns trennten ein paar Hundert Kilometer, und ich konnte sie nur selten besuchen. Die Sehnsucht nach ihr zerfraß meine Eingeweide, und das Bier war so schlecht, dass ich mich dem Wodka und dem Hering zuwenden musste.

Dann steckten mich meine Eltern in eine ehemalige Wehrmachtskaserne, wo ich den Beruf des Kfz-Mechanikers erlernen sollte. Die Lehrer hassten mich wegen meiner langen Haare. Gleich zu Beginn des Schuljahres in der Wehrmachtskaserne gastierte in Bartoszyce die Rockband »Bank«. Die Rockkonzerte im Kulturhaus endeten meistens mit einer Schlägerei. Rocker gegen Punks. Ich hatte mich schon darauf gefreut. Und da ich mit fünfzehn Jahren so ausgewachsen war wie ein Bulle, prügelte ich die schwarz-weiß gestreiften Republika-Fans windelweich. Sie mochten mich nicht, weil sie mich für einen Hippie hielten – für den letzten in unserem Städtchen.

Der Auftritt von »Bank« war ihr bester. Die Songzeile »Ich bin der Herrscher der Welt« war mir damals wie auf den Leib geschnitten gewesen. Ich gewann meinen Kampf gegen die schwarz-weißen Punks und trug nicht einmal ein blaues Auge davon. Dafür standen mir die Haare zu Berge, als hätte ich einen Stromschlag gekriegt. Ich drohte unter meiner elektrischen Frisur zu verbrennen, doch erntete ich großen Applaus, und aus der Menge rief mir mein Kumpel Andrzej aus vollem Hals zu, bedächtig wie Moses zu seinem Volk: »Hey! Du siehst so stinkegeil aus wie der Chopin nach seinen Konzerten!«

So kam ich zu meinem Spitznamen, und selbst meine Eltern nannten mich Chopin.

Eines Tages (ich war schon in der zweiten Klasse) ging ich direkt nach der Schule zu Andrzej und ließ mir mein Haar scheren. Die Lehrer begriffen nicht, dass *ich* sie nicht hasste, als ich mit meiner schreienden Glatze vor sie trat. Und das, was sie mir im Unterricht beizubringen hatten, konnte ich auf den Straßen von

Bartoszyce nicht verwenden. Ich setzte ihre Namen auf meine »Todesliste«, obwohl sie noch am Leben waren: Nicht mehr lange, dachte ich mir damals.

Die Straßen von Bartoszyce waren Sackgassen. Sie endeten an Mauern, Friedhöfen, Kasernen und Wäldern, in denen Mörder Frauen- und Kinderleichen vergruben. Wie es draußen in der Welt aussah, wusste ich nicht. Ich stellte mir wohl vor, dass es noch andere Welten gab, aber ich glaubte nicht daran, sie jemals zu Gesicht zu bekommen. Und die Erwachsenen von Bartoszyce führten Kriege, die ihnen tägliche Nahrung waren. Im Grunde genommen waren in meinem Städtchen *alle* Soldaten. Soldaten der Ewigen Nacht oder der Roten Fahne. Des Todes und der Liebe.

Eines Nachts rollten Panzer über die Straßen, und mir wurde klar, dass ich aus Bartoszyce fliehen musste. Ich fragte Jolka, ob sie mit mir abhauen würde, wenn der richtige Zeitpunkt gekommen wäre. Sie war fest entschlossen, mit mir zu gehen, und als meine Ausbildung zum Kfz-Mechaniker abgeschlossen war und ich meinen Musterungsbescheid bekam, rief ich sie an und bat sie, Vorbereitungen zu unserer Flucht zu treffen – sie machte gerade das Abitur.

Ich wollte kein Soldat werden. Weder im Dienste der Ewigen Nacht noch der Roten Fahne. Des Todes und der Liebe. Ich schlug den Atlas meines Vaters auf und suchte nach einem Land in Westeuropa, in dem wir um Asyl bitten konnten. Meine Wahl fiel auf Deutschland. Es war unser bester Nachbar und Feind. Außerdem wurde ich in Bartoszyce geboren, und bis 1945 hieß mein Geburtsort Bartenstein. Ich hatte in der ehemaligen Wehrmachtskaserne eine Ausbildung absolviert, und auf dem katholischen Friedhof in der Nähe der ostpreußischen Molkerei standen immer noch Grabsteine mit deutschen Inschriften. Ich hatte also gute Voraussetzungen, dachte ich mir, eines Tages ein Bundesdeutscher zu werden, zumindest auf dem Papier, und mehr erwartete ich nicht.

Ich wollte in einem freien Land leben.

Um vorzutäuschen, dass ich mich weiterbilden würde, bestand ich die Aufnahmeprüfungen für das Technikum, in dem die Kfz-Mechaniker das Abitur erlangen konnten. Für den drei Jahre dauernden Schulbesuch wurde ich von der Armee freigestellt, und als ich es schwarz auf weiß hatte, beantragte ich den Pass und wenig später das Visum.

Im Winter 1983 setzte ich mich in den Zug und fuhr nach Warschau, um Jolka abzuholen. Doch ihre Eltern hatten unseren Plan entdeckt und ihre Tochter in der Wohnung eingesperrt. Ich stand eine ganze Nacht lang vor den Fenstern ihres Hauses. In meinem Rucksack hatte ich die Ausreisepapiere und die Einladung nach Bremen, die ich mir von Andrzejs Verwandten besorgt hatte. Mein Pass war sorgfältig zwischen den Pullovern und den Schallplatten von »Bank« verstaut. In meinem Portemonnaie steckten eintausend Mark, die ich meinen Eltern gestohlen hatte. Ich war bereit. Ich wartete, und sie, meine Jolka, zeigte sich kein einziges Mal hinter den Fenstervorhängen.

Am frühen Morgen – es war Winter, und ich spürte nichts mehr, war gänzlich zu einem Eiszapfen geworden – kam Jolkas Vater zu mir und verjagte mich mit übelsten Beschimpfungen wie einen streunenden

Hund. Er schmiss mit Schneebällen nach mir, und hätte er Steine zur Hand gehabt, wären sie bestimmt auch in meine Richtung geflogen. Ich heulte und lief so schnell ich konnte zum Hauptbahnhof.

In dem Zug nach Berlin, dem berühmten *Berolina*, schloss ich mich auf der Toilette ein und leerte in Rekordzeit eine Flasche Wodka. Ich goss ihn mir in den Hals wie Wasser und heulte weiter. Nach einer halben Stunde öffnete der Schaffner mit einem speziellen Schlüssel die Tür, und ich erbrach mich vor seine Füße. Ich versuchte ihm vorzugaukeln, dass ich zum Frühstück verdorbenes Tatarbeefsteak gegessen hätte. Er glaubte mir natürlich nicht, weil ich entsetzlich nach Wodka stank. Trotzdem schmiss er mich nicht auf dem nächsten Bahnhof raus: Gott sei Dank war ich schon volljährig, und er stellte mir einen Strafzettel aus und sagte, ich müsse bis zur Grenze nüchtern werden, und wenn ich es nicht schaffen sollte, würde er mich der Miliz übergeben. Die Toilette blieb noch für eine weitere halbe Stunde besetzt. Der Schaffner hielt davor Wache. Ich hatte keine Wahl. Ich musste es mit Gewalt versuchen und steckte mir mehrmals die Finger in den Mund. Ich pumpte meinen Magen leer und trank anschließend im WARS-Speisewagen vier Flaschen Pepsi Cola und zwei Kaffee.

Ich hatte Jolka Liebe geschworen, Liebe bis zum letzten Atemzug, und nun hatte ich sie in Warschau im Stich gelassen. Ich holte meine »Todesliste« aus dem Rucksack und setzte meinen Namen darauf. Ich stand ganz unten. Ich war der Letzte, und wenn es nach mir ginge – Bartoszyce sollte ausradiert werden.

Die Zugfahrt wollte nicht enden. Ich erinnerte

mich an all die Zugfahrten, die ich in den letzten drei Jahren erlebt hatte. Ich war einmal im Monat zu Jolka nach Warschau gefahren. Ich hatte die Schule schwänzen müssen. Jedes Mal dachte ich mir einen anderen Grund aus, aber die Lehrer wollten mir nicht glauben. Doch diese Zugfahrt (nach Deutschland) sollte meine letzte werden. Ich hatte eine Reservierung und, was ich bis dato nicht kannte, einen Sitzplatz. Auf sämtlichen Reisen nach Warschau hatte ich nachts im Gang des Eisenbahnwagens gestanden, meist im Zigarettenqualm, und gegen den Schlaf und die kommunistische Regierung gekämpft. Die Fahrgäste schimpften mit mir über die Kommunisten, wir brachten sie alle um, einen nach dem anderen, und schickten ihre dreckigen Seelen zur Hölle. Ich log, ich hätte ein Jahr im Gefängnis gesessen, ich wäre ein berühmter Dissident, und man hätte mich nach Bartoszyce verbannt. Und meine Mitreisenden schenkten mir Glauben und Gehör.

Aber nun sollte ich in Deutschland ankommen, in einem freien Land, und ich schwor mir kurz vor der Grenze, ein besserer Mensch zu werden. Ich stellte mir die Frage, wer und was will ich denn in Deutschland werden? Ich dachte an meine Lieblingsfilme, in denen Alain Delon die Hauptrolle spielte, meist als Verbrecher. Ich sah im Geiste sein eiskaltes Gesicht und seinen schwarzen Ledermantel, und mir wurde plötzlich klar, dass ich in Deutschland ein eiskalter schwarzer Engel werden wollte: nein, nein, kein Verbrecher! Ein Polizeikommissar! In der Rolle eines Polizeikommissars gefiel mir Alain Delon am besten. Ich hatte plötzlich ein Ziel vor Augen. Ich schmiedete Pläne, wie ich Jolka aus Warschau herausholen könnte, aber sie waren alle unrealistisch. Es würde Jahre dauern, unüberschaubare Jahre, bis wir endlich zusammen sein dürften, und ich zweifelte, ob wir beide unsere Trennung aushalten würden. Außerdem war ich tot.

Wir passierten die Grenze und waren in der DDR. Unsere sozialistischen Brüder und Schwestern! Unsere lutherischen Atheisten! Sie waren uns nicht wohlgesinnt. Sie hassten uns – wir durften ja reisen. Und wir waren Polen, und Polen waren keine Menschen. Ich fragte mich, ob sie sich überhaupt als Deutsche fühlten. Was waren sie eigentlich? Eingesperrte, die eingesperrt sein wollten? Warum streikten sie nicht? Warum setzten sie nicht die sowjetischen Kasernen in Brand? Hatten sie Angst vor dem Dritten Weltkrieg? Am Zweiten waren sie als Mitverursacher beteiligt gewesen, aus freien Stücken, dachte ich. Genauso hätten sie auch den Dritten anfangen können, aber diesmal im Namen ihrer Freiheit. Doch vielleicht tat ich ihnen Unrecht: Ihr ganzer Staat war ein einziges Minenfeld. Sie konnten nicht fliehen. Ich ja. Ich war auf der Flucht. Ich würde nicht mehr zurückkehren.

Sie ließen mich weiterfahren, und plötzlich war ich im Westen.

Meine Landsleute waren mir ein Buch mit sieben Siegeln. Sie machten sich gegenseitig das Leben schwer und führten ihre Kriege im Westen weiter. Sie waren in ihrem neuen Land Soldaten geblieben. Ich merkte schnell, dass sie die Nasen voneinander gestrichen voll hatten, und so hatte auch ich von ihnen die Nase gestrichen voll. Sie trugen unter ihren Jacken Messer, lächelten einander an und stachen im passenden Moment hinterrücks zu. Und sie schämten sich, Polen zu sein, und so sprachen sie im Supermarkt oder auf den Ämtern miteinander Deutsch, schlechtes Deutsch, und ich kam mir vor wie in einem Zirkus, in dem drittklassige Akrobaten auftraten. Auf alle Fragen hatten sie immer nur eine Antwort: »Das musst du anders machen. Ich erkläre dir, wie!« Gut, dass es mir nie in den Sinn kam, ihre Ratschläge zu befolgen. Ich wäre noch zum Idioten geworden. Manchmal holten sie ihre alten Gitarren aus den Schränken und Koffern und spielten und sangen Lieder, die schon in Polen keiner mehr hören wollte. Und man musste einigermaßen angetrunken sein, um diese seltsamen Konzerte überhaupt zu begreifen, vom Mitsingen ganz zu schweigen. Doch sobald die Musik verklungen war und sie einander keinen Honig mehr um den Bart schmieren mussten, schlüpfte wieder ein jeder für sich in die Rolle des leidenden Immigranten und Klugscheißers, und nicht selten begegnete ich auch solchen, die echoten, was ich selbst oft sagte: »Ich habe mit meinen Landsleuten kaum was zu schaffen – zum Glück!« Vielleicht war ich doch ein Idiot geworden!

Ich hielt mich an die Deutschen, was ich übrigens bis heute tue. Die Deutschen gaben mir einen Job, brachten mir ihre Sprache bei, ließen mich auf dem zweiten Bildungsweg das Abitur machen und schenkten mir schließlich einen Studienplatz – an der Hochschule in Bremen. Wenn ich schon kein echter Dissident aus Osteuropa war, konnte ich wenigstens in die Fußstapfen von Alain Delon treten, von einem guten Alain Delon, und den Verbrechern dieser Welt ordentlich Feuer unter dem Arsch machen. Schließlich lebte ich in einem freien Land, und Feinde dieser Freiheit gehörten auf den Scheiterhaufen. Diese, meine wahre Motivation, Kommissar zu werden, verriet ich aber den Deutschen nicht, weil sie die Bedeutung von Wörtern wie *Scheiterhaufen* oder *ausmerzen* nicht mehr verstanden. In ihrer eigenen Sprache. Sie dachten sofort an ihre Konzentrationslager – Buchenwald, Dachau, Bergen-Belsen; ich konnte es ihnen natürlich nicht verübeln, dass sie so dachten. Wenn mich jemand fragte, warum ich Kommissar werden wollte, hielt ich mich bedeckt und sagte meistens: Es ist ein sicherer Job. Und das Wort *sicher* wie auch die *Sicherheit* standen in Deutschland auf Platz eins der Top Ten ihres Wortschatzes. Wenn man hierzulande sagte, dass etwas *sicher* oder *unsicher* sei, wurden alle hellhörig; entweder machten sie sich in die Hose oder sprangen hoch wie kleine Kinder und freuten sich überschwänglich.

In den ersten Jahren in der Bundesrepublik war ich glücklich. Mit einer Ausnahme: Jolkas Briefpost verebbte nach acht Monaten. Von einem Freund aus alten Zeiten hörte ich später, dass sie ein Studium abgeschlossen, geheiratet und einen Tomek oder Romek geboren hatte. Ich war plötzlich glücklich, dass mich ihr Vater an jenem schweren Wintermorgen in Warschau verjagt hatte, denn einen Romek oder Tomek wollte ich mit Jolka nie haben. Das war das Ende unserer Liebe, und ich setzte ihren Namen auf meine »Todesliste«, die ich immer noch besaß. Jetzt war Jolka die Letzte, und ich war gespannt, wer ihr folgen würde. Ein Deutscher vielleicht? Alles war möglich.

Ich studierte, hielt mich weiter an die Deutschen und lernte sogar Englisch.

Meine Eltern verziehen mir meine Flucht – was hätten sie auch anderes machen sollen? Ich zahlte ihnen die eintausend Mark zurück und begann sogar, ihnen zu Weihnachten Geld zu schicken. Aber besuchen wollte ich sie nicht. Schließlich hatte ich Bartoszyce doch von meiner Landkarte radiert. Zumindest in meinem Kopf – leider nicht in meinen Albträumen. Wir telefonierten ab und zu miteinander, und als ich mir finanziell endlich mehr leisten konnte als nur die Lebensmittel und die Kleidung und einen elf Jahre alten VW Golf, lud ich sie ein. Sie blieben zwei Wochen bei mir, weinten jeden Abend, und jeden Tag ging mein Vater zum ALDI, kaufte sich Wodka und Wurst und betrank sich zusammen mit mir. Als die zwei Wochen vorüber waren, schienen beide Parteien erleichtert zu sein, und wir verabschiedeten uns herzlich. Nach ihrem Besuch waren plötzlich zehn Jahre verstrichen, und ich verspürte immer noch kein Bedürfnis, nach Bartoszyce zu fahren.

Mitte der neunziger, als die Deutschen ihre Vereinigung einigermaßen verdaut hatten und anfingen über Probleme zu reden, stellte ich fest, dass auch ich Probleme hatte.

Ich war solo und hatte es satt, von Bett zu Bett zu hüpfen. Seit meiner Ankunft aus Polen wechselte ich in regelmäßigen Abständen meine Beziehungen. Sie hielten nie länger als ein halbes Jahr. Danach war immer Schluss, und ich musste mich erneut auf die Jagd begeben. Und davon hatte ich allmählich die Schnauze voll.

Ich wollte mich wieder verlieben, wollte der Sonne noch einmal in die Augen sehen, nur war ich mir überhaupt nicht klar darüber, wie ich es anstellen sollte. Kein Mensch ging doch auf die Straße, lauthals schreiend: »Ich will mich verlieben!«

Außerdem hatte ich vom Studium die Nase voll. Alain Delon war nach wie vor mein Held, besonders in seiner Rolle in »Der eiskalte Engel«, seinem besten Film, aber der Kommissar, der ich nun mal werden sollte, war mir plötzlich lästig und suspekt geworden. Was und wen wollte er eigentlich darstellen und vor allem retten? Er würde ja doch für den Staat arbeiten, und der hiesige Staat schien mir nur an einem interessiert zu sein: GELD. Darüber hinaus geriet ich mit diesem Staat in einen Konflikt. Finanziell und moralisch, wenn man so will. Es handelte sich um keine großen Dinge, aber zum ersten Mal war ich im Westen unzufrieden.

Erstens: Es gefiel mir nicht, dass ich eine Geldstrafe zahlen musste. Das Arbeitsamt hatte nämlich herausgefunden, dass ich während meiner zweijährigen Arbeitslosigkeit vor dem Beginn des Studiums etwa zweitausend Mark verdient und nicht angegeben hatte. Ich musste zusätzlich zu der Geldstrafe auch noch die mir unrechtmäßig gezahlten Leistungen erstatten. Summa summarum viertausend Mark. Ich dachte mir: So hab ich mir das nicht vorgestellt! Als ich auswanderte!

Zweitens: Ich begriff nicht, wie es sich die bundesdeutsche Regierung anmaßen konnte, über die Parteifunktionäre, Spitzel und Henker der ehemaligen DDR zu richten. Die ganze Sache ging mich als Polen zwar nichts an, aber da ich selbst in einem sozialistischen System aufgewachsen war und gelebt hatte, wusste ich, wie absurd und psychisch krank dieses sozialistische System gewesen war. Ich fand, wenn überhaupt jemand hier zu richten hatte, waren es die Ostdeutschen selbst, und sie schienen mir in großem Maße bei wichtigen Entscheidungen, die alle Bürger betrafen, ausgegrenzt worden zu sein. Man hatte ein paar zu Vorzeigemännchen aufgepäppelt und ins Rampenlicht geschickt und gesagt – so kam es mir zumindest vor, wenn ich fernsah oder Zeitung las –, das seien gute Ex-DDR-Bürger, nehmt euch an ihnen ein Beispiel, und das Volk musste wieder in die Tischkante beißen. Ich war freilich kein Freund des gemeinen Volkes – irgendeines –, doch die ganze Sache stank zum Himmel. Im Laufe der Jahre fühlte ich mich in meinem Urteil bestätigt, weil die Deutschen selbst anfingen, davon zu reden, dass zwischen Ost und West eine tiefe Kluft bestünde.

Es mochte sein, dass ich mich in der großen Politik nicht auskannte, aber darauf pfiff ich – ich gefiel mir in der Rolle eines unbefangenen Beobachters (manchmal tat es gut, Pole zu sein) und roch den Braten schon von weitem; die Deutschen wollten wieder reinen Tisch machen, um jeden Preis, und da dachte ich mir: Damit will ich nichts zu tun haben.

1996 beschloss ich kurzerhand, das Studium an den Nagel zu hängen. Das unwiderstehliche Angebot von zwei Bekannten, in ihre Gebrauchtwagenfirma einzusteigen, besiegelte die Entscheidung. Lukas und

Volley, für die ich gelegentlich aus dem Polnischen und Russischen übersetzte, boten mir an, ihr Kompagnon zu werden, weil sie sich vergrößern wollten. Überdies nahmen die Geschäfte mit Osteuropa Überhand, und sie brauchten jemanden, der nicht nur die Sprachen beherrschte, sondern sich auch mit der osteuropäischen Mentalität gut auskannte. Und das war ich, Chopin, ihr Übersetzer.

Gemeinsam mit meinen beiden Partnern Lukas und Volley würde ich ein Gewerbegrundstück in der Nähe des Flughafens mieten, und wir würden auch gemeinsam bei derselben Quelle einkaufen, nämlich einer Leasingbank, aber wir machten getrennte Kasse.

Und, um ehrlich zu sein, mir gefiel es, Geld zu verdienen. Ich dachte mir, wenn das Interesse des deutschen Staates, dieses Menschenfressers und Sklavenhalters, nur dem Geldscheffeln galt, so würde ich versuchen, alles in meiner Macht Stehende zu tun, um diesem Staat möglichst viel Geld vorzuenthalten. *Tak mi dopomóż Bóg*, sagte ich mir, als spräche durch mich meiner Mutter Stimme: *So wahr mir Gott helfe.* Und mit Göttern kannte ich mich gut aus – ich kam doch aus Bartoszyce, aus der Ewigen Nacht und von der Roten Fahne.

In knapp drei Jahren als Autohändler hatte ich rund dreihunderttausend Mark beiseite gelegt. Ich war ein gemachter Mann und spielte sogar mit dem Gedanken, mir eine Wohnung oder gar ein kleines Reihenhaus im Viertel zu kaufen, vielleicht sogar mit einer Kneipe im Erdgeschoss, die ich hätte verpachten können. Ich würde jedenfalls irgendwann das verdiente Geld vernünftig anlegen müssen. Aber da ich mit Lukas und Volley zwei gute Berater hatte, machte mir das kein großes Kopfzerbrechen. Was sollte da schon schief gehen?! Der Kommissar in mir ruhte sich ein wenig aus (seine Fähigkeiten und sein Wissen konnte ich jederzeit wieder beleben und zum Einsatz bringen), und der Chopin entdeckte sein Element: Er spielte, er pokerte, er lebte, er boxte. Ich lernte, welche Automarken möglichst schnell einen großen Gewinn einbrachten, und ich konnte sogar meine Englischkenntnisse anbringen, falls die Kunden Schweden oder Holländer waren (die Franzosen sprachen nur Französisch).

Die ersten zwei Monate waren ein reines Vabanquespiel gewesen. Ich musste aufpassen, dass ich das Geld, das mir meine neuen Geschäftspartner für Einkäufe geliehen hatten, gut investierte. Doch ich hatte Anfängerglück, und so flossen rasch die ersten Gewinne – einerseits. Andererseits erkannte ich, dass die Philosophie, mit der ich im Autohandel zu tun hatte, so verlogen war, dass ich begann, mir um meine intellektuelle Gesundheit Sorgen zu machen.

Die Verkäufer der Leasingbank in Hannover waren nicht blöd. Wenn sie kein gutes Geschäft witterten, hörten sie auf, von ihrem Privatleben zu reden. Und das war immer ein schlechtes Zeichen, wenn Herr Henning oder Herr Wencke schwiegen und mir oder Lukas und Volley nicht erzählten, ob sie am Wochenende guten oder schlechten Sex gehabt hatten. Dann würden sie die Autos, die auf der Liste standen, auf keinen Fall uns anbieten. Dann hatten sie bessere Käufer, als wir es waren, die mehr boten.

1999 zeichnete sich ab, dass die Anzeigen in den

Zeitungen in absehbarer Zeit den Kürzeren ziehen würden und dem Internet das Feld vollständig räumen müssten. Wir wachten gerade noch rechtzeitig auf und stellten unsere Wagen ins Internet, auf die Homepage von »www.mobile.de«, und plötzlich waren wir wieder im Geschäft (Volley nannte die Homepage »www.debile.de«). Unsere Nokias mussten hart ran. Pausenlos riefen Russen und Polen, Tschechen und Rumänen an. Wir hofften nur, dass uns die Leasingbank und Herr Bär, ihr millionenschwerer, fettleibiger Direktor, weiterhin gewogen blieben und dass das Privatleben der Verkäufer sich positiv entwickelte, sie in der Liebe auf keine all zu großen Hindernisse stoßen und auf Abwege geraten würden.

Ich war nicht reich, aber ich hatte endlich Geld (in der Hand, unterm Kissen, auf dem Konto), und ich rächte mich an dem deutschen Staat. Jeden privaten Kunden fragte ich, ob ich die Rechnung etwas kleiner schreiben dürfe. Wenn ein Kunde damit einverstanden war, dass wir in seinen Kaufvertrag einen etwas kleineren Betrag setzten, als mündlich vereinbart, konnte Lukas in unserer Steuererklärung die Zahlen entsprechend manipulieren, und wir hatten weniger Steuern abzuführen; so einfach war das. Ich begann allmählich, an Wunder zu glauben, und das war nicht gut. Für Wunder waren die Götter aus Bartoszyce zuständig, aber niemals der blöde Mammon. Doch ich behielt meine Zweifel an meinem neuen Job erst einmal für mich.

Es stellte sich schnell heraus, dass meine Kompagnons Menschen ganz nach meinem Geschmack waren – zumindest zu Beginn unserer Freundschaft.

Lukas war schwierig, undurchschaubar und so wahnsinnig wie der 1. Mai in meinem Geburtsstädtchen an der Łyna.

Eines Abends nahm er mich mit auf einen Ausflug. Er sagte: »Ich will dir zeigen, wo ich angefangen hab.« Mit »anfangen« meinte er seine »Autohändlerkarriere«. Da es schon spät war, kauften wir auf einer Tankstelle zwei Sechserträger Bier und fuhren weiter. Unterwegs hörten wir Joe Jackson, den in Europa nur echte Freaks kannten, und tranken Beck's, unser heimatliches Bier. Wir hatten keine Angst vor einer Polizeikontrolle und waren, als wir unser Ziel erreichten, schon gehörig benebelt.

Was er mir zeigen wollte, irgendwo auf dem Lande, in einem kleinen Kuhdorf in der Nähe von Bremen, war großartig.

»Und das ist der berühmte Anfang«, sagte ich, als er das Tor seiner Garage öffnete; mir bot sich ein Anblick, den ich nie vergessen würde: Reifen stapelten sich in ungeordneten Haufen bis zur Decke, und zwischen diesen schwarzen Bergen stand ein rotes Cabrio, der Spider 850 von Fiat aus den frühen siebziger Jahren. Ein Meisterstück. So hübsch ... wie Claudia Cardinale. Das Cabrio sah wie neu aus.

»Ja. Hier hab ich an den 2CVs geschraubt und gute Musik gehört. Meine Kundinnen waren meistens Frauen, und da ging es ganz schön ab. Hemmungslos waren sie *alle*«, sagte er, »und *ich* sowieso!«

Lukas hatte an einer Hochschule für Bauwesen studiert und war Ingenieur. Er glaubte nur an das, was er sah und mit seinen Pranken anfassen konnte. Leben gab es nur auf unserem Planeten, und alles, was hier geschah, musste eine Ursache haben. Wunder gab es in seinem Universum nicht.

Binnen kurzer Zeit hatte sich sein Hobby zum Beruf entwickelt, und da er keine Lust hatte, Angestellter einer fremden Firma zu sein, machte er sich selbstständig. Das war das Jahr 1992 gewesen, und Lukas wurde dreißig.

Lukas war Single wie ich, doch gaben sich bei ihm die Frauen die Klinke in die Hand. Ich war inzwischen wählerisch geworden, denn ich wollte mich wieder verlieben.

»Jetzt zeig ich dir noch was«, sagte er nach der Besichtung seiner Garage und des Cabrios.

Wir gingen los und landeten zu meiner Überraschung in einem Bordell. Ein Bordell auf dem Lande war etwas ganz Besonderes. Man hatte gar nicht das Gefühl, etwas Verpöntes zu tun: Es war »Futtern wie bei Muttern«, meinte Lukas.

Während ich mich mit den achtzehnjährigen vollbusigen Polinnen, Slowakinnen und Russinnen über ihren Alltag und ihre Probleme zu Hause unterhielt und ihnen einen Sekt nach dem anderen ausgab, was ein Vermögen kostete, verschwand Lukas irgendwann mit der hübschen Agata aus Wrocław aufs Zimmer. Bereits nach zwanzig Minuten kam er wie ein tollwütiger Hund wieder rausgeschossen, nur in Unterhose und mit den restlichen Kleidungsstücken und Schuhen unterm Arm, und bellte: »Wo gibt's denn so was? Kaum dass ich mich ausgezogen habe, klopfen sie schon an die Tür und verlangen nach dem nächsten Hunderter! Komm, Chopin, wir hauen ab.«

Er zog sich im Vestibül an, zwei männliche Aufpasser mit bösen Mienen assistierten ihm dabei, und wir verließen die Mädchen – zu ihrem Bedauern, denn sie hätten sich mit mir gerne weiter unterhalten. Ich hatte mich als verständnisvoller Kommissar ausgegeben, was sie als erotisch und fürsorglich gefunden hatten. Sie vermissten einen Vater.

Nach dem Besuch im Bordell machten wir eine Probefahrt mit dem Spider, der an jeder Ecke stehen blieb. Lukas ärgerte sich nicht, sondern holte gelassen seine Taschenlampe und seinen Werkzeugkasten heraus, fummelte geduldig unter der Motorhaube an den elektrischen Leitungen, und nach wenigen Minuten konnten wir unsere Probefahrt fortsetzen.

Auf den ersten Blick war es ein gelungener Abend. Doch in unseren Gesprächen waren wir uns nicht näher gekommen. Lukas war von einer Mauer umgeben, die nicht einmal ich erklimmen konnte, um zu sehen, was es auf der anderen Seite gab. Ich beschloss, mich mit irgendwelchen Fragen zurückzuhalten und Lukas in Ruhe zu lassen. Lukas war ein Perfektionist. Packte er etwas an, so war sicher, dass die Sache von Erfolg gekrönt sein würde. Das imponierte mir, wie auch Volley, doch hätte ich lieber etwas von Lukas' Seele erfahren. War sie kalt? War sie krank? Hatte sie keine Augen? Oder war sie lediglich schläfrig? Wartete sie auf eine Spritze, die Lukas von den Toten hätte wecken können?

Leider waren wir an dem besagten Abend so betrunken, dass wir auf einem Feldweg in einer Kurve ins Schleudern gerieten und in einen Zaun fuhren. Die Stoßstange und der Grill wurden leicht eingedrückt, und der rechte Scheinwerfer ging zu Bruch, und Lukas, der sich nie irgendwelche Fehler erlaubte, verlor auf einmal die Nerven. Er beschimpfte sogar mich. Ich sei ein Tollpatsch und hätte ein bisschen aufmerksamer sein müssen; es gefiel mir nicht, dass er mit mir redete, als wäre ich sein Angestellter, zumal ich gar nicht am Steuer gesessen hatte.

Er schloss seine Garage, und da der kleine Unfall uns nüchtern gemacht hatte, fuhren wir nach Bremen zurück. Lukas spielte gerne den Golem. Er hatte sich auf der Rückfahrt in trübsinnigem Schweigen geübt. Es herrschte Grabesstille zwischen uns, als wollte er mich töten. Und das wollte schon was heißen, mich töten zu wollen, der ich doch meinen Namen auf meine »Todesliste« aus Bartoszyce gesetzt hatte.

Volley war von einem ganz anderen Kaliber. Er war zehn Jahre jünger als ich. Er konnte zwar lesen und schreiben, doch ich, der Pole, musste des Öfteren seine deutsche Sprache in Ordnung bringen. Sie war rau und wüst und tat meinen Ohren weh. Ich war kein Germanist, aber immerhin hatte ich vier Semester an einer Hochschule studiert und wäre beinahe Beamter geworden.

Außerdem konnte Volley nicht tanzen. Ich finde immer, Männer, die nicht tanzen können – egal, zu welcher Musik –, taugen oft nicht als Liebhaber, weil sie nach Feierabend lieber mit den Kumpeln Bier trinken gehen, anstatt ihre Frauen bei einem Glas Sekt auf dem Sofa zu Hause zu verwöhnen: Und so war es auch in seinem Fall, als käme er aus Bartoszyce, und nicht ich.

Freilich, er war ein guter Junge – er träumte von

tapferen Frauen, die im Untergrund an seiner Seite kämpften, doch am Ende war er nur am Geld interessiert, das er mit dem Autohandel verdiente. Die Dollar-Zeichen, die in seinen Augen leuchteten, ließen ihn alles andere vergessen, sogar seine Freundin Karola. Sie war Jahrgang 1979, kam aus Rostock, studierte in Bremen Kunst und wohnte im Studentenheim. Karola jobbte in einer Kneipe, wo sie auch Volley kennen gelernt hatte. Sie war zierlich, und sie hatte den für ostdeutsche Mädchen typischen slawischen Einschlag, vor allem im Gesicht: hohe Wangenknochen, traurige Augen und ein Mund wie geschaffen zum Spucken von Kirschkernen. Sie hatte einfach nichts Strenges in ihrem Aussehen und Verhalten, und es war jammerschade, dass man im Westen dazu neigte, Mädchen von ihrem Schlag für naiv und sogar für ein bisschen einfältig zu halten.

Karola lief durch die Bremer Straßen wie ein unglückliches, von den Eltern verstoßenes Kind und lechzte nach Liebe, die ihr nur Volley schuldig war. Es war ein großes Verbrechen, dass er Karola keine Liebe schenken wollte und auch nicht konnte. Er vögelte sie ab und zu im Suff, und das war's: »Wie soll ich denn mit ihr zusammenleben? Sie versteht mich nicht! Und immer, wenn ich versuche, mit ihr über unsere Beziehung zu reden, fängt sie an zu heulen!«

Ich, der ich eigentlich ein Kommissar war – im schwärzesten Abgrund meines Herzens –, hätte Volley sofort ins Gefängnis sperren sollen. Für ihn gab es nur seine Autos. Er schlief mit ihnen. Er wachte mit ihnen auf, und es schien absurd, aber er war sogar in einem Pkw, einem Peugeot, zur Welt gekommen.

Und trotz alledem: Er wurde nach wenigen Wochen unserer Bekanntschaft zu meinem Freund, und nur deshalb, weil er immer geradeheraus sagte, was er dachte. Weil er sein eigenes Leid beschreiben konnte. Weil ihm bewusst war, dass er Karola wie ein Spielzeug behandelte. Weil er keine Mauern um sich herum baute wie Lukas. Dafür liebte ich Volley über alle Himmel, die mir bekannt waren. Und Himmel ließen sich nicht aufzählen wie die Fußballmannschaften der Bundesliga. Sie waren zahlreicher als die Sandkörner am Meer.

Und so kam es auch, dass eines Winterabends ich statt Karola der Adressat von Volleys Liebeserklärung wurde.

Es war an einem dieser Donnerstage, an denen für uns Autohändler oft das Wochenende begann; wir plünderten zu dritt den Getränkemarkt, die Fleischabteilung und die Fischtheke des METRO, in dem nur Gewerbetreibende mit Ausweis einkaufen durften, und veranstalteten bei Volley eine kleine Party. Wir aßen uns satt, betranken uns und hörten Volleys Lieblingssänger: Herbert Grönemeyer. Wir legten die alten Scheiben von den Bee Gees auf, und ich tanzte mit Karola bis zur Erschöpfung, unsere Fersen brannten, und sogar Volley ließ sich verführen und kam auf die Tanzfläche. Er hüpfte wie ein Basketballspieler, und wir lachten uns über ihn kaputt.

Wir lachten auch über Lukas und über uns beide, die wir letztendlich genauso geldgierig waren wie unser Partner.

Ja, das liebte ich an Volley, dass er über sich selbst lachen konnte. »Ich, der Halbanalphabet«, witzelte er gerne, »hab mich hoch gemausert. Ich könnte mir in Bremen jeden korrupten Politiker oder Beamten kaufen, aber was sollte ich mit seiner Macht anstellen? Wovor und wie würde er mich denn retten? Nein, ich bin nicht zu retten.«

Zu später Stunde eröffnete Volley mir, dass er ein schlimmes Geheimnis mit sich herumschleppe, das ihm manchmal den Schlaf raube.

»Du bist einer der wenigen – wenn nicht der Einzige –, der mich verstehen wird. Karola kann ich nichts anvertrauen. Sie denkt nur an Partys, Zigarettenrauchen und Rotweintrinken. Außerdem ist sie ständig pleite, obwohl sie mehr jobbt als studiert. Was will sie denn nach ihrem Kunststudium machen? Betteln gehen? Die Ossis haben uns doch schon genug Geld aus der Tasche gezogen. Besser, ich schickte sie dahin zurück, wo sie hergekommen ist!«

Sie war längst schlafen gegangen, und wir pichelten weiter. Volley wurde windelweich, seine Lippen fingen an zu lispeln. Er erzählte mir sein Geheimnis, und mir liefen Tränen über meine heißen Wangen, und Volley sagte: »… aber das behältst du nur für dich. Solltest du eines Tages …« Drohend hob er die Stimme. »… ich versprech's dir! Ich bringe dich um!«

»Ich werde schweigen! Du kannst dich auf mich verlassen«, antwortete ich.

Und so lebte ich in der BRD Herbert Grönemeyers weiter. Ich arbeitete hart und trank jeden Tag Bier. Ich verbrachte meine Freizeit im Café »Piano« und ließ mich fürstlich bewirten. Ich warf das Geld zwar nicht zum Fenster hinaus, aber ich ließ es mir gut gehen. Trotz Volleys schlimmem Geheimnis und Lukas' Mauern. Und obwohl ich meine »Todesliste« aus Bartoszyce jederzeit fortführen und damit jeden umbringen konnte (auch Lukas), zumindest auf dem Papier. Und dann kam der 11. August 1999. August und September waren immer die schönsten Monate in meinem Leben gewesen. Prachtvoll, symbolisch und kabbalistisch.

1999, in dem Jahr, in welchem eigentlich laut der Propheten die Welt hatte untergehen sollen, traf ich am 11. August zum ersten Mal Maria Magdalena: vor genau vier Jahren, zur Sonnenfinsternis.

(Jetzt verstehen Sie, warum ich so weit ausholen musste. Das ist nur der Bogen, der sich *weit* über mich und M. M. spannt. Aber ich bin noch nicht fertig.)

3

Ein Anruf warf mich an jenem Mittwoch um neun Uhr morgens aus dem Bett. Mein Handy, das ich nie abschaltete, als wäre es mein Herzschrittmacher, hatte seit einer halben Stunde unnachgiebig geklingelt, sodass ich nach dem fünften oder sechsten Versuch des Anrufers, mich zu erreichen, das Gespräch annahm, obwohl ich auf dem Display gesehen hatte, dass es sich um einen Firmenanruf handelte. Ich war noch nicht gänzlich ausgenüchtert. »*Super-Gebrauchte aus Bankverwertung*, Sie sprechen mit Chopin«, meldete ich mich mit verkaterter Stimme.

Die Frau, mit der ich über einen Satelliten verbunden war, sagte, dass sie aus Bremen komme und an dem roten Saxo interessiert sei.

Ich dachte mir, typisch: Junge Frau ruft wegen eines klassischen Frauenautos an.

»Ja, der ist noch zu haben, Top-Zustand, *wie es in der Anzeige steht*!«, antwortete ich höflich und lakonisch, obwohl mir der Kopf vor Schmerzen platzte; ich hatte ein paar Formeln, die ich hundertmal am Tag abspulte wie ein Automat, und die wichtigste war: *Wie es in der Anzeige steht!*

Unsere Kunden waren Nervensägen. Ich hatte es satt, andauernd zu wiederholen, was ich schon auf der Homepage von »mobile.de« beschrieben hatte.

Und die junge Frau, die den roten Saxo anvisiert hatte, denn vom Kaufen war noch gar nicht die Rede, war genauso ein hoffnungsloser Fall. Sie quetschte mich aus. Als sie wissen wollte, ob der Wagen einen Verbandskasten besitze, platzte mir der Kragen. Ich wurde barsch und sagte: »Ja, er ist sogar mit fünf Schwimmwesten ausgestattet.«

Und bevor ich noch Zeit hatte, mich über meinen unprofessionellen Ton zu ärgern, sagte die Kundin zu mir: »Ist das eine neue Vorschrift?«

Nach dieser Frage wurde ich gänzlich wach und dachte: Willkommen in Deutschland, das Rennen kann von neuem beginnen, und ich will dabei sein und auch reich werden, schließlich gehören *wir* zu den führenden Industrienationen. Ab heute werden meine Pkws mit Schwimmwesten ausgestattet: einhundert Mark das Stück, Made in China, gegen Kinderarbeit habe ich doch nichts, als Kleinkapitalist.

Ich hörte auf zu träumen und sagte, nein, das sei keine neue Vorschrift, und beschrieb ihr, wo sie sich den Saxo ansehen könne.

Sie sagte, sie würde nach der Arbeit auf unserem Autohof vorbeikommen, so gegen siebzehn Uhr. Ich legte auf, ließ mich wieder in mein Bett fallen und vergaß das Gespräch. Mir war klar, dass die junge Frau aus einer guten Laune heraus angerufen hatte. Ihre Eltern hatten ihr bestimmt Geld zum Geburtstag geschenkt, das zum Ausgleichen ihres Girokontos ausreichte, aber niemals für einen Saxo, der immerhin dreizehntausend Mark kostete. Ich schlief wieder ein – bis zum nächsten Anruf.

Um siebzehn Uhr, Volley und Lukas waren unterwegs, saß ich tatsächlich im Büro unseres Autohofs und kümmerte mich um unerledigte Rechnungen und Faxe. Unser Büro war nicht das, was man sich normalerweise darunter vorstellte. Wir residierten in einem Bauwagen, der war allerdings neu und hatte sogar eine Toilette. Unser Platz war umzäunt, und über der Einfahrt hing ein Schild, auf dem in blauen Druckbuchstaben unser Firmenname stand, wie auch die Telefonnummer. Ein Glück, dass wir dieses Grundstück an einer Ausfallstraße mit viel Kleingewerbe günstig hatten mieten können. Lukas' großzügiger Onkel machte es möglich. Die Straße war ein Zubringer zum nahe gelegenen Flughafen und war sowohl von der Autobahn wie auch vom Stadtzentrum gut zu erreichen und sehr belebt.

Ich heftete gerade meine Kaufverträge und Rechnungen in die Ordner, als ich durchs Fenster eine Frau mit einem Fiat Uno auf den Hof fahren sah. Auf dem Beifahrersitz saß ein älterer Mann. Vermutlich ihr Vater oder Onkel – auf jeden Fall ein Berater. Klassiker, urteilte ich, und ging voller Zuversicht nach draußen. Dann fiel mir der morgendliche Anruf wieder ein, der mich aus dem Bett geschmissen hatte, und ich musste mir eingestehen, dass ich mich in meiner Einschätzung bezüglich der jungen Frau vielleicht doch irren könnte. Ich war gespannt, was nun passieren würde, und setzte ein gewinnendes Lächeln auf, als meine beiden Opfer aus dem Fiat stiegen und mich mit einem etwas mürrischen »Hallo« begrüßten.

Der Mann, der schon im Rentenalter sein musste, beäugte mich misstrauisch. Seine Hände steckten in den Hosentaschen, und er sagte: »Horst Sobotta, und das ist meine Tochter Maria.«

Meine Herrn! Was für eine Klassefrau!, dachte ich und pfiff innerlich durch die Zähne. Gleichzeitig aber musste ich im Stillen lachen, und es brauchte etwas Zeit, bevor ich mich wieder gefangen hatte. Konnte es sein? Was für ein Zufall! Horst Sobotta geschrieben mit einem *t* war eine Figur in dem Schundroman »*Wielki las* – Der große Wald«. Der dicke Wälzer stand im Bücherregal meiner Mutter und war nicht einmal ins Deutsche übersetzt worden: Horst Sobota, ein Bauer, legte sich in schweren Augenblicken immer in den Sarg, aber statt zu sterben, schlief er jedes Mal bloß gut aus, um sich am nächsten Morgen quicklebendig in die Arbeit zu stürzen, auf seinem Hof, der an den großen Wald grenzte.

»*Super-Gebrauchte aus Bankverwertung*, Chopin«, sagte ich endlich. »Sie wünschen?«

Der echte Horst Sobotta aus Fleisch und Blut wollte mir – im Gegensatz zu seiner Tochter – keine Hand zur Begrüßung geben.

»Wir haben heute Morgen miteinander telefoniert«, sagte die Tochter, die etwas freundlicher war.

Der Alte war ein Arbeiter und ein schräger Vogel, keine Frage. Auf der linken Seite trug er einen Ohrring, ein goldenes Kügelchen, und sein verlebtes Gesicht leuchtete wie bei einem Alkoholiker. Sein graues Haar war glatt und nach hinten gekämmt. Der Kamm steckte in der rechten Hintertasche einer ausgewaschenen Levi's. Seine Jeansweste stammte aus dem frühen Mittelalter der Rockmusik, als man Bands wie Yes oder Emerson, Lake & Palmer noch verehrte. Er war untersetzt, hatte breite Schultern, und seine ernste Miene verriet mir, dass er nicht zum Spaß hier war.

Ich wusste, dass dies kein leichter Gang werden würde. Mein Bauch, nichts Gutes ahnend, schrie um Hilfe, und mein Verstand rebellierte: Er wollte mir nicht gehorchen. Solch eine unkontrollierbare Situation war mir in meinem ganzen Autohändlerdasein noch nie begegnet: Ich konnte einfach den Blick nicht von der Tochter abwenden. Für eine Deutsche, und noch dazu eine vermutlich waschechte Bremerin, sah sie recht exotisch aus. Verdammt, sie hatte eine seltsame Nase. Für viele Männer war diese Nase bestimmt nicht hübsch, aber ich war so einer Nase noch nie begegnet. Erstens: Sie fiel sofort auf, wie bei Barbara Streisand. Zweitens: Sie war für mich die hübscheste weibliche Nase, die ich je gesehen hatte. Sie war lang und hatte in der Mitte eine unscheinbare Erhebung, doch genau dieser winzige Hügel hatte es mir angetan. Außerdem mochte ich den braunen Teint ihres Gesichtes, der gut zu den grünen Kameraaugen passte. Sie war ein gewöhnliches Mädchen, aber die Art, wie sie durch die Gegend schaute, faszinierte mich. Ihr Kopf und ihre Augen waren pausenlos in Bewegung, als suchte sie nach einer passenden *Location* für ihren neuen Film. Sie ließ den Blick über unseren Autohof schweifen, sie sah mir in die Augen, sah ihrem Vater in die Augen, sah in den Himmel, dann wieder schien sie mich und ihren Vater mit ihren Blicken förmlich zu durchbohren.

Als Frau Sobotta sagte, dass mein Saxo preislich das beste Angebot auf »mobile.de« gewesen sei, kehrte meine gewohnte Professionalität zurück. Ich erinnerte mich jetzt an ihren doppelten Vornamen, Maria Magdalena, und erkannte ihre Stimme wieder. Ich sagte, ich würde die Schlüssel holen und dass sie sich in der Zeit den Wagen schon mal anschauen könnten. Ich zeigte ihnen, wo er stand.

Kurz darauf war ich wieder bei meinen Kunden. Mein Herz hatte nicht aufgehört zu rasen, und ich spürte, wie mir das Blut in den Kopf stieg. Meine Wangen brannten. Ich musste daran denken, wie ich auf der Toilette des *Berolina* in einer halben Stunde die Flasche Wodka geleert hatte.

Okay, überlegte ich, ich war nervös, doch warum eigentlich? Nur weil diese Frau, die sich auf »mobile.de«, unter tausenden und abertausenden Fahrzeugen dieser Klasse, meinen Saxo ausgesucht hatte, gut aussah? Das war zu wenig. Was war mit mir los? Was steckte hinter der ganzen Geschichte? Ich sagte mir, reiß dich zusammen. Sei ein Profi. Da ist nichts! Sobald sie weggefahren ist, wirst du sie vergessen. Wie viele Frauen.

Herr Sobotta inspizierte den Motor: Auch wenn er von Autos etwas verstand, was ich ihm nicht absprechen wollte, *sehen* konnte man da *nichts*. Wir machten bei allen Wagen die Motorwäsche. Das musste ihm doch sonnenklar sein.

Die Reifen waren fast neu, und alles andere stimmte auch, die Kilometerlaufleistung und die vielen Extras. Zum Schluss, nachdem sie beide den gepflegten Innenraum in Augenschein genommen hatten, musste ich die roten Kennzeichen anschrauben: Sie wollten eine Probefahrt machen, und das konnte ich keinem Kunden verbieten.

Mir schwante nichts Gutes. Solche Probefahrten dauerten manchmal Stunden, und nicht wenige Kunden fuhren in die nächste Kfz-Werkstatt und ließen sich beraten. Ich war nicht sauer, nein, und mit Frau Sobotta nähere Bekanntschaft zu machen erschien mir für das Geschäft, das ich hier womöglich abzuwickeln hatte, sowieso nicht gut: *No Sex in The Office* war nämlich mein ungeschriebener Grundsatz. Ich hatte somit nur noch den einen Wunsch: dass die Herrschaften verschwanden. Es war schon spät, ich sehnte mich nach einer Dusche und einem kalten Pils an der Weser.

Aber ich musste wenig später staunen. Die Probefahrt hatte keine zehn Minuten gedauert, und Frau Sobotta, die mit mir während des ganzen Prozedere kaum drei Sätze gewechselt hatte, sagte: »Okay. Ich kaufe den Wagen, aber nur, wenn Sie mir fünf Schwimmwesten dazuschenken.« Sie grinste, und ich war baff, zumal sie den Wagen auch noch in bar bezahlen wollte, was mir und meinen Partnern am liebsten war. Bevor ich ihr den Kaufvertrag ausgefüllt und unterschrieben zurückgab, bat ich sie, einen Augenblick zu warten, da ich auf die Toilette müsste.

In Wirklichkeit wollte ich mir nur mein Gesicht mit kaltem Wasser ein wenig erfrischen und den Spiegel fragen, ob ich denn das Ganze vielleicht nur träumte.

Etwa zwei Wochen später – Frau und Herr Sobotta waren schon fast vergessen – hatte ich wieder Dienst in unserem Büro. Ich verhandelte mit vier Russen aus Rostow am Don, deren Ausfuhrpapiere ein einziges Chaos waren (in unserem hauseigenen Jargon hieß das, ich musste sie »verarzten«). Sie verstanden nicht, warum sie für die Rückfahrt nach Russland bzw. für den Transit durch Polen eine Versicherung abschließen sollten: »Die Auto gezahlt. Warum wir noch das müssen?«

Dabei wollte ich ihnen lediglich einigen Ärger an der polnischen Grenze ersparen. Sie belagerten seit einer Stunde das Büro, und ich verlor allmählich die Geduld. In solchen Momenten bereute ich, überhaupt geboren worden zu sein. Wozu in einer Welt existieren, wo man vier Russen in dunkelblauen Jogginghosen ihr Glück erklären musste? Unser irdisches Dasein konnte jederzeit durch einen bösen Meteoriten ausgelöscht werden, und sie hatten nur eines im Kopf: ein paar Mark sparen.

Schließlich verlor ich die Geduld: »So! Ich hab eigentlich Feierabend! Seit zehn Minuten schon!«

Sie zahlten widerwillig für die Versicherung, und da sagte einer von ihnen zum Abschied: »Hitler kaputt!«

Ich wurde wütend, ich ließ mir bestimmt nicht gefallen, dass mir meine slawischen Verwandten in den Hintern traten – deshalb antwortete ich: »Stalin auch kaputt! *Doswidania!*«

Sie verließen fluchend mein Büro, stiegen in ihren soeben erworbenen dunkelblauen Passat, und weg waren sie. Ich konnte nur hoffen, dass sie nicht des Nachts wieder aufkreuzten, über den Zaun kletterten und unseren besten Stücken hübsche Zeichnungen in den Lack ritzten: fünfarmige Sterne oder gar ein paar überdimensionale Hakenkreuze, was schon einmal vorgekommen war (nach einem missglückten

Deal mit Landsleuten von mir, echten Vandalenkünstlern).

Gott sei Dank waren Barbaren wie die vier aus Rostow eine große Ausnahme, denn so gut wie alle osteuropäischen Kunden waren fast schon übertrieben bemüht, sich von ihrer besten Seite zu zeigen. Aber Idioten gab es in jedem Land, warum sollten also Russland oder die Slowakei nur von Heiligen bevölkert sein?

Ich steckte meine Papiere in die Aktentasche und rief Lukas an, um ihn zu fragen, ob er immer noch meine beiden roten Kennzeichen brauchte. Die roten Kennzeichen, mit denen man als Händler, Hersteller oder Kfz-Werkstatt ein nicht angemeldetes Fahrzeug von A nach B überführen durfte, kosteten eine Stange Geld, und wir halfen uns gegenseitig aus. Lukas hatte zu dem Mazda noch einen Golf ergattert, ein Schnäppchen, und er brauchte meine Chauffeurdienste und meine Nummern; Volley war mit seinen eigenen unterwegs, irgendwo bei Osnabrück.

Ja, sofort, dringend, warum sind sie noch nicht hier?, brüllte er mir ins Ohr.

Ich schloss das Büro ab und ging nach draußen. Da stand sie, mitten auf dem Hof, die Frau, der ich vor zwei Wochen den Saxo verkauft hatte. In der Hitze des Gefechts mit den vier Russen hatte ich nicht bemerkt, dass jemand unseren Hof betreten hatte.

Schweigend hielt sie mir den Autoschlüssel unter die Nase, als ich verlegen grinsend und mit einem aufgeräumten »Guten Abend, womit kann ich dienen?« vor ihr stehen blieb.

In Gedanken noch bei den Russen, hatte ich auf

ihre Geste, die nichts Gutes verhieß, keine Antwort parat. »Der Saxo ist *kaputt*«, sagte sie. »Der erste Gang geht nicht rein. Die Kiste steht vor meiner Wohnung in der Feldstraße.«

Kaputt! Schon wieder dieses Wort – ich mochte es nicht mehr hören. Und im nächsten Moment dachte ich mir: Die Feldstraße ist doch bei mir um die Ecke. Wir sind also Nachbarn! Warum bin ich ihr noch nie begegnet?

»Ich hab doch eine Ein-Jahres-Garantie«, setzte sie nach, da ich immer noch schwieg.

»Ja, für den Motor«, erklärte ich ihr. »Und Sie sind sicherlich Mitglied im ADAC.« Ich griente. »Lassen Sie den Wagen abschleppen.«

»Ne, ne, Freundchen – ich will mein Geld zurück!«

Da merkte ich endlich, dass sie nicht allein gekommen war. Der Fiat Uno, in dem ihr Vater saß, blockierte die Ausfahrt, und es hatte nicht den Anschein, als würde er sich auch nur einen Zentimeter vom Fleck bewegen wollen. Ich saß wie die Maus in der Falle.

»Ich muss ganz dringend nach Hannover«, jammerte ich. »Können wir die ganze Angelegenheit morgen regeln?«

»Nein!«, sagte sie kategorisch. »Jetzt gleich, oder Sie kriegen mächtig Ärger!«

Der Alte stierte böse zu uns rüber und ließ keinen Zweifel daran aufkommen, dass sie ihre Drohung wahr machen würden. Er hatte vielleicht einen Baseballschläger auf dem Beifahrersitz liegen, fantasierte ich. Ich sah schon, wie mich der Rotkopf mit dem goldenen Ohrring zusammenschlug und mir mit brutalen Tritten in die Magengegend den Rest gab. Blutüberströmt würde ich mitten auf unserem Platz liegen und spucken und husten, und die junge Frau würde hinter mir niederknien, sich über mich beugen und mir ins Ohr flüstern: »Du Schwein!« Mir blieb nichts anderes übrig, als klein beizugeben. Ich holte tief Luft und sagte: »Na gut, ich sehe mir Ihren Saxo an – dann aber jetzt sofort, denn ich hab's eilig.«

Sie nickte. Ich begann diese Frau zu fürchten und konnte nicht mehr verstehen, was ich vor zwei Wochen an ihr gefunden hatte. Barbra Streisand hatte ich noch nie gemocht, und sie benahm sich wie eine Landpomeranze!

Ich durfte auch nicht mit meinem Auto hinter ihr herfahren, sondern musste zu ihr und ihrem Vater in den Uno steigen. Dafür versprach sie mir, mich nachher zu unserer Firma zurückzubringen – unterwegs stellte sie allerdings eine Bedingung: Nur, wenn ich den Saxo wieder flottgekriegt hätte! Dann sagte sie etwas weicher, sie bräuchte ihn dringend für ihren Job, den Uno habe sie sich von ihren Nachbarn leihen müssen.

Fein!, resümierte ich für mich, Lukas wird mich umbringen und meinen Leichnam den Kojoten zum Fraß vorwerfen. Für jeden gab es ein rotes Tuch. Mein Vater zum Beispiel bekam sofort einen seiner berühmten Wutausbrüche, wenn er sich nach der Arbeit in der Küche einen Kaffee gekocht, ihn in den Becher gegossen und festgestellt hatte, dass die Zuckerdose leer war – auch wenn im Küchenschrank ein oder zwei neue Kilo Zucker standen; er warf meiner Mutter vor, sie hätte beim Einkaufen wohl wieder von ihren rosa Wolken geträumt *et cetera*. Na ja, Lukas hatte es eben mit den roten Kennzeichen … Andererseits geschah es ihm ganz Recht, wenn ich mich verspäten oder er meine Nummern heute vielleicht gar nicht mehr bekommen würde. Schließlich war ich immer zur Stelle, wenn er mich brauchte, während ich auf seine Hilfe selten zählen konnte. Er hatte meistens keine Zeit, und seine Ausrede war stets dieselbe: »Ich hab noch Kunden!«

Als wir in der Feldstraße ankamen, verzichtete ich sogar auf eine Zigarette, die bei mir sonst für gute Arbeitsatmosphäre sorgte, und nahm sofort den Saxo unter die Lupe.

»Der erste Gang spinnt, der zweite auch – beide funktionieren nicht«, sagte ich fachmännisch.

»Aha! Sie haben Amerika entdeckt!«, spottete meine Kundin. »Und nun?«

Mir war klar, dass ich eine Citroën-Werkstatt bemühen musste. Darüber hinaus wollte ich Lukas nicht im Stich lassen, er wartete ja auf mich, und jede Minute war kostbar. Ich musste also schnell handeln. Ich sagte: »Passen Sie mal auf! Sie kriegen von mir einen Leihwagen, und zwar noch heute Abend, und ihre Karre hole ich morgen früh mit einem Trailer ab und lasse sie in der Citroën-Niederlassung reparieren. Die Reparaturkosten kann ich dann zu siebzig Prozent übernehmen. Okay?«

Herr Sobotta, der mir die ganze Zeit bei allem, was ich tat und sagte, aufmerksam sekundiert hatte, allerdings ohne einen Ton von sich zu geben, blies seine Backen auf und linste kurz zu seiner Tochter hinüber, in Erwartung, dass sie meinen Vorschlag ablehnen würde.

Sie sagte: »Zu hundert Prozent, und ich lade Sie zum Abendessen ein!« Sie lachte plötzlich (ihr »Paps« machte eine grimmige Miene).

Ich sah zum ersten Mal ihre Zähne: Sie saßen schief in den beiden Kiefern, doch das Chaos schien eine Ordnung zu haben; es waren zwei schöne Zahnreihen, die mich da anlächelten.

Verwundert über die plötzliche Kehrtwendung in Frau Sobottas Auftreten, konnte ich dieser charmanten Einladung nicht widerstehen. »Sie meinen, zu Ihnen nach Hause?«, fragte ich.

Sie bejahte.

O-k-a-y! *Cholercia!* Ich erinnerte mich nicht, sosehr ich mich auch in diesem Augenblick anstrengte, wann mich das letzte Mal eine Frau zum Abendessen hatte einladen wollen, dazu noch in ihre Wohnung an einem heißen Sommer- und Bierabend wie diesem.

Meine ganze Wut war verflogen. Schwierige Privatkunden waren nämlich *mein* rotes Tuch, und nun hatte sich dieses in Nichts aufgelöst.

Die vier Russen aus Rostow reichten mir, ich wollte nicht noch mehr Scherereien. Die Reparaturkosten für den Saxo würden meine Einnahmen, so wie ich das einschätzte, nicht übersteigen. Ich hätte also zumindest keinen Verlust gemacht. Und eine Klage war das Letzte, was ich jetzt noch gebrauchen konnte. Außerdem fiel mir noch etwas Wichtiges ein, was die ganze Angelegenheit in einem neuen Licht erscheinen ließ: Genau wegen solcher unlösbaren Fälle hatte ich eine Versicherung abgeschlossen, wie jeder

Händler. Vielleicht könnte ich sie endlich nutzen. Ich hatte mich von Lukas' und Volleys deutschem Versicherungsfieber anstecken und mir vor kurzem sogar eine Lebensversicherung andrehen lassen. Aber was sollte man von einem Typen wie mir schon erwarten, der sich die Zähne mit einer elektrischen Zahnbürste von *Braun* putzte und in blauweiß gestreiftem Schlafanzug und schwarzen Socken ins Bett schlüpfte.

Wir holten den Leihwagen ab. Ich entschied, Lukas nicht anzurufen. Was sollte ich ihm denn schon sagen? Dass ich Kunden hätte?

Dann schaltete ich mein Handy ab. Ich war das erste Mal seit Jahren wieder ein freier Mensch, und diesen Zustand wollte ich mit meiner Kundin ausgiebig genießen.

Maria Magdalena hatte eine kleine Tochter, die Paulina hieß. Als sie mich an dem Abend das erste Mal sah – sie kam von den Nachbarn herübergelaufen, die auf sie aufgepasst hatten –, fragte sie mich, ob ich der Mann sei, der kaputte Autos verkaufen würde. Da war es schon wieder, dieses grässliche Wort! Ja, antwortete ich, der Scheißkerl sei ich. Da ich bis dato mit Kindern nichts zu tun gehabt hatte, sprach ich mit Paulina, die in die erste Grundschulklasse ging, wie mit einer erwachsenen Frau, und mir fiel sofort auf, dass dies sowohl der Kleinen wie auch ihrer Mutter gefiel.

Es stellte sich alsbald heraus, dass Maria geschieden war. Paulina hatte es gleich in den ersten Sätzen, die sie mit mir gewechselt hatte, hinausposaunt: »Meine Mama ist einsam. Papa lebt jetzt mit Angela zusammen.«

»Du bist ein Plappermaul!«, sagte ich.

Nein, das sei sie nicht, protestierte Paulina. Sie war für ihr Alter recht groß gewachsen. Ihre dünnen Arme und Beine hatte sie wohl von ihrer Mutter geerbt, und sie redete so schnell, dass sie zwischendurch das Atmen vergaß. Darüber musste ich lachen, denn es kam mir vor, als würde ich mich mit einem Weihnachtskarpfen unterhalten, der bei uns zu Hause in Bartoszyce bis zum Tag seiner Hinrichtung – einen Abend vor der Bescherung – in der Badewanne schwamm.

»Du lügst!«, sagte Paulina, als ich sie mit Ludwik Waryński verglich, unserem bekanntesten Karpfen. »Fische können nicht sprechen!«

»Ich beweise dir gleich das Gegenteil!«

Ludwik Waryński

Ich kann nicht gerade behaupten, dass mein Vater sein Leben lang ein Heiliger gewesen ist (sofern es die heutzutage überhaupt noch gibt), aber einmal war er es für mich tatsächlich. Da war er weise wie ein Yogi. Wie überall in Polen stand auch bei uns auf dem weiß gedeckten Tisch neben den marinierten Heringen und gebratenen Hechten in Tomatensoße, auch »griechischer Art« genannt, ein Karpfen. Bevor unsere Karpfen, unter großem Einsatz und für viel Geld im Laden oder bei den Fischern erstanden, unters Messer kamen, landeten sie in der Badewanne. Dort lebten und schwammen sie manchmal sogar eine ganze Woche, denn es war völlig unmöglich, am Vormittag der Bescherung einen frischen Karpfen zu kaufen. Und in dieser Karpfenzeit konnten wir nicht baden und wuschen uns notgedrungen über einer Schüssel wie im 19. Jahrhundert.

Aber an einen Karpfen kann ich mich besonders gut erinnern. Wir nannten ihn Ludwik Waryński, der ja bekanntlich als Proletarier 1886 nach Sibirien verbannt und nach dem auch die Straße benannt wurde, in der wir damals wohnten. Dieses eine Prachtstück besaß menschliche Züge, weil es versuchte, mit uns zu kommunizieren. Und da soll mir einer sagen, dass Tiere nicht sprechen können! Jedes Mal, wenn wir das Badezimmer betraten, schwamm er auf uns zu und tauchte sein Maul aus dem Wasser wie ein Delphin. Mit den zarten Lippen formte er ein O oder ein U oder ein A, und aus diesen drei Vokalen bastelten wir fantastische Wörter. Der Fisch ließ sich von Hand füttern und hatte überhaupt keine Angst, insbesondere mochte er meinen Cousin Jacek und mich. Es ging sogar so weit, dass wir am Abend nicht vor dem Fernseher saßen, sondern auf zwei Stühlen vor der Badewanne.

Nun kam aber der Tag der Wahrheit: Am 24. Dezember platzte gegen zehn Uhr morgens mein Vater mit einem Eimer in der einen und einem Messer in der anderen Hand zu Ludwik Waryński ins Badezimmer und machte ein ernstes Gesicht. Wir auch.

Meine Mutter, die ja von Beruf und von ihrer Berufung her eine waschechte Lehrerin war, hatte plötzlich einen pädagogischen Vorschlag zu machen: »Wir bringen Ludwik zu Oma Natalia. Die dreht den Hühnern und Gänsen die Hälse um, ohne mit der Wimper zu zucken, und singt noch Weihnachtslieder dabei. So einen Karpfen schlägt sie mit dem Nudelholz tot.«

Gesagt, getan. Wir, mein Cousin und ich, machten uns auf den Weg zu Oma Natalia – im Eimer den Karpfen Ludwik Waryński, der sich nun freute, auf Reisen zu gehen, durch unser verschneites Städtchen.

Was wir nicht wussten, war jedoch, dass mein Vater uns gefolgt war. Wir erreichten die Kopernikus-Straße, stiegen dann die Treppe zum ersten Stockwerk hinauf und klopften bei Oma Natalia an.

»Mein Gott! Kinder! Heute wird Christus geboren, und ihr lauft mit einem Eimer durch die Straßen, statt euren Eltern putzen und kochen zu helfen«, begrüßte sie uns auf der Schwelle.

Wir erklärten ihr unser Anliegen, und die alte Natalia holte tatsächlich ein Nudelholz aus der Schublade.

»Dem werde ich schon zeigen, wo die Krebse überwintern«, sagte sie beinah stoisch.

Sie holte zu einem kräftigen Schlag aus – der Karpfen zappelte auf einem riesigen Teigbrett, als mein Vater in die Küche stürzte, schreiend und gestikulierend, wie ein Weib auf dem Freitagsmarkt, das mit Eiern und Hühnern handelt.

Natalias Arm erstarrte in der Luft, das Nudelholz schwebte über unseren Köpfen, und der Vater sagte: »Unsere Nachbarin Kamińska, ein armes Kind, hat nichts zu beißen. Sie soll den Karpfen kriegen!«

Gesagt, getan. Das schwebende Nudelholz verschwand in der Schublade, Ludwik Waryński wanderte zurück in den Eimer, in das kalte Wasser, und mein Cousin und ich konnten aufatmen. Als zwei Lebensretter.

Wir verabredeten uns mit Natalia, die sich viele

Male bekreuzigte und den Karpfen segnete, wie ein Neugeborenes, zur Bescherung.

»Heute wird Christus auf die Welt kommen. Und da muss man ein williges Herz zeigen: Den Armen soll geholfen werden«, sagte sie.

Ich erinnere mich immer noch an dieses *willige Herz*. Kein *gutes*, sondern *ein williges*. O ihr Christen! Hört genau zu! Aber wie dem auch sei.

Auf dem Nachhauseweg erzählte uns mein Vater eine ganz andere Geschichte. Frau Kamińska sei wohlhabend, ihr Mann ein Ingenieur und Säufer obendrein. Sie hätten Geld wie Heu, würden zur Bescherung Schweinefleisch essen und sich einen Dreck darum kümmern, ob andere hungern müssten. Ein Gedeck für den unerwarteten Gast suchte man auf ihrem festlich gedeckten Tisch vergeblich.

»Ich sag euch was, Jungs«, meinte der Vater. »Wir bringen den Ludwik Waryński zum Teich und lassen ihn davonschwimmen. Einmal im Leben sollte der Mensch ein williges Herz offenbaren.«

Wir grübelten nicht lange über die Schwere der Worte, die in unser verschneites Städtchen hinaustrompetet wurden. Wir gingen, und der Karpfen schlug im Eimer Purzelbäume.

Ein williges Herz – bis heute kann ich nicht entschlüsseln, was besser ist: *ein williges* oder *ein gutes*. Aber heilig gesprochen wird mein Vater niemals, obwohl er es wahrscheinlich verdient hat. Für dieses eine Mal.

Am Abend servierte uns Oma Natalia nach alter Sitte zwölf Gänge. Eines der Gerichte war Karpfen im Gelee.

Paulina verstand nicht, worüber ich mich amüsierte, doch sie freute sich mit mir, meine Weihnachtserzählung hatte sie zufrieden gestellt, und von nun an konnten Fische sprechen.

Sie fütterte mich mit ihren Alltagsgeschichten. Ich versuchte, mir ein Bild von dieser kleinen Familie zu machen, in die ich so unversehens hineingeplatzt war. Weil Maria bis siebzehn Uhr arbeitete, kümmerte sich Opa Horst tagsüber um seine Enkelin. Er kochte das Mittagessen und machte mit der Kleinen die Hausaufgaben. Er war wegen Asthmaanfällen in Frührente gegangen und hatte Zeit. Von Beruf war er Schweißer gewesen und hatte fast dreißig Jahre im Hafen gearbeitet. Auf seine Tochter und seine Enkelin war er unheimlich stolz. Das sah man ihm an, und vor allen Dingen verrieten es seine Worte. Plötzlich redete er genauso viel und so flink wie seine Enkelin. Während Maria in der Küche das Essen zubereitete, erfuhr ich von ihm, dass sie in dieser kleinen Wohnung zusammenlebten, auf gut sechzig Quadratmetern. Er erzählte mir, dass Maria Magdalena seine einzige Tochter sei und Sozialpädagogik studiert habe. Doch weil Stellen für Sozialpädagogen heutzutage rar seien, arbeite sie im Kindergarten. Es sei nicht gerade ihr Traumjob und entspreche nicht ihren Fähigkeiten, aber was solle man tun? Seit der Vereinigung kränkle die Wirtschaft und steuere auf einen Abgrund zu. Über seine Ehefrau machte er keine einzige Bemerkung, sodass ich zu dem Schluss kam, dieses Thema wolle er lieber meiden.

Ich war in der Schule in Mathematik nie gut gewesen – der Autohandel hatte mir aber das Rechnen beigebracht. Ich brauchte nur kurz zu überschlagen und wusste, dass diese drei Menschen wenig Geld zur Verfügung hatten. Die Rente von Horst Sobotta, das Gehalt der Kindergärtnerin und das Kindergeld von Paulina: Viel mehr als zweitausendfünfhundert Mark im Monat dürften es nicht sein. Und da ich Marias Alter auf dreißig schätzte, hatte sie in ihrem kurzen Berufsleben noch kaum Gelegenheit gehabt, größere Summen zu sparen. Mir war schleierhaft, wie sie sich den Saxo leisten konnten. Lukas verdiente zwanzigtausend Mark monatlich, Volley fünfzehn, und ich erreichte allmählich auch die Schallgrenze: zwölftausend Mark, und das in einem ganz gewöhnlichen Autohändlermonat. Ich konnte das Geld praktisch komplett beiseite legen, neuntausend Mark wanderten in die Firmenkasse, mit der Kohle bezahlte ich bei der Leasingbank meine VWs, Opels, Mazdas und Citroëns, die neuen Einkäufe, und was ich zum bloßen Überleben brauchte, fiel gar nicht ins Gewicht.

Die Drei-Zimmer-Wohnung war bescheiden eingerichtet. Maria hatte eine Vorliebe für Spiegel in allen denkbaren Größen, und so wunderte ich mich nicht, als ich in ihrem Zimmer den Farbdruck eines Gemäldes entdeckte, das aus dem siebzehnten Jahrhundert stammen musste. Die Reproduktion hing über ihrem Bett und zeigte einen Hofmaler bei der Arbeit. Kinder und Bedienstete des königlichen Hofes leisteten ihm Gesellschaft, aber ihre Anwesenheit schien dem Künstler lästig: Offensichtlich litt er unter seinem Schicksal und hatte von seinem hochwohlgeborenen Arbeitgeber die Schnauze voll. Der Einzige, der Souveränität ausstrahlte, war ein Zwerg, zu dessen Füßen ein Hund kuschte. Das ganze höfische Drumherum war jedoch nicht wirklich das, worum es auf diesem Bild ging. Bei genauerem Hinsehen zeigte sich, dass die Wände des Ateliers mit Gemälden bedeckt waren, deren Gegenstände, ihrer größeren Distanz zum Publikum entsprechend, nur verschwommen zu erkennen waren. Erst bei längerer Betrachtung wurde der Zuschauer von einem leuchtenden Porträt fixiert, auf dem ein Liebespaar abgebildet war. Und da fing das Problem an. *Wen* und *was* schaute man eigentlich an? Ein fertiges Gemälde oder das Spiegelbild der Arbeit auf der Staffelei, vor der der Hofmaler mit Pinsel und Palette stand. Und wer war das Liebespaar?

Ich fragte meine Kundin nach Titel und Autor des Gemäldes: »›Las Meninas‹ von Velázquez«, sagte sie trocken und ging in die Küche zurück.

Ich ahnte, dass ich von dieser Frau noch viel zu lernen hatte.

Jedenfalls war Marias kleines Reich nicht mit unnötigem Krimskrams voll gestopft, und auch IKEA schien bei ihr Hausverbot zu haben. Ich fand kein einziges Möbelstück der skandinavischen Kette. Offensichtlich wollte Maria einem Riesen nicht noch mehr Schotter in den Arsch schieben, wie es Volley ausdrücken würde. Er selbst und trotz aller Vorbehalte kaufte bei IKEA ein – allerdings nur in der Abteilung mit Restposten, wo die Möbel praktisch zu nichts zu gebrauchen waren und schon beim Anfassen auseinander fielen. Volley war sparsamer als ein Rentner, und oft verließ er einen Laden mit leeren Händen. Er hätte wieder einen Igel in der Hosentasche gehabt, sagte er dann. Sein Igel war ein berühmtes Tier: Volley machte Karola nicht einmal zu ihrem Geburtstag ein Geschenk, obwohl er sich sogar einen Designerpelz hätte leisten können.

Ich vermisste bei Maria nur ein wenig meine CDs und Schallplatten (sie stand auf Nina Simone und Simply Red), wobei ich das Zimmer von Horst noch nicht gesehen hatte, wo wahrscheinlich die Musik der Sechziger und frühen Siebziger den Ton angab. Ich war neugierig, ich fragte ihn, was er mochte. Er sagte: »Die Stones.« Marias Bücherregal war aber von gar nicht so schlechten Eltern, sie las nicht nur die Amerikaner und Engländer, viele der französischen oder deutschen Romane kannte ich aus meiner Studienzeit. Ich las überhaupt nicht mehr, ich hatte dafür keine Zeit. Meine schwierige Mission war es, mich an dem Staat zu rächen. Volley und Lukas waren meiner Meinung: Der Staat war unser Feind Nr. 1. Und, wenn ich ehrlich sein sollte, er war unser einziger Feind – von manchen psychopathischen Kunden abgesehen. Im Vergleich mit der Bundesrepublik waren sie allerdings so harmlos wie »die Stones« von Horst Sobotta.

Der Tisch war gedeckt, es gab Hühnerfrikassee und gekühlten Weißwein, Gemüse und Obst aus dem Schrebergarten.

Da mich Horst Sobotta duzte, redete ich ihn auch mit *du* an, und seine Tochter machte es uns nach, Maria und ich gehörten schließlich zu einer Generation, der in den Sechzigern Geborenen. Ich wartete darauf, dass mich die Sobottas nach meinem Akzent fragten und warum ich Chopin hieße, aber all das schien sie nicht allzu sehr zu bewegen. Sie freuten sich über meine Anwesenheit, es reichte ihnen, dass ich *überhaupt* da saß, in ihrer Küche, und zusammen mit ihnen den Abend verbringen würde. Da begriff ich auf einmal, dass ich schon vergessen hatte, wie es war, kein Geld zu haben, ständig kaputte Autos fahren zu müssen (schon wieder dieser schauderhafte Ausdruck! Ich ekelte mich allmählich vor mir selbst). Ich begriff, dass ihnen dieses Essen mit mir unheimlich wichtig war. Sie hatten doch keine Enttäuschung erleben wollen, sie konnten einfach nicht glauben, dass selbst ein fast nagelneuer Wagen nichts taugte. Und ich begriff auch, dass sie sich vollkommen machtlos fühlten und nur von mir Hilfe erwarten konnten.

Diese Frau, die mir mit der Schöpfkelle eine saftige Portion Hühnerfrikassee auf den Teller gab und die zwei Vornamen trug, meinte es also gut mit mir, und da ging mir zum ersten Mal ein Licht auf: Wenn ich mir ein bisschen Mühe geben würde, könnte ich mit Maria Magdalena zusammenleben.

Nach dem Abendessen gab ich Paulina einen Gute-Nacht-Kuss. Sie wischte sich mit dem Ärmel ihres Nachthemdes über die Wange, wofür sie von ihrer Mama kein Lob erntete, und verschwand mit ihrem Opa, der ihr eine Geschichte vorlesen musste, in ihr Zimmer. Maria und ich waren endlich allein, aber es gab nichts mehr zu sagen. Alles Geschäftliche war besprochen und geregelt worden, den Saxo würde ich morgen früh in die Citroën-Niederlassung bringen. Für diese Aktion müsste ich mir den Geländewagen und Trailer von Volley leihen. Aber das dürfte kein Problem sein. Maria schenkte mir noch einen Schluck Wein ein, wir rauchten ihre roten Gauloises, da ich keine Zigaretten mehr hatte, und es kam der Punkt, an dem absehbar war, dass ich mich entweder bald von ihr verabschieden oder meinen Abschied von einem Glas Wein zum nächsten hinauszögern würde, jedoch bestimmt nicht wegen seines Aromas. Ich musste gar nicht mit mir hadern, ich wollte ja bleiben, und ich konnte mir auch nicht vorstellen, dass Maria mich bald rausschmeißen würde. Sie schloss die Küchentür und stellte das tragbare Radio an, das auf dem Tisch neben dem Toaster stand. Dann setzte sie sich erwartungsvoll auf ihren Platz zurück, zündete zwei Teekerzen an, und da ich nichts sagte – mehr oder weniger aus Verwirrung darüber, in dieser kleinen Küche an diesem seltsamen Abend bei dieser geschiedenen Frau zu sein –, nahm sie mich mit Fragen unter Beschuss. Ich hatte sie schon längst erwartet. Für die nötige Ruhe und Stimmung, die solche Fragen erforderten, hatte sie immerhin gesorgt … Kerzenlicht, Radiogedudel, Tür zu … Wo ich denn genau herkomme? Meine Sprache sei so hart … Bestimmt aus dem Osten … Ja, von da und da – »aus der Ewigen Nacht in Bartoszyce« lag mir schon auf der Zunge, aber ich entschied, diese Geschichte für später aufzuheben. Ich wollte mein Pulver nicht gleich zu Anfang verschießen. Ob die Firma *Super-Gebrauchte aus Bankverwertung* mir gehören würde? Ja und nein, und ich erklärte ihr das Abkommen, das ich mit Lukas und Volley getroffen hatte, warum ich einerseits selbstständig war und andererseits nicht. Ich sah die Fragezeichen in ihren Augen und mir fiel auf, dass es zwar nicht unmöglich, aber kompliziert war, jemandem zufriedenstellend zu erklären, was wir drei eigentlich taten.

»Das Geschäft ist knallhart – ohne Tricks wirst du nichts«, sagte ich.

Sie schlug ihre Beine übereinander, ihre Hände legte sie auf den Tisch, und mit der Pose einer Diva sagte sie: »Du siehst gar nicht aus wie ein Autohändler.«

Als ich ihr erzählte, dass ich ursprünglich Kripokommissar werden wollte, brach sie in Gelächter aus.

»Das ist nicht lustig!«, protestierte ich. »Ich wollte die Welt vor ihrem moralischen Niedergang retten. Gott sei Dank erkannte ich zum richtigen Zeitpunkt, dass ich als edler Ritter quasi auf verlorenem Posten stünde. Ich wurde erwachsen, als ich mein erstes Auto verkaufte.«

»Wie schade! Und jetzt bist du ein großer Junge, oder was?«, spöttelte sie.

Ihre Bemerkung empfand ich als eine Einladung, unsere Bekanntschaft zu vertiefen. Es war mir egal, ob Maria das genauso sah. Ich musste zur Tat schreiten, und zwar sofort. Sie hatte diese Rakete gezündet, nicht ich, sagte ich mir. Ich pfiff auf mein Kredo *No Sex in The Office*.

Ich wechselte auf die andere Tischseite und setzte mich neben Maria. Sie zuckte zusammen, als ich meinen rechten Arm um ihre Schulter legte und sagte: »Du hast eine spitze Zunge! Ich bin nicht nur ein großer Junge, ich habe auch große Mädchen gerne!«

»Na, da kann ich nur für dich hoffen, dass du *wirklich* erwachsen bist – mit liierten Typen fange ich nichts an, ich hab da so meine Erfahrungen. Mein Ex war mir nicht treu.«

»Ich bin solo. Wie jeder in dieser Stadt …«, fügte ich leise an.

»Chopin war sicher glücklicher als du … Aber wie kommt *er* zu solch einem merkwürdigen Namen?«

»*Er* hat ihn sich nur ausgeliehen. Irgendwann gibt *er* ihn seinem Besitzer unversehrt zurück (gesund und munter wie am Tag seiner Geburt), wenn *er* seine Aufgaben erledigt hat.«

Ich erzählte ihr, wie es wirklich war, wie ich auf dem Konzert von Bank zum zweiten Mal getauft wurde.

Im Flur hörte man das Schlurfen von Horst Sobottas schweren Füßen. Er musste alle fünf Minuten auf die Toilette. Lauschte er vielleicht an der Tür oder litt er an Blasenentzündung oder gar Prostatakrebs? Ich traute ihm nicht über den Weg. Ich sagte: »Wollen wir nicht irgendwo noch einen Absacker trinken gehen?«

In dieser Stadt waren nicht nur alle Singles und Autohändler und Kindergärtnerinnen, sie tranken auch am liebsten einen Absacker. Der letzte Drink schmeckte ihnen am besten, und mir auch. Er läutete uns gar nicht heim.

»Du gehst noch aus? Mitten in der Woche?«, fragte Marias Vater; seine Stimme klang ein wenig weinerlich.

»Ja, heute bin ich dran! Warte nicht auf mich!«

Mein alter Kumpel Andrzej sagte früher: »Wir sind Leute aus B. und als solche ewige Sünder, weil wir den Hass nicht kennen, sondern nur Liebe.« Als Sünder aus B. war ich nicht besonders wählerisch und fühlte mich auch im »Brasil« wohl, wo sich ein krankes Publikum traf und Nacht für Nacht bis zum Morgengrauen um sechs, wenn die Bar schloss, seine Orgien feierte. Man begegnete dort Säufern, Selbstmördern,

Aids-Kranken, Zentauren, siamesischen Zwillingen, Wölfen (mit zwei Köpfen), Zwergen, Drogenhändlern, Kleinkriminellen, Künstlern (die von der Hand in den Mund lebten), Gymnasiasten und Studenten (weil die Drinks billiger waren als in anderen Bars), Nutten, Arbeitslosen, Bohemiens, Jungarbeitern (aus der linken Szene), Anarchos und Kiffern. Ich suchte diesen Abyssus nur dann auf, wenn ich völlig ungestört sein wollte und das Herumsitzen im »Piano« satt hatte, was zwei-, dreimal im Jahr der Fall war. Volley oder Lukas nahm ich nie mit. Sie mochten diese Kaschemme nicht, und sie verabscheuten die Ungeheuer, die in diesem Lokal verkehrten.

Es war mir ein Rätsel, warum ich Maria zu unserem letzten Drink ausgerechnet ins »Brasil« einlud – vielleicht, weil es zu meinem persönlichen Bremen gehörte. Sie kannte das »Brasil« nur vom Hörensagen. Ich stellte mir vor, sie würde von dem schäbigen Ambiente nicht besonders begeistert sein, doch ich täuschte mich. Sie war zufrieden und glücklich, und im Laufe der nächsten Stunden fiel mir etwas auf, was ich schon bei unserer ersten Begegnung festgestellt hatte: Sie liebte es, Leute zu beobachten und in Räume einzutauchen. Sie schaute sich die Gäste im »Brasil« so wachsam an, als würde sie sie porträtieren müssen. Außerdem entdeckte ich bei ihr die Gabe, Menschen zuzuhören. Sie ließ ihren Gesprächspartner so lange reden, bis er endlich von allein schwieg. Diese Frau hat eine Mordsgeduld, schien mir, und ich ertappte mich plötzlich dabei, dass ich genau darauf achtete, *was* ich zu ihr sagte und *wie* ich es sagte – und so etwas war mir noch nie passiert.

Sie hielt das Glas Wein in ihrer Hand, schaute ihrem Gegenüber geradeheraus in die Augen und hörte mit leicht geöffneten Lippen zu. Man hatte den Eindruck, als würde sie in ihr Gegenüber eindringen und für eine Weile in ihm wohnen.

Ich fragte sie nach ihrer Mutter. Diese Frage lag mir schon lange auf der Zunge, ich wollte wissen, warum sie bis jetzt mit keinem einzigen Wort erwähnt worden war. Ich vermutete Schlimmes, sie sei an einer unheilbaren Krankheit gestorben oder durch einen Unfall ums Leben gekommen.

Nein, sagte sie, ihre Mutter sei nicht tot. Sie sei vor drei Jahren verrückt geworden und lebe seitdem in Bremen Ost, in der Nervenheilanstalt.

»Als ich klein war, hat sie sich ständig die Hände gewaschen«, sagte Maria. In ihrer ersten Wohnung in Hastedt habe es schmale Pfade gegeben, die man nie verlassen durfte. Der Fußboden war mit flauschigen, etwa fünf Zentimeter hohen Staubschichten bedeckt, und man durfte nur die Pfade benutzen. Marias Mutter wechselte mehrmals am Tag ihre Unterwäsche. Kam jemand zu Besuch, wurde sie nervös, Schweiß rann ihr in Strömen übers Gesicht, und sie ließ ihren Gast vor der Tür stehen und bat ihn, es später noch einmal zu versuchen, da sie erst duschen und sich umziehen müsse. Sie schloss sich die meiste Zeit im Badezimmer ein, die Badewanne lag voller Waschlappen und Geschirrtücher, die wochenlang in diesem schmutzigen Wasser schwammen, und die Küche durfte überhaupt nicht betreten werden. Mahlzeiten musste man auf der Straße einnehmen.

(Ob so etwas wie Wahnsinn vererbbar ist?, fragte

ich später einmal Horst Sobotta in Sorge um Maria Magdalena. Nein, Wahnsinn sei nicht vererbbar, meinte Horst Sobotta, aber aufpassen musst du trotzdem!)

Es blieb nicht bei einem einzigen Drink, doch das hatten Absacker so an sich. Sie vermehrten sich wie Pilze nach dem Regen.

Maria Magdalena hatte sich nur schwer eine Vorstellung von meinen Eltern und ihrem Leben in B. machen können. Mein Vater war arbeitslos, meine Mutter unterrichtete Gemeinschaftskunde und Biologie. Ich musste ihr einiges erklären, sie war so neugierig wie ihre Tochter Paulina und überschüttete mich immerzu mit neuen Fragen, was im Gespräch zu einem prickelnden Chaos führte: Sozialismus? Was ist das? Marktwirtschaft? Was ist das? Betrunkene Genossen, die schwungvolle Reden halten? Betrunkene Arbeitslose, die Zigaretten über die russische Grenze schmuggeln? Dreihundert Mark Rente im Monat? Wie geht das denn? Essig und Brot? Mehr gab es nicht? Nein? Fleisch und Zucker nur für Lebensmittelmarken?

Den Kult um die Heilige Maria kannte sie aus Spanien, wo sie tatsächlich mehrmals gewesen zu sein schien, aber sie wusste nicht, dass die Schwarze Madonna aus Tschenstochau kam. »Eigentlich aus B., aus meiner Heimatstadt, wo an jeder Ecke die Schwarze Madonna posiert und weint«, erklärte ich stolz.

Nach einer kurzen Pause fügte ich hinzu: »Als Junge begegnete ich ihr überall: in meinen Träumen und auf der Straße, auf dem Friedhof und in der Schule. Sie verfolgte mich. Sie geißelte mich mit Weinen und Beten. Erst als mein Vater, der bis heute ein mächtiger Trinker ist, im Suff die Ikone mit der Schwarzen Madonna aus dem Schlafzimmer entfernte, verstummte das Schluchzen und Beten. Er sagte zu meiner Mutter: ›Lucha, was hat diese Frau in unserem Bett zu suchen? Die Geliebte des Papstes!‹ Meine Mama daraufhin: ›Witold, du wirst in der Hölle schmoren!‹«

Maria Magdalena konnte nicht glauben, dass mein Vater nach den Streiks in Danzig von einem überzeugten Kommunisten plötzlich zu einem beißenden Regimekritiker und -gegner mutiert war.

»Kann man einfach so seine Farbe wechseln?«, fragte sie.

»Aber sicher! Als Kommunist kann man *alles* und *jeder* werden. Das ist das große Geheimnis! Nur eines ändert sich bei diesen Chamäleons nicht: Genosse bleibt Genosse! Wie mein Alter, dessen liebste Beschäftigung es ist, jedem Sterblichen die Leviten zu lesen!«

Unsere Gesprächsthemen waren von einer beachtlichen Bandbreite, und so kamen wir auf die Schule zu sprechen und darauf, wie unterschiedlich unser schulischer Werdegang gewesen war. Maria, die wie ihre kleine Tochter im Krankenhaus in der St.-Jürgen-Straße geboren wurde, hatte gegen alle Widrigkeiten einen glatten Weg zurückgelegt, wie ihn im Westen sonst nur Mädchen aus behüteten Verhältnissen machten: Grundschule, Abitur, Aupair in Madrid, Studium. Ich hingegen war durch meine osteuropäische Herkunft ein Spätzünder und hatte jeden Schritt, der für sie quasi selbstverständlich und das Normalste von der Welt war, nachholen müssen.

»Der Kampf mit der deutschen Sprache hat mich um Lichtjahre zurückgeworfen. Es war, als müsste ich noch einmal schwimmen lernen, bevor ich mich wieder auf tiefe Gewässer hinauswagen konnte. Es dauerte lange, bis ich den Anschluss gefunden hatte.«

»Und wie hast du das geschafft?«

»Überlebenswille! Wenn ich Hunger auf ein Schnitzel hatte, zeigte ich beim Fleischer mit dem Finger auf mein Begehr und grunzte dazu wie ein Schwein.«

»Das ist nicht dein Ernst!«, kicherte sie.

Wir recherchierten unsere Vergangenheit und konnten nicht begreifen, warum wir uns nicht schon viel früher getroffen hatten.

»Meine Typen«, sagte sie, »waren alle Nieten, und die größte von ihnen ist mein Ex. Er hat mich für eine andere sitzen lassen. Ich hasse ihn.«

»Ich auch«, sagte ich und bekam für diese Bemerkung von Maria ein Geschenk: Sie umarmte mich.

Kurz vor Mitternacht verließen wir das »Brasil«. Ich, der Gentleman, beschloss, meine Kundin nach Hause zu begleiten (ohne einen einzigen Hintergedanken). *No Sex in The Office!* Mehr oder weniger aus Zufall nahmen wir eine Abkürzung über die Hornerstraße, und als ich vor einem Mietshaus stehen blieb und erklärte, das hier sei mein Domizil, ein Zwei-Zimmer-Apartment im ersten Stock, betrachtete sie mich mit offenem Mund.

»Hier wohnst du, echt?«, fragte sie.

»Ja.«

»Du bist ja sozusagen mein … bester Nachbar?«

Beim Abschied hielten wir uns an den Händen und wollten uns nicht loslassen. Wir blickten uns ungläubig an, trennten uns aber ohne einen Kuss.

Ich ging nach diesem wortkargen Abschied ins »Brasil« zurück und genehmigte mir noch ein Bier.

Mir war bewusst, dass ich am nächsten Morgen einen bleischweren Kopf haben würde, so groß wie mein Kleiderschrank, doch das war mir egal. Ich hatte eine Frau kennen gelernt. Eine gute Frau.

Die Nacht verbrachte ich traumlos. Die Schwarze Madonna badete im Bikini im See. Es war der See, an dem ich Jolka begegnet war, meiner ersten Liebe.

Eine Woche später war der Saxo wieder fahrbereit. Die Citroën-Werkstatt hatte eine kilometerlange Rechnung ausgestellt – für das neue Getriebe, das man hatte einbauen müssen. Aber meine Versicherung geizte nicht und zahlte alles anstandslos. Herr Meinecke, mein Versicherungsberater, der am Steintor sein Büro betrieb (quasi in meiner Nachbarschaft), hatte zwar nicht allzu begeistert geguckt, als ich ihm die Rechnung präsentierte, aber da ich einer seiner besten Versicherungsnehmer war, wagte er es nicht, etwas zu sagen. Für sein freundliches Lächeln hatte ich in all den Jahren viel Geld ausgegeben. Meine monatlichen Beiträge waren von astronomischer Höhe. Ich hatte eine private Krankenversicherung mit Selbstbeteiligung. Dabei ging ich nicht einmal zum Zahnarzt und führte kein Bonusheft, das ich noch aus alten Zeiten, als ich arbeitslos war, besaß. Eigentlich müsste ich endlich schwer krank werden, mich in ein Prominentenkrankenhaus einliefern lassen und meine Privilegien auskosten, dachte ich mir.

Seltsamerweise nahm es mir Lukas nicht übel, dass ich ihn hatte hängen lassen. Meine Erklärung, warum ich ihm die roten Kennzeichen nicht nach Hannover bringen konnte, hatte er ohne Pardon akzeptiert. Ich hatte zu meiner Verteidigung nicht einmal schweres Geschütz auffahren müssen. Er sagte nur: »Bei aller Professionalität, die ich insbesondere bei meinen Kollegen *sehr* schätze: Kindergärtnerinnen haben Vorrang!«

Der wahre Grund für seine Milde war vielleicht gewesen, dass er von der Leasingbank fünf Ford Transit zu einem Spottpreis bekommen hatte. Diese Transporter, die mit hundertsechzig Sachen über die Autobahn donnerten und überall Angst und Schrecken verbreiteten, verkauften sich wie warme Semmeln. Der Haken bei der Sache war lediglich, dass zwei Berliner Türken – von den Deutschsprachigen eigentlich unsere besten Kunden, aber auch ein Kapitel für sich – die fünf Transporter per Fax bei Lukas bereits reserviert hatten. Er durfte die Transit niemand anderem mehr anbieten.

Schön und gut. Wir trauten allerdings den beiden türkischen Auto- und Gemüsehändlern nicht über den Weg, obwohl wir uns an ihnen dumm und dämlich verdienten. Sie kauften von uns so gut wie *alles*, Hauptsache es hatte vier Räder, und trotzdem waren sie unberechenbar. Sie schlossen ein Geschäft per Handschlag ab (»… äh! Chopin! Gib mal die Fünf!«) und forderten im nächsten Moment ihr Geld zurück. Manchmal kamen sie nach fünfzig Kilometern von der Autobahn runtergefahren und sagten: »Ist zu teuer. Dreihundert Mark zu teuer.« Die Polizei zu rufen kam nicht in Frage: Ein Krieg mit *Hasan und Co.* hätte uns finanziell ruiniert. Und so hielten wir den Mund und gingen auf ihre Forderungen ein, nicht nur um des lieben Friedens willen, wir wussten, dass sie drei

Wochen später wieder auftauchen und von uns selbst den letzten Schrott, der seit Monaten auf unserem Hof vor sich hin rostete und sich die Reifen platt stand, erwerben würden. Die Berliner Türken waren die größten Recycling-Spezialisten unter der Sonne, und somit gebührte ihnen eine Medaille für engagierten Umweltschutz: Sie beseitigten unseren Müll, und ab und zu sorgten sie für einen fetten Gewinn, der unsere Kassen auffüllte. Wie bei den Ford-Transportern. Unser Provinzstandort hatte so manchen unschätzbaren wirtschaftlichen Vorteil. In der Hauptstadt war der Automarkt knallhart und so undurchdringlich, dass es fast unmöglich war, dort als Neueinsteiger Fuß zu fassen. *Hasan und Co.* und Lukas' gute Laune waren mir aber an jenem Tag vollkommen gleichgültig: Ich freute mich darauf, nach Feierabend zu Maria Magdalena zu fahren, ihr den Schlüssel vom Saxo auszuhändigen und zu sagen – und dabei hoffentlich nicht allzu schmalzig zu klingen: »Es ist alles erledigt! Die Kosten übernehme ich!«

Ich ließ mich durch nichts aus der Ruhe bringen. Lukas war weg, er hatte zwei auswärtige Termine wahrnehmen müssen, bei der Handelskammer und seinem Steuerberater, und ich schlenderte über unseren Firmenplatz wie ein Mönch, weise, nachsichtig, erleuchtet und hilfsbereit, und war zu meinen Privatkunden von ausgesuchter Freundlichkeit. »*Super-Gebrauchte aus Bankverwertung!* Was kann ich für Sie tun?«, fragte ich lächelnd. Meine Zuvorkommenheit ging sogar so weit, dass ich ihnen praktisch vom Kauf unserer Modelle abriet (Tja, Lukas, Volley und ich hatten eine mündliche Vereinbarung – war einer von uns nicht da, übernahmen wir seine Aufgaben und mussten auch seine Pkws mit verkaufen, obwohl wir nichts dabei verdienten).

Ich weidete mich an der Verunsicherung der Privatkunden wie ein katholischer Priester aus B., der mit Hilfe Jesu Christi, der Schwarzen Madonna und der Hölle die Schafe seiner Gemeinde in Schach hielt. Das Verkaufen von Autos war eine Religion – eine ganz große Kunst: Erfolge konnte ich nur dann erzielen, wenn ich als Lebensberater agierte. Als ein farbloser Niemand war ich zum Scheitern verurteilt. Ich musste als gutherziger König auftreten, der seinen Untertanen nur das Beste wünschte. Dann vertrauten sie einem, dann wurden sie gierig und wollten auf Teufel komm raus ihre Träume verwirklichen.

Und eines war ganz besonders wichtig: Ich durfte nicht zulassen, dass man mich zum polnischen Immigranten abstempelte, der es zu etwas gebracht hatte.

Hegte jemand wegen meines Akzentes und des harten *Rs* an meiner germanischen Herkunft Zweifel, sagte ich, ich sei Ostpreuße. Für die Rentner war ich somit ein Heiliger. »Sie sind ein so genannter Vertriebener!«, sagten sie gerührt.

Für junge Leute war eine andere Strategie angesagt. Denn in ihrem schwarz-weißen Schubladendenken, das sich *Political Correctness* nannte, stellten sie sich unter einem Ostpreußen ein Fossil aus der Nazizeit vor, und das war nicht gerade die Rolle, die ich in der Hansestadt spielen wollte. Jungen Käufern sagte ich deswegen, in meinen Adern flösse das Blut von vier Sippen: deutsches, polnisches, russisches und jüdisches. So! Und es entsprach sogar der Wahrheit.

Den Osteuropäern setzte ich von Zeit zu Zeit klare Grenzen. Wenn ich von ihnen genervt war, tat ich so, als würde ich ihre Sprache nicht verstehen, obwohl sie spürten, dass ich aus dem gleichen Holz geschnitzt war wie sie.

Eine Sendung von Radio Bremen2, die ich übrigens auch gerne hörte, hieß »Die globale Dorfmusik«. Der Name brachte mich auf die Idee, meinen Geburtsort als ein globales Musikdorf zu bezeichnen, und ich fügte ergänzend hinzu, aus B. würden viele berühmte deutsch-polnisch-russisch-jüdische Komponisten stammen und dass es von B. aus nicht mehr weit zur russischen Enklave und nach *Königsberg* sei. Und jeder dachte dann daran, dass der auf diesem *Berg* geborene Immanuel Kant der *König* der Philosophen war und dass in den ostpreußischen Wäldern fein angezogene Teufel herumspazierten und auf ihre Opfer lauerten. Ich selbst hatte als Kind solche vornehm gekleideten Teufel gesehen, an dem See, der den heidnischen Namen der Pruzzen, *Dadaj*, trug und an dem ich mich fünfzehnjährig in eben jene Jolka aus Warschau verliebte. Zum Dadaj gehörte auch ein riesiger, fruchtbarer Forst, in dem es Pilze, Blau- und Himbeeren, Honig und Wild gab. Und die Deiwel, wie man bei uns in Bremen sagte, gingen in ihren grauen Mänteln aus Seide und Samt zwischen den Kiefern und Lärchen einher und versuchten, die Waldbesucher zu erschrecken, indem sie entsetzliche, hassverzerrte Fratzen schnitten. Erst viele Jahre später, als ich mich mit den ersten Folgen der amerikanischen Fernsehserie »Akte X« vertraut machte, erkannte ich meine ostpreußischen Teufel wieder – allerdings traten sie bei den Amis in Gestalt von Außerirdischen auf, deren Körper keine äußeren Geschlechtsorgane aufwiesen.

Die Bewohner von B. nannten die Deutschen *diabły* (die Deiwel), weil sie die klügste Nation der Erde waren und praktisch so gut wie alles erfunden hatten, von der Margarine bis zur Rakete. Die Einzigen, die ihnen das Wasser reichen konnten, waren die *japońcy* (die Japsen), weil sie unverwüstliche *samochody* (Autos) bauten wie Toyota oder Mazda. Übertroffen wurden die Deutschen und die Japsen nur noch vom Heiligen Vater in Rom. Er war für die Bewohner meines Städtchens der größte Superstar von allen. Niemand anderes als er verwaltete das Universum – im Namen Gottes selbstverständlich.

Wenn ich manchmal daran dachte, was Lech Wałęsa Anfang der Achtziger nach seinem Besuch in Japan gesagt hatte, kräuselten sich mir die Lippen vor Vergnügen zu einer Schnute, bevor ich mich kurz darauf vor Lachen wegschmiss: Er sagte, er wolle in Polen innerhalb von zwei Jahren ein zweites Japan aufbauen.

Und so, beschäftigt mit der Betreuung von Privatkunden und in freien Minuten mit meinen Gedanken, hatte ich nicht gemerkt, wie schnell auf unserem Firmenplatz die Zeit dahingeflossen war. Und wie in diesem Job an der Tagesordnung, hatte ich ganz plötzlich, kurz vor Büroschluss, noch ein kompliziertes Problem zu lösen: Gegen achtzehn Uhr kam ein Taxi mit einem Ungarn, und wenig später ein zweites mit einem Spanier. Beide waren Chauffeure – das Dumme war nur, dass die Deppen ein und dasselbe Fahrzeug abholen wollten.

Der Käufer aus Barcelona hatte mir vor drei Wochen ein Fax geschickt und mich gebeten, den Renault-Transporter für ihn zu reservieren. Ich antwortete ebenfalls per Fax, dass er mir bitte zunächst das Geld überweisen möge, und sobald es bei meiner Bank eingetroffen wäre, könne er seinen Chauffeur losschicken. Okay, das wolle er tun, bestätigte er mir in einer E-Mail.

Ich wartete auf die Überweisung aus Spanien, und da sie nach zwanzig Tagen immer noch nicht eingegangen war, verkaufte ich den Transporter an einen Ungarn, der den Wagen bei Abholung bar bezahlen wollte. Ich hatte dem ungarischen Käufer ohne Bedenken eine verbindliche Zusage gegeben, denn die »Spaniokels«, wie sie von Volley liebevoll geschimpft wurden, meldeten sich ja nicht mehr.

Ausgezeichnet, dachte ich mir, die Karre ist weg! Ich redete mir ein, eine Banküberweisung innerhalb der EU dürfe keine drei Wochen dauern, so ließen sich doch keine Geschäfte machen! Gestern Morgen jedoch, als ich bei meiner Bank die Kontoauszüge abholte, war unter Einnahmen eine Überweisung aus Barcelona aufgeführt. Satte einundzwanzigtausend Mark für den Transporter.

Und nun das: Ich versuchte, dem Spanier seine Situation zu erklären, was gar nicht so einfach war, weil er nicht einmal ein bisschen Pidgeon-Englisch konnte, obwohl er mir auf meine Frage *»Du ju spik inglisch?«* geantwortet hatte, er würde zwar nur radebrechen, jedoch alles verstehen.

Ich zeigte ihm meinen Kontoauszug und das Fax von seinem Chef. Erst dann erfasste er endlich, was ich ihm hatte sagen wollen und dass seine Lage gar nicht zum Lachen war. Er warf seine Kappe auf den Boden und fluchte in seiner Muttersprache spuckend und fauchend, und ich konnte mir denken, dass *ich* in erster Linie der verdammte Narr war, den er da verfluchte.

Der Ungar kapierte überhaupt nicht, was los war, was wiederum für ungarische Kunden typisch ist. Sie sind im Geschäftlichen korrekt, zahlen immer in bar und sprechen meistens Deutsch, leben aber scheinbar nach wie vor in ihrem Kaiser-Franz-Josef-Reich, wo die Uhren viel langsamer ticken als bei uns in der BRD.

Der Spanier packte mit seinen Pranken den Magyar an der Jacke und drückte ihn gegen den Maschendrahtzaun. Gott sei Dank kam in diesem Augenblick Volley angefahren und hupte einige Male, um den aufgebrachten Kunden zur Besinnung zu bringen.

Volley war in Hannover gewesen und hatte wieder einmal »eingekauft«, was in unserer Sprache bedeutete, dass er ein paar Pkws ersteigert hatte.

Er war in brenzligen Situationen mein bester Schutzengel. Man konnte ihn um halb drei morgens aus dem Bett schmeißen, wenn man zum Beispiel mit einem kaputten Jaguar auf der Autobahn stand, weil der Motor kochte (der Jaguar war ein wunderschönes Fahrzeug, aber seine Technik taugte nichts).

Es gelang Volley und mir, den spanischen Fahrer zu besänftigen. Er telefonierte lange vom Handy mit seinem Chef. Nach dem Telefonat entschuldigte er sich bei mir für seinen Jähzornanfall, aber seine Enttäuschung konnte er nicht verbergen. Er fluchte weiter, und irgendwie tat er mir auch Leid. Ich bot ihm daher an, die Kosten für das Rückflugticket und gegebenenfalls auch für das Ibis-Hotelzimmer zu erstatten, doch er lehnte kategorisch ab. Sein katholischer Stolz verbot es ihm, von mir Geld anzunehmen. Und so rief ich ihm ein Taxi, das ihn zum Flughafen brachte. Der Fall schien erledigt zu sein.

Der Ungar war kreidebleich, als er mit mir unser Büro betrat, und ich kochte uns erst einmal einen Espresso. Während ich den verhassten Papierkram erledigte, die Ausfuhrpapiere, die Formulare vom Zoll und Finanzamt ausfüllte, holte er die einundzwanzigtausend Mark aus einem Kuvert und zählte sie ab – mit zitternden Händen, als hätte er die Parkinsonsche Krankheit.

Maria Magdalena war leider nicht zu Hause, als ich um kurz nach acht bei ihr eintraf. Sie hatte Elternabend in ihrem Kindergarten, und ihr Vater richtete mir aus, sie komme erst um halb zehn zurück. Pech gehabt. Ich übergab ihm die Schlüssel von dem Saxo und wollte gerade gehen und ihm sagen, er solle Maria herzlich von mir grüßen, als er mich am Ärmel in den Flur hineinzog und mir einen Briefumschlag in die Hand drückte.

»Ein Geschenk von mir für euch zwei«, sagte er augenzwinkernd.

»Ein Geschenk? Danke!«

Ich war verblüfft. Ein Blick in den Briefumschlag ließ meine Verblüffung noch größer werden. Zwei Konzertkarten für Marillion lächelten mir da entgegen. »Maria steht auf die …«, sagte er.

»Ich auch …«, erwiderte ich. Meine Antwort war aufrichtig, sie waren in den Achtzigern die polnische

Ersatzband für Genesis gewesen. Bei ihren Live-Konzerten glaubte ich, in Trance über meinem Körper zu schweben wie eine Taube. Und nun konnte ich zusammen mit einer Frau, die ich mehr und mehr bewunderte, herausfinden, ob Marillions Musik immer noch dieselbe hypnotisierende Wirkung auf mich haben würde wie damals.

Ich bedankte mich bei Horst, der wirkte, als wäre ihm ein riesiger Stein von Herzen gefallen, und der mir das erste Mal wie ein netter Bursche vorkam.

»Sag ihr nicht, dass die Tickets von mir sind!«, bat er mich zum Schluss.

»Ist gut …«

»Hoffentlich kommt sie mit …«, sorgte er sich noch.

»Tja – das wissen wahrscheinlich nicht einmal die Götter, wie sich deine Tochter entscheiden wird!«

Ich ging zu Fuß nach Hause. Mein Apartment in der Hornerstraße, das ich seit der Trennung von meiner letzten Freundin kurz vor Silvester 1998 bewohnte, war für einen allein stehenden Mann wie mich vollkommen ausreichend. In dem alten Kaufmannshaus, in dem es heute lauter kleine bezahlbare Zweizimmerwohnungen gab, war ich der Einzige, der nicht studierte oder von der Arbeitslosenhilfe lebte. Und ich gab mir vor meinen Nachbarn nicht allzu große Mühe, einer von ihnen zu sein. Ihr Bruder in Not sozusagen. Ich sagte geradeheraus, ich sei selbstständig und würde mit Gebrauchtwagen handeln. Ich erzählte ihnen sogar, wenn wir bei mir tranken, was manchmal vorkam, dass ich an einem Tag das Monatsgehalt einer Kassiererin im Supermarkt verdienen würde –

wenn es schlecht liefe. Sie glaubten mir sowieso kein Wort, aber mein Bier und Wein schmeckten ihnen trotzdem.

Da ich den ganzen Tag lang nur von Kaffee und Zigaretten gelebt hatte, war ich hungrig und durstig. Ich kochte mir Spaghetti Bolognese. Die Hackfleischsoße hatte ich selbst zubereitet. Ich mochte es scharf und verfeinerte sie mit fünf Tropfen Tabasco.

Ich aß und trank dazu zwei Beck's.

Um mich auf das Konzert von Marillion einzustimmen, legte ich eine ihrer alten LPs auf. Die Schallplatte knisterte ziemlich, doch das störte mich nicht. Sie hatte fünfzehn Jahre auf dem Buckel. In diesem Alter durfte sie knistern und sogar etwas mosern.

Als das Intro von »Sugar Mice« angespielt wurde, der Ballade von der B-Seite, kippte meine Stimmung um. In meiner Erinnerung flimmerten Bilder vom letzten Silvester vorbei. Die bescheidene Party hatte in meinem Apartment stattgefunden. Eingeladen waren Lukas mit seiner neusten Eroberung, Volley und Karola. Ein paar Tage zuvor hatte ich buchstäblich meine Freundin verjagt. Sie hatte *alles gewollt* und ich *nichts*. Irgendwelche Hoffnungen hatte ich ihr nie gemacht. Sie war ein Drachen und hatte Pläne für unsere Hochzeit geschmiedet, allerdings in aller Heimlichkeit, und als ich es erfuhr, blieb mir nichts anderes übrig, als ihr »Adieu!« zu sagen. Ich hatte diesem Mädchen das Herz und die *Musinska* gebrochen, und es ging mir gar nicht gut.

Ich trank mir geschwind einen an und tanzte mit den beiden Damen. Ich war jedoch nicht ganz bei der Sache. Es tat mir Leid, dass ich meinen Freunden die Silvesterfeier vermieste. Um mich aufzumuntern, schlug ich Volley vor, aufs Dach zu klettern, um dort den Sektkorken knallen zu lassen und das neue Jahr zu begrüßen. Mir war alles egal.

Die Einstiegsluke zum Dachboden im zweiten und letzten Stockwerk war mit einer Art Lanze zu öffnen, an dessen Spitze ein Haken befestigt war. Damit konnte man das schmale Holztreppchen herausfahren. Dann gelangte man in das Innere eines Turms, wie bei einem U-Boot. Eine Leiter, die die Schornsteinfeger bestiegen, endete in diesem Turm an einem breiten Fenster, das aufs Dach führte. Es war ein Flachdach und mit Teerpappe isoliert, konnte also getrost die Funktion einer Terrasse übernehmen.

Wir probierten es. Kurz vor Mitternacht standen wir mit der Flasche Sekt auf meinem Haus, und ich wurde tatsächlich etwas fröhlicher. Wir stießen mit den bis zum Rand gefüllten Plastikbechern an, froren uns die Hintern ab und sahen die Häuser im Funkenlicht der aufsteigenden und hoch am Himmel explorierenden Feuerwerksraketen lodern. Ich ließ mir noch einen Schluck Sekt einschenken und hatte zum ersten Mal das Gefühl, dass ich Deutschland, Bremen, Volley, Karola, Lukas samt seiner Schicksen und selbst meinen Job *liebte*: Okay, ich war besoffen und damit auch für exaltierte Gefühle empfänglich. Ich flog wie ein Schüler Don Juans, erforschte alle Himmelsrichtungen und wusste genau, wo Norden oder Osten war. Ich dachte mir, schau, dort links ist der Dadajsee, und am Strand liegt Jolka und sonnt sich. Romek oder Tomek waren noch nicht geplant gewesen und genauso wenig unsere Flucht nach Bremen. Aber in diesem

Augenblick wurde meine Welt aus den Angeln gehoben: Ich war hier in meinem neuen Land kein Gast mehr und hatte ein Zuhause, in dem ich mit guten Freunden feierte. Das Einzige, was mir fehlte, war der geniale Song »Boskie Buenos« von Maanam, der in Polen 1980 ein Riesenhit gewesen war. Ich erkor in diesem Moment das Lied zu meiner Staatshymne hier in der Bundesrepublik. Dass mir acht Monate später Maria Magdalena über den Weg laufen würde, konnte ich in dieser Silvesternacht nicht ahnen.

So war das.

Die B-Seite von »Clutching at Straws« war zu Ende. Ich hatte noch vier Beck's im Kühlschrank und Lust, sie auf meinem Dach zu trinken. Während ich die kalten Flaschen in eine Tüte steckte, fiel mir ein, dass aus dieser Höhe Maria Magdalenas Mietshaus in der Feldstraße zu sehen sein müsste. Der Abend hatte angenehme zwanzig Grad, die Sonne ging unter, und ich würde sie gebührend verabschieden. Ich nahm außer dem Bier eine Wolldecke, meinen Discman und ein paar CDs mit, vorsichtshalber auch mein Handy, weil es durchaus passieren konnte, dass irgendein Nachbar die Einstiegsluke zum Dachboden verschließen würde. Sein »Hallo! Ist da jemand?« würde ich bestimmt überhören.

Ich kletterte mit meiner Ausrüstung die Leiter hoch und schlüpfte durch das Fenster der Schornsteinfeger nach draußen. Die Luft hier oben war herrlich, und ich breitete meine Wolldecke aus, legte mich auf den Rücken und paffte meine blauen Gauloises. Ein Passagierflugzeug überflog die Stadt und verschwand in den Wolken. Es dämmerte allmählich, eine warme

Brise wehte vom Hafen her, und ganz weit im Westen ging die Sonne unter. Niemand konnte mich bei meiner Siesta beobachten, nicht einmal die Bewohner der obersten Stockwerke auf der gegenüberliegenden Straßenseite.

Ich war endlich allein und konnte in Ruhe über Maria Magdalena und mich nachdenken. Was würde aus uns werden? Sie war zweiunddreißig, ich würde bald vierunddreißig sein, eigentlich für eine Frau und einen Mann das beste Alter, um etwas Zukunftsträchtiges auf die Beine zu stellen. Eine kurze Liaison, mochte sie auch noch so intensiv sein, kam bei mir nicht mehr in Frage, und wie es schien, bei Maria auch nicht. Ein Glück von kurzer Dauer interessierte uns nicht. Und wollte ich Kinder haben? Sie hatte schon eines. Vielleicht wollte sie keine mehr, aber ich? Sollten wir ein Paar werden, würde sie mich bestimmt eines Tages fragen, ob ich mit ihr ein Kind haben wolle. Mich reizte der Gedanke, wir könnten meine ganze Kohle verprassen und neu anfangen. Das wäre Wahnsinn. Aber das Studium wieder aufzunehmen – dazu würde ich mich nicht mehr aufraffen können, aus politischen und finanziellen Gründen. Ich würde also bei meinem Autohandel bleiben, und für Maria wäre es um einiges leichter (sollten wir tatsächlich zusammenleben), eine bessere Stelle zu finden. Letztlich müsste sie gar nicht mehr arbeiten. Ich verdiente genug. Ich könnte also Maria schwängern und Vater werden, das waren ja schöne Aussichten … Was würde Paulina dazu sagen? Oder sollte ich in die Fußstapfen von Lukas und Volley treten und den ewigen Junggesellen spielen? Lukas und Volley wollten keine Familien gründen.

Sie mochten Kinder, zumindest behaupteten sie das gelegentlich, aber es sei schwer, die richtige Frau zu finden, was eine ziemlich dürftige Ausrede war. In erster Linie waren sie zwei unverbesserliche Schwarzmaler: Volley, der Haudegen, hatte ein schlimmes Geheimnis, das ich niemandem verraten durfte, und wünschte unserem Planeten, den der Mensch in ein Schlachthaus verwandelt habe, ein jähes Ende. Er wiederholte immerfort, mit all den gebunkerten Atombomben säßen wir auf einem Pulverfass. Lukas, der Ingenieur, glaubte nicht einmal ans Nirwana und betrachtete den Autohandel als Sport und prima Ablenkung. Und ich, der verkappte Kommissar? Götter hatte ich doch keine mehr, ich hatte sie in B. zurückgelassen, bei meinen Eltern. Auf wen konnte ich mich also in der Not verlassen? Nur auf mich, wie bis jetzt immer? Oder in Zukunft auch auf Maria Magdalena? Und das Wichtigste: War Chopin wirklich ein Krieger? Kämpfte er wirklich für die gute Seite? Wer war ich?

(Übrigens kehrte diese Frage mit aller Gewalt und Heftigkeit zurück, und zwar kurz nachdem mich Maria zum ersten Mal verlassen hatte, und ich dachte mir in meiner ganzen Hoffnungslosigkeit: Ich bin kein Kommissar, ich bin nicht einmal Bademeister, obgleich mir die Sorge um den Frieden und die Ordnung von Haus aus eigen ist und ich sie jeden Tag vor mir hertrage wie ein Banner. Meiner Mutter zweites Zuhause ist die Kirche, und mein Vater hätte am liebsten den Kommunismus wiederbelebt … Genosse bleibt Genosse! In B. sind *alle* arbeitslos. Selbst in Brüssel spricht man davon. Arbeitslosenzahlen wie in B. an der Łyna haben die Europaabgeordneten noch nie zu Gesicht bekommen. Wenn ich ab und zu mit meinem Vater telefoniere, brüllt er in die Sprechmuschel, als wäre ich ein Brüsseler Beamter und der Hauptverantwortliche. Ich muss mir den Hörer vom Ohr halten und wische mir unwillkürlich mit einem Taschentuch oder mit dem Ärmel über Mund und Nase, so spuckt und flucht er am anderen Ende. Ich sage ihm nur: Dann flieg doch nach Moskau und bitte um Hilfe! Darin habt ihr ja Übung! Ich möchte ihn selbstverständlich nicht verletzen, aber wozu die ganze Aufregung, wenn man sowieso nichts ändern kann? Und wie es mir geht, interessiert euch so gut wie nie! Wer bin ich denn für euch? – Unser Kind, Chopin, unser Kind! Und das wirst du immer bleiben! Unser geliebter Sohn!)

Ich setzte mich auf meine Arschbacken, trank das Bier, steckte mir eine Zigarette nach der anderen an und hörte eine CD von Van Morrison. Ich hatte noch zwei weitere mit, aber nicht von dem irischen Sänger, sondern von John Coltrane, und diese Musik eignete sich am besten für eine nächtliche Jamsession.

Das Marihuana-Rauchen hatte ich aufgegeben, schon vor Jahren, doch ich hatte nicht vergessen, wie es war, high zu sein, und manchmal hatte ich dieses unbändige Gefühl, als hätte ich einen Joint geraucht, wie jetzt hier auf dem Dach.

Ich stellte den Discman etwas leiser und streckte mich auf meinem Lager aus. Ich war auf einmal müde und schläfrig. Ich nahm die Kopfhörer ab. Die Geräusche der Stadt waren ganz weit weg.

Ich blickte in den Himmel, der rötlich glänzte und immer tiefer sank, bis auf die Dächer. Ich wehrte mich, ich wollte nicht einschlafen, niemals unter diesem kupfernen Himmel, der mich wieder nach B. entführen wollte, zurück zu meinen Eltern, zurück zur Ewigen Nacht. Aber ich war zu schwach und fiel in den schwärzesten Abgrund meines Herzens. Du darfst nicht schlafen, sagte ich mir die ganze Zeit, du kannst noch nicht sterben, Maria braucht dich, dann hörte ich über meinem Kopf einen Daumenschnalzer, der mich weckte.

Es war dunkel um mich herum. Unten auf der Straße, in der Dreißiger-Zone, brausten die Autos wie auf einer Rennstrecke. Mir taten alle Knochen weh, und meine Augen gewöhnten sich nur schwer an das Schwarz der Nacht. Ich wunderte mich, dass das Heulen der Polizeisirenen und Rettungswagen mich nicht geweckt hatte, dafür aber dieser eine merkwürdige Daumenschnalzer, als hätte mir jemand ein Glas Wasser ins Gesicht geschüttet.

Ich schaute auf die Zeitanzeige meines Handys: halb elf. So spät? Habe ich wirklich so lange gepennt? Ja, meine Handy-Uhr log mich nicht an, völlig ausgeschlossen. Für mich waren aber nur wenige Minuten vergangen.

Marias Mietshaus in der Feldstraße war nicht zu erkennen, und wenn, dann nur bei Tageslicht. Und es war, wie ich es vorausgesagt hatte: Jemand hatte die Einstiegsluke zum Dachboden geschlossen.

Ich überlegte, wen ich anrufen und zu Hilfe holen könnte. Maria Magdalena sicher nicht, und Volley, meine private Feuerwehr, auch nicht. Ich würde mir anhören müssen, dass ich besoffen sei und ihn auf den Arm nehmen wolle. Ich durchstöberte das Adressbuch meines Nokias, ging einen Namen nach dem anderen durch und stieß unter dem Buchstaben S auf Sandra, die Biologiestudentin aus dem zweiten Stockwerk. Aber abends war Sandra oft nicht da. Sie jobbte in einem Altersheim. Oft kam sie erst spät nach Hause, und manchmal übernachtete sie auch bei ihrem Freund in der Neustadt. Ich war kein Selbstmörder: Herunterspringen und alles beenden – danach war mir nicht, und es wäre auch nicht mein Stil gewesen. Ich öffnete mir lieber eine Flasche Beck's (die letzte), zündete mir eine Zigarette an (auch die letzte) und legte eine der CDs von John Coltrane ein. Volley würde übrigens auch keinen Selbstmord begehen, nicht einmal Lukas, der als junger Mann und Student zum Therapeuten gegangen war und Antidepressiva geschluckt hatte, weil er ein Semester im Wesentlichen damit zugebracht hatte, im Bett zu liegen und die Zimmerdecke anzustarren.

Ich hüllte mich in meine Wolldecke und musste lachen. Ich hatte mich von meinen Nachbarn aussperren lassen: auf dem Dach unseres Mietshauses. Ich war draußen in der Welt und zugleich ein Gefangener.

Die Biologiestudentin Sandra hatte in ihrem Altersheim Nachtdienst gehabt, und so befreite sie mich erst am frühen Morgen aus meiner Gefangenschaft. Zu meinem nächtlichen Ausflug meinte sie nur, sie sei selbst ganz schön verrückt, aber ich hätte einen XXL-Knall, womit sie nicht ganz Unrecht hatte.

»Was hast du da auf dem Dach gesucht?«, fragte sie. »Nimmst du mich nächstes Mal mit?«

»Ja, zum Wäscheaufhängen! Doch darüber müssten wir noch reden!«

Seltsamerweise ging es mir prächtig. Ich hatte gut geschlafen, wenn auch ein wenig unbequem; in der Frühe war es mir einmal kurz kalt geworden.

Ich fühlte mich aber, als hätte ich drei satte Saunagänge absolviert: Mein nächtlicher unfreiwilliger Aufenthalt auf dem Dach hatte mich von den Giften, die meinen Körper zerstörten, gereinigt, zumindest für eine Weile; diese Gifte steckten im Alkohol, in Nikotin, Zucker, Dope und schlechtem Sex, in fetten Bratwürstchen und Gyros und der Coca-Cola, die ich neben Red Bull als bestes Mittel gegen Kater pries. Am giftigsten war jedoch das Geldzählen.

Kurz vor dem Aufwachen hatte ich einen Traum gehabt: Ich befand mich am Dadajsee. Es war ein milder Sommerabend, das Wasser schillerte grün, und ich stieg vom Ufer in eine chinesische Dschunke, die keine Segel hatte. Maria Magdalena steuerte. Ich erinnere mich nicht daran, ihr Gesicht gesehen zu haben. Sie trug ein knöchellanges blaues Kleid und purpurfarbenen Schmuck, ein Armband und eine Perlenkette. Sie war eine biblische Riesin. Ruhig, mit geschmeidigen, geübten Bewegungen tauchte sie das Ruder ins Wasser. Wir näherten uns einer Holzbrücke, die vom Festland zu einer kleinen Insel führte, wo sie mich wortlos absetzte. Sie hatte sich nicht einmal nach mir umgedreht, oder mir zugewinkt, obwohl ich zum Abschied laut ihren Namen gerufen hatte. Auf der Insel gab es riesige Erdbeerfelder, selbst auf der Holzbrücke war ein Erdbeerbeet angelegt worden. Eine Frau mittleren Alters, die Verwalterin dieser Plantage, holte mich ab. Sie drückte mir einen Korb in die Hand und befahl mir, Erdbeeren zu pflücken: Ich solle sie am folgenden Morgen auf dem Markt in Biskupiec, einem nahe gelegenen Kaff, verkaufen, sagte sie. Schließlich hätte ich bei meinen Freunden Schulden, ich dürfe mir aber den Bauch voll schlagen. Ohne mich zu bedanken, machte ich mich sofort an die Arbeit. Ich hatte nicht den Eindruck, das große Los gezogen zu haben. Und dann wachte ich auf, weil ich fror.

Es war noch sehr früh, kurz vor sieben, und ich hatte Durst. Als ich meine Küche betrat und zum Kühlschrank ging, fiel mein Blick als erstes auf die Konzertkarten, die mir Horst Sobotta geschenkt hatte: Festgehalten von einem Magneten klebten sie an der Kühlschranktür.

Was Frauen anging, war ich nicht der romantische Typ. Gemeinsamer Kinobesuch und anschließender Spaziergang an der Weser waren nichts für mich. Ich bombardierte sie auch nicht mit Anrufen, E-Mails und SMS, bis sie mich endlich zu sich, in ihre kleine Räuberhöhle, einluden. Doch da ich wie Maria Magdalena seit fast einem Jahr solo war, fasste ich mir ein Herz und rief sie in der Mittagspause an. Ich fragte, ob sie mit zu dem Konzert von Marillion gehen wolle, und war überrascht, als sie prompt zusagte.

An dem Tag, als Marillion in Bremen auftreten sollten, fuhr ich wieder einmal mit Lukas und Volley zur Leasingbank nach Hannover. Auf unserem Autohof *Super-Gebrauchte aus Bankverwertung* herrschte gähnende Leere – wir mussten wieder einmal »einkaufen« gehen. Jeder hatte fünfzigtausend Mark eingesteckt, praktisch sein Kleingeld. Die Geldscheine passten kaum in unsere Aktentaschen. Die Liste mit den aktuellen Angeboten hatten wir schon bei einem morgendlichen Kaffee genauestens studiert, und jeder hatte seine Wahl getroffen. Wir durften uns natürlich nicht in die Quere kommen und sprachen uns ab, wer welchen Pkw kaufen würde. Die Liste war Gold wert. Wir riefen sie jedes Mal, wenn wir Nachschub brauchten, kurz vor sieben Uhr morgens per Fax ab. Das Sekretariat der Leasingbank war um diese Zeit schon besetzt, und die nette Frau Müller schaltete das Faxgerät für uns frei. Sie war es auch, die uns zu unseren Terminen in den gläsernen Büros der Verkäufer immer mit Kaffee und Mineralwasser versorgte. Andere Kunden der Leasingbank, die Türken oder die Perser zum Beispiel, die immer ihre Gebetsteppiche dabeihatten, die sie manchmal im Warteraum ausrollten, um dann niederzuknien und zu beten, bekamen die Liste erst um neun Uhr. Wir hatten also einen Vorsprung von zwei Stunden. Frau Müller lehnte Trinkgeld für ihre Hilfe ab, sie wollte ihren Job nicht verlieren, und die Verkäufer zu schmieren war uns noch nie gelungen – sie hielten sich bedeckt. Vielleicht hatten die Türken und Perser mehr Erfolg. Im Vergleich zu ihnen, den Multimillionären, die bei der Leasingbank an einem einzigen Tag hundert Fahrzeuge erstanden, waren wir kleine Fische.

Jeder von uns hatte schon eine Steuerprüfung über sich ergehen lassen müssen, Lukas sogar ganze zwei. Der Staat behandelte uns wie Verbrecher, Parasiten und Systemfeinde. Dabei war er der wahre Faschist, und nicht wir. Er traute uns nicht (in gewisser Hinsicht zu Recht!). Er wunderte sich, dass wir einen Jahresumsatz von einer Million Mark hatten und keine Angestellten beschäftigten. Alles erledigten wir allein, das Waschen der Fahrzeuge, den Ölwechsel, die Besuche in der Handelskammer, die Büroarbeiten, das An- und Abmelden in der Kfz-Zulassungsstelle – wir legten nichts in die Hand des Herrn, und insbesondere nicht unsere Steuererklärung. Unserem Steuerberater teilten wir nur mit, was er erfahren durfte, und Lukas, der sich mit den Gesetzen gut auskannte und immer auf dem neusten Stand war, achtete darauf, dass in unseren Steuererklärungen keine verdächtigen Rechnungen und Verträge auftauchten. Alles sah er sich mindestens zehnmal an, wofür Volley und ich ihm sehr dankbar waren. Erst dann ließen wir die ganzen Papiere von unserem gemeinsamen Steuerberater Hackmann prüfen. Einmal hatte sich Lukas mit einem Finanzbeamten angelegt und angefangen, ihm seinen Job zu erklären und ihn zu belehren. Das war nicht klug von ihm gewesen. Er zeigte dem armen Mann Paragraphen, die dieser tatsächlich nicht kannte. Der Finanzbeamte stand ganz schön dumm da, ließ sich jedoch nichts anmerken und bestrafte Lukas mit einer zweiten Steuerprüfung. Und eine Steuerprüfung war das Schlimmste, was man sich vorstellen konnte: Sie kamen zu einem nach Hause und durchwühlten selbst die Kleiderschränke. Volley hatte bei seiner Steuerprüfung demonstrativ die Hose heruntergelassen und gefragt, ob sie auch eine Leibesvisitation bei ihm durchzuführen beabsichtigten. Bei mir stießen sie auf die vergilbten Liebesbriefe von Jolka. Einen Brief ließen sie sogar von einem Bremer Übersetzerbüro ins Deutsche übertragen, weil sie den Verdacht hegten, ich sei ein polnischer Autoschieber. Ich fühlte mich nicht gekränkt oder verletzt, nein: Ich wusste doch, mit wem ich es zu tun hatte.

Sie hatten vor nichts Achtung oder Respekt. Sie waren Sklaven, denen der Staat Hass und Misstrauen eingeimpft und selbstständiges Denken abgewöhnt hatte. Sie zählten zu seinen zahlreichen Robotern und Handlangern.

»Die tun immer so, als handelte es sich um ihr eigenes Geld«, sagte unser Steuerberater, der sich an uns eine goldene Nase verdiente.

Wir kauften zehn Pkws und drei Transporter von Renault. Kein guter Fang, nichts Aufregendes, keine Schnäppchen, und ich hatte mir einen Saab andrehen lassen, den ich niemals mit Gewinn weiterverkaufen würde.

Eine Stunde vor Konzertbeginn ging ich zu Fuß in die Feldstraße, es waren ja nur zehn Minuten, die mich von Maria trennten. Wir begrüßten uns herzlich. Sie hatte sich aufgetakelt, war geschminkt und gepudert, als würden wir eine Opernvorstellung besuchen wollen und keine Rockshow. Paulina wünschte uns viel Spaß, und Horst Sobotta zwinkerte zweimal mit dem linken Auge wie ein Matrose. Wir rannten los, weil es schon spät war, und erwischten gerade noch unsere Straßenbahn.

Wir stürmten die Konzerthalle, die Band hatte längst zu spielen begonnen, und wir verpassten leider den ersten Song.

Maria war von dem Auftritt der Schotten begeistert. Besonders gefiel ihr der alte Hit »Kayleigh« von

1985, und es hing wohl damit zusammen, dass sie als Gymnasiastin in jenem Jahr für einen Jungen aus ihrer Klasse geschwärmt hatte, der ein Marillion-Fan gewesen war. Und ich? Ja, meinen Körper verlassen und fliegen konnte ich nicht mehr, aber das war auch gut so, denn ich brauchte ihn dringend für meine irdischen Angelegenheiten.

Nach dem Konzert riss ich Maria Magdalena ganz eng an mich. Ich umschlang ihre Taille und drückte ihr einen saftigen Kuss auf die Lippen, sie schob ihre spitze Zunge zwischen meine Lippen und wollte mich nicht mehr loslassen. Es war das erste Mal, dass wir einander küssten. Unsere Haare waren zerzaust, und wir schwitzten wie Hunde, und seit diesem Kuss wusste ich, dass Maria Magdalenas Schweiß süß schmeckte. Nach Orangenlimonade.

Wir nahmen uns ein Taxi, und da es schon spät war und Maria am nächsten Morgen wieder arbeiten musste, wollte sie nicht auf einen Drink mit zu mir kommen. Wir küssten uns vor ihrem Haus in der Feldstraße noch einmal inbrünstig, und sie versprach mir, mich in den nächsten Tagen anzurufen.

Doch nichts passierte. Ich stand jeden Morgen vor dem Badezimmerspiegel und fragte mich, ob ich denn verliebt sei, aber ich konnte mir diese Frage nicht beantworten. Ich wartete weiter auf ihren Anruf, kam jedoch nicht auf den Gedanken, selbst bei Maria anzurufen. Vielleicht, weil ich Angst hatte, eine Abfuhr zu erhalten.

Es vergingen eineinhalb Wochen, und ich wurde allmählich unruhig. Ich benahm mich wie ein Kettenraucher. Abends ging ich nicht mehr aus und hatte bald das Gefühl, in meinen eigenen vier Wänden zu ersticken. Was war mit mir geschehen? Warum hatte ich sie geküsst? Weil ich es wollte? Weil ich sie liebte? Weil es mir so vorbestimmt war?

Ich musste mich jedenfalls mit der Tatsache anfreunden, dass ich Maria Magdalena vermisste. Die Tage wurden bleiern, sie wollten nicht enden. Ich unterschrieb die Kaufverträge, die ich meinen Kunden vorsetzte. Ich unterschrieb sie ohne Überzeugung. Das Geld war mir egal. Ich vernachlässigte zwar nicht meine Geschäfte, aber ich war seltsam uninspiriert. Ich feilschte nicht mit den Kunden, auch wenn ich an einem Wagen fast nichts verdiente. Ich musste ununterbrochen an Maria denken. Ich zählte die Minuten und Stunden und wartete auf den Abend, auf die Nacht, um wieder allein zu sein mit meiner Erinnerung an das Konzert von Marillion und den Kuss.

Einmal traf ich Horst Sobotta auf der Straße. Wir redeten über meine Geschäfte und darüber, dass die Zeiten härter geworden seien und dass er nach einem Nebenjob suche, und ich, da ich ahnte, dass er ein guter Schrauber war – ein Allroundman mit einer Berufserfahrung, auf die jeder hätte stolz sein können –, lud ihn ein, mal bei uns auf dem Firmenplatz reinzuschauen. Ich sagte, wir würden jemanden für einfache Arbeiten suchen, Ölfilterwechsel, neue Reifen aufziehen und so weiter, und Horst sagte, ja, das wäre gut, er käme mal vorbei – in den paar Stunden von acht bis halb eins, wenn Paulina in der Schule sei, würde er jede Menge schaffen, versicherte er mir. Lukas war gerade dabei, auf unserem Firmenplatz eine Garagenwerkstatt errichten zu lassen. Wir hatten es satt, die hohen Reparatur- und Servicerechnungen von befreundeten Autowerkstätten zu zahlen.

Aber Horst und ich erwähnten Maria Magdalena mit keinem einzigen Satz, obwohl ich mit Hilfe meines siebten Sinnes erkannte, dass Horst viel mehr daran gelegen war, mit mir über seine Tochter und unsere erste Verabredung zu sprechen, als über seinen Nebenjob oder das Konzert von Marillion. Er war neugierig, das sah man ihm an, nur ich Feigling traute mich nicht, seine Neugier zu stillen. Im Gegenteil. Ich tat, als existierte Maria Magdalena überhaupt nicht, als wäre sie nicht mehr als ein Ausweisfoto.

Na, dann mach's mal gut (an diesen Satz kann ich mich bestens erinnern): Er verabschiedete sich mit einem traurigen Blick und verschwand.

Ich bereute, dass ich ihm nichts von unserem Tête-à-tête erzählt hatte. Er hätte sich gefreut.

Spontan beschloss ich, einkaufen zu gehen. Ich dachte nur an eines: Ich muss heute Maria Magdalena sprechen, ich lade sie ein, koche für sie und trinke mit ihr. Mein Kühlschrank war leer. Ich hatte noch nie etwas wirklich Essbares darin gehabt. Meistens kaufte ich zu wenig ein, oder ich kaufte zu viel ein, und die Sachen verschimmelten und mussten weggeschmissen werden. Das lag daran, dass ich häufig unterwegs aß: in Hannover beim Griechen, in Bremen bei Hellwig und in Verden beim Italiener. Aber an jenem Tag, als ich zufällig Horst getroffen hatte, packte ich den Einkaufswagen voll, als hätte ich zu Hause viele hungrige Mäuler zu ernähren. Und ich kaufte Wein und

Bier und Prosecco. Trank sie Prosecco? Oder lieber Rotwein?

Ich schickte Maria eine SMS, und sie antwortete, sie würde um sieben da sein. Sie kam kurz nach acht. Sie entschuldigte sich, sie hätte mit Paulina Zoff gehabt. Die Kleine wollte nicht, dass sie ging. Aber ihre Tochter lasse mich grüßen, den Mann, der kaputte Wagen verkaufe.

Ich hörte schon den ganzen Abend Beethovens Sechste, eine Symphonie, die unverwüstlich war wie die LP »Clutching At Straws« oder Wagners »Tristan und Isolde«. Meine Depressionen lagen im tiefsten sibirischen Winterschlaf, und vor mir saß eine Frau, die ich so schnell wie möglich in die Geheimnisse meines Lebens einweihen wollte, doch wie? Ich hatte sogar entschieden, ihr von meiner Entdeckung zu berichten und ihr den unbekannten Kontinent auf dem Dach zu zeigen, die neuen Ländereien von Chopin. Mein Bedürfnis, ihr alles, was ich bis jetzt erlebt hatte, beschreiben zu müssen – war es ein Indiz dafür, dass ich in Maria verliebt war? Dann sagte ich mir, ich müsse aufhören, rational über die ganze Sache nachzudenken. Hast du kein Herz, Chopin, oder was ist mit dir los?, fragte ich mich. Hat dich der Autohandel, das ganze Geld deiner Seele aus B. beraubt? Und wo ist der Alain Delon, der Kommissar? Hast du ihn unter deinem Bett versteckt wie eine Leiche?

Das Essen, das ich für Maria gekocht hatte, war etwas Besonderes: Die mit Steinpilzen und Quark gefüllten Piroggen, die mir nach einem Rezept meiner Mutter ausnahmsweise gelungen waren, schmeckten uns, ja klar, und der Wein auch, aber wir atmeten tief auf, als wir gemeinsam die Teller spülten und uns frei bewegen konnten. Wir wanderten dabei durch meine Wohnung und unterhielten uns, wir berührten uns im Vorbeigehen so flüchtig wie Reisegäste in einem Zugabteil. Ich öffnete das Fenster. Es war schwül, und an den Wänden meines Apartments stand nur dieser eine Satz: Du willst sie vögeln, Chopin!

Für gewöhnlich spielte ich einer jungen Dame, die ich in mein Reich gelockt hatte, die Mondscheinsonate oder meines Namensvetters »Barkarole« vor, um sie auf alles Spätere vorzubereiten, aber das war bei Maria nicht mehr notwendig, und so wusste ich nicht, wie ich sie sozusagen anzufassen hatte. Wollte ich komisch sein, wurde ich ernst. Wollte ich ernst sein, wurde ich komisch. Es musste peinlich erscheinen, wie ich mich bemühte, Maria Magdalena einerseits zu gefallen, andererseits zu erobern.

»Du bist nicht locker«, sagte sie. »Auf dem Konzert von Marillion warst du locker.«

»Wir haben uns lange nicht gesehen, und du hattest mir versprochen, mich anzurufen und hast es nicht getan.«

»Ich habe ein kleines Kind, einen stressigen Job und einen Vater«, sagte sie. »Ferner: Ich bin doch gekommen. Reicht dir das nicht?«

Wir setzten uns mit unseren Weingläsern an den Couchtisch, und ich starrte auf Maria Magdalenas Beine. Ich war wieder der zwölfjährige Junge aus B., wo die Bürgersteige einem einzigen riesigen Laufsteg glichen, auf dem sich unsere Mütter und Schwestern von morgens bis abends präsentierten. Die Kleider und Röcke schneiderten sie sich selbst, nach den Fotos aus Katalogen und Modejournalen, die jemand aus dem Westen mitgebracht hatte. Sie wackelten mit ihren Hintern und wollten von jungen Männern, von den besten Söhnen der Stadt, verschlungen werden: in Stöckelschuhen und ohne Slip unter ihren Sommerkleidern, mit nackter Haut, mit eng anliegenden Strümpfen oder Strumpfhosen an den Beinen. Kein Wunder, dass an jeder Straßenecke die Schwarze Madonna weinte und die Dreißigjährigen sich zu Tode soffen, um zu vergessen, dass ihre Ehefrauen und Mädchen sie mit anderen betrogen und regelmäßig von Bekannten und Nachbarn in dunklen Winkeln und Kammern beim Vögeln erwischt wurden.

Ich sagte wie aus heiterem Himmel, dass ich mich immer nach dem Gegenteil sehnen würde: »Träume ich von B., will ich sofort in mein Auto steigen und nach Bremen zurückfahren. Kaum dass ich auf deutschem Boden bin, juckt es mich, wieder abzuhauen.«

»Vielleicht hast du zu lange im Geburtskanal gesessen«, lachte Maria. »Ich kam erst nach vierundzwanzig Stunden raus. Ich war violett wie die Zwetschgen. Über solche Drückeberger sagt man, dass sie reinste Nervensägen sind, weil sie es an keinem Platz lange aushalten. Anscheinend haben wir eine Gemeinsamkeit.«

»Das wird noch genau zu untersuchen sein, und dafür brauchen wir viel Zeit.«

Sie antwortete nicht, sie lächelte wohlwollend, und das reichte mir als Kommentar.

Wir waren mit dem Abwasch fertig, und ich schenkte uns noch zwei Gläser Wein ein. In meinen Ohren tönte Maria Magdalenas Satz: »Du bist nicht locker!«

»Lass uns ein Spiel spielen«, schlug ich vor.

»Nur wenn es lustig ist«, antwortete Maria.

»Ich bin dein Imperator, und du bist Frau Dr. Kindergärtnerin von der Felduniversität in Acapulco.«

»›Mein Imperator‹? Du meinst so eine Art Diktator oder Kaiser?«

»Gewissermaßen! Ich werde dich nach einer Person fragen, die du kennst, und du wirst mir sagen, was du von ihr hältst. Du hast aber nur zwei Antworten zur Auswahl: ›Betrüger‹ oder ›Krieger‹!«

Maria goss sich den Prosecco ein, den ich ihr auf den Couchtisch neben ein frisch gespültes Sektglas gestellt hatte. Sie saß mir gegenüber, blickte mal auf mich, mal auf die kahlen Wände meines Apartments. Es wirke auf sie etwas kalt, resümierte sie, und ich konnte leicht nachvollziehen, was sie empfand, denn außer meinen Schallplatten und CDs und ein paar Romanen und theosophischen Büchern von Helene Blavatsky und Emanuel Swedenborg, die ich von meinem Großvater Zefiryn geerbt hatte, gab es nichts Persönliches, keine Bilder, keine Fotos aus meiner Kindheit. In den Regalen standen nicht einmal irgendwelche Blumenvasen oder Plastik- und Tonfigürchen: Ich hasste dieses ganze Zeug, das in Möbelhäusern angeboten wurde. Swedenborg hatte die Totenreiche bereist, die Himmel und Höllen, und mit Engeln und Verstorbenen gesprochen, mit Gefallenen und Heiligen. Und was taten wir? Wir möblierten unsere Wohnungen und Häuser und versuchten, unser irdisches Leben zu verlängern. Das Alterungsgen wurde schon entdeckt. Für mich war der Gedanke unerträglich, dass mein Menschenfleisch, erzeugt von Lucha und Witold in B., ewig leben könnte: Wo wäre da das Herz von Chopin zu suchen?

»Ich fange mit einem Klassiker an«, sagte ich. »Fidel Castro?«

»Betrüger«, sagte sie. »Er *war* einmal ein Krieger ...«

»John Lennon?«

»Krieger – wegen seines Songs ›Imagine‹.«

»Jesus?«

»Krieger, weil er gekreuzigt wurde.«

»J. F. Kennedy?«

»Krieger – weil er ermordet wurde ...«

»Chopin?«

»Welcher? ›Mein Imperator‹ oder der Richtige?«

»Chopin?«, fragte ich noch einmal.

»Betrüger – wie alle Autohändler!«, lachte sie.

»Raskolnikow?«

»Er wäre ein Krieger, wenn er nicht getötet hätte.«

»Also ein Betrüger! Und Dostojewski?«

»Krieger und Betrüger – wie alle Dichter ...«

»Die Antwort akzeptiere ich nicht. Horst, dein ›Paps‹?«

»Krieger! Und manchmal ein Arsch ...«

»Okay. Und du? Frau Dr. Kindergärtnerin?«

»Eine alte Amazone, wie sie im Bilderbuch steht!«, sagte sie und setzte sich auf meinen Schoß. »Und du kannst wunderbar kochen.« Sie drückte mir einen Kuss auf den Mund.

Sie hatte eine schwarze Stoffhose an, an den Füßen schwarze Sandalen, ihre Zehennägel waren hellviolett lackiert. Ich knöpfte ihre Hemdbluse auf und fummelte lange am Verschluss ihres BHs, was sie amüsierte, und als ich es zu guter Letzt schaffte, das verdammte Ding zu knacken, wurden Marias kleine dunkelbraune Brustwarzen hart. Wir zogen uns aus, dann, als wir nackt voreinander standen, bekamen wir beide eine Gänsehaut und umarmten uns. Wir schlüpften in mein Bett, und ich knipste das Nachttischlämpchen neben meinem Futon an und stellte mit der Fernbedienung die Stereoanlage leiser. Ich hatte auf Marias Wunsch die beiden Klavierkonzerte von meinem Bruder aufgelegt.

Als sechzehnjährige Gymnasiastin hatte sie einen schlimmen Fahrradunfall erlitten. Zwei Narben, eine, etwa zwanzig Zentimeter lang, auf dem rechten Oberschenkel, die andere, etwas kürzer, auf dem Rücken links über der Hüfte, wo die Nieren waren, untersuchte ich mit der Sorgfalt eines Chirurgen und küsste sie immer wieder ab. Solche Narben hatte ich nicht.

Der Geruch ihres Körpers war mir eigenartig bekannt und nah, als wären wir schon seit einer Ewigkeit ein Liebespaar. Ihre Spalte war feucht und roch nach etwas, was ich ebenfalls sehr gut kannte, aber mir fiel der Name von diesem *Etwas* nicht ein – ein Duft aus meiner Kindheit.

Unsere Bäuche berührten und rieben einander, sie brannten und schwitzten. Sie bibberte und hielt ihre Augen geschlossen. Ich dachte, da sie immer lauter keuchte, sie würde im letzten Moment ihre spitzen Fingernägel in meine Haut schlagen und schreien, stattdessen stieß ich einen Schrei aus.

Ich spürte in meiner Nase Marias warmen Atem, sie öffnete die Augen, schaute mich an und zog meinen Kopf noch näher an sich heran, sodass ich ihr ins Ohr flüstern konnte, dass ich sie liebte.

»Das ist das falsche Ohr«, antwortete sie. »Ich verstehe nichts. Du kitzelst mich nur!«

Maria Magdalena hatte eine kleine, unscheinbare Behinderung: Sie war auf einem Ohr taub. Als Kind war sie an Hirnhautentzündung erkrankt und verlor rechts das Gehör (ich konnte es mir später nie merken, auf welcher Seite sie nun zu dreiundneunzig Prozent taub war!).

Ich wiederholte, was ich ihr ins falsche Trommelfell geflüstert hatte.

»Ich dich auch, Chopin, ich liebe dich auch«, murmelte sie.

Später lagen wir eine Weile wortlos und immer noch umschlungen auf meinem Futon, atmeten erschöpft und deckten uns vor Hitze nicht zu.

Meine Bettwäsche, das Laken und die Kissen, alles war nass, und überall war der Duft von diesem *Etwas* aus meiner Kindheit. War es der Mohnkuchen, den meine Oma Natalia zu Weihnachten buk, während mein Großvater Zefiryn auf der Geige *kolędy* spielte? Oder der Lippenstift meiner Mutter? Oder der Dadajsee, der Ende August blühte und Tang ans Ufer spülte?

Wir gingen gemeinsam unter die Dusche, wuschen uns gegenseitig die Haare und trockneten uns mit ein und demselben Handtuch ab.

4

Nach dieser Nacht wurden wir ein Paar. Wir sahen uns fast jeden Tag, und ich vernachlässigte meine Freunde. Ich ging mit ihnen nicht einmal am Wochenende zu Sergio, unserem Stammitaliener: Die Abende waren für Maria Magdalena reserviert. Volley meinte, ich sei ein Verräter und neckte mich immerfort damit. Sobald ich in seiner Gegenwart mit Maria telefonierte oder im Gespräch ihren Namen zufällig erwähnte, stichelte er, wann ich ihm und Karola endlich meine neue Puppe vorstellen wolle. Ich sagte: »Erstens: Sie ist keine Puppe. Und zweitens: Sie hat den Wunsch, euch kennen zu lernen, noch nicht geäußert. Ich darf sie zu nichts zwingen, was sie nicht will. Sie ist ein großes Mädchen, und sie weiß, was sie tut.«

Inzwischen war die Garagenwerkstatt fertig gemauert worden – von einem Polen aus Pabianice, der seit Ewigkeiten in Bremen schwarzarbeitete. Er war mein Jahrgang und hieß Sławek. Er wanderte von Familie zu Familie, von Betrieb zu Betrieb und schuftete wie ein Tier, weil er Kinder hatte. Ich konnte zwar keine Wände verputzen oder tapezieren, aber für Sławek war ich ein Popstar. Ich sprach perfekt Deutsch und hatte es in seinen Augen zu etwas Unvorstellbarem gebracht: Als Immigrant und Exasylant hatte ich es geschafft, Unternehmer zu werden und die deutsche Staatsbürgerschaft zu erlangen. Er misstraute mir zutiefst und behandelte mich wie seinen Boss. Irgendwann war es mir zu viel, und ich schnauzte ihn an: »Du sollst mit mir nicht so umgehen, als wäre ich dein Arbeitgeber! Keine Angst! Ich beiß dich schon nicht!«

Horst Sobotta stellte sich bei Lukas vor und kriegte den Aushilfsjob – zu dem attraktiven Stundenlohn von fünfzehn Mark. Mit anderen Worten: Er bekäme von jedem von uns einen Fünfer. Auf einer Auktion erhandelten wir eine gebrauchte Hebebühne zu einem annehmbaren Preis, damit er problemlos die Reifen, Bremsbeläge und den Ölfilter wechseln oder hin und wieder eine unkomplizierte Reparatur vornehmen konnte. Dass er der Vater meiner neuen Freundin war, wollte ich zunächst geheim halten. Horst vereitelte aber meine fromme Absicht und posaunte bei seiner Vorstellung heraus, er sei quasi mein geliebter Schwiegerpapa.

Ich war verärgert. Ich hatte es meinen Kumpeln selbst sagen wollen: Mir war die Beziehung zu Maria heilig, und ich wollte keinen einzigen Fehler machen – es sollte bei niemandem der Eindruck entstehen, na, Chopin habe wieder zugeschlagen und sich einen fetten Fisch geangelt. Doch was geschehen war, war geschehen.

Ich sagte zu Lukas: »Diesmal ist es was Ernstes.«

»Das hören wir gerne!«, antwortete er und fügte noch hinzu: »Es ist *immer* was Ernstes!«

Anfangs waren wir mit Horst Sobotta sehr zufrieden. Da er allerdings seine Arbeit immer ziemlich fix erledigte, hatte er zwischendurch nichts zu tun. In diesen freien Minuten wich er uns nicht von der Seite und mischte sich in alles ein.

Einmal schaffte er es sogar, in unserer Abwesenheit ein Fahrzeug zu verkaufen und den Vertrag persönlich zu unterschreiben. Vormittags war er meistens allein, und kam ein Kunde vorbei, tat er so, als wäre er der Chef, und das war natürlich nicht in unserem Sinne.

»Ich verlange nicht einmal eine Provision für meine gute Tat!«, wehrte er sich nach diesem Vorfall.

»Du sollst nicht die Karren verhökern, sondern polieren!«, schrie ihn Lukas an. »Dafür haben wir dich schließlich eingestellt, du ›Schnackeklug‹!«

Volley war lediglich amüsiert und sagte: »Alter! Wenn du einmal mit dem Dealen anfängst, wirst du nicht mehr aufhören können. Es ist wie eine Droge!«

Wir mussten unserem Angestellten die Leviten lesen, was uns schwer fiel, weil es uns ein wenig imponiert hatte, dass der alte Sack so ein ausgekochter Bursche war. Er ignorierte aber unsere gut gemeinten Ermahnungen und betrachtete sich weiterhin als unser Wohltäter.

Aus Rücksicht auf mich drückte Lukas bei diesen lästigen Querelen mit Horst ein Auge zu. Er wollte noch keine Konsequenzen ziehen – sonst wäre der arme Wicht längst rausgeflogen.

Das Fass kam zum Überlaufen, als Horst anfing, unsere Kunden aus Osteuropa zu beschimpfen. »Da stehen schon wieder zwei Molukken auf dem Platz! Was soll ich machen?«, rief er uns an, wenn wir bei der Leasingbank oder sonst wo waren.

Oft passierte es, dass unsere Käufer aus Kasachstan oder Polen nicht zum vereinbarten Datum und Zeitpunkt kommen konnten. Sie hatten viele Kilometer zurückzulegen, manchmal blieben sie im Stau stecken oder verpassten einen Zug. Waren sie endlich da, mussten sie viele Stunden auf uns warten, und nicht selten gab es nur die eine Lösung, dass wir ihnen ein Hotelzimmer bei Ibis oder Formule-1 besorgten, das sie allerdings selbst bezahlen mussten, was sie wiederum verständlicherweise ärgerte. Wir konnten sie nicht bei uns picknicken und kampieren lassen wie Touristen.

In der kurzen Zeit, die Horst bei uns war, gelang es ihm, zwei Kunden aus Minsk, die noch nie in Westeuropa gewesen waren, zu verscheuchen. Er bewachte den Firmenplatz wie ein Polizeihund, und jeder, der ihm nicht koscher vorkam, wurde von ihm skeptisch beäugt und schroff behandelt – zum Schluss angebellt.

Ich musste meinen geliebten Schwiegerpapa in spe zur Ordnung rufen und ihm eine schlaue Rede halten, damit sein geschäftsschädigendes Verhalten gegenüber den Osteuropäern endlich aufhörte. Besonders versuchte ich, ihm die Russen ans Herz zu legen. »Horst«, sagte ich, »wenn du mit diesem Scheiß nicht aufhörst, wird dich Lukas schneller feuern, als dir lieb ist. Seine Geduld ist am Ende. Ich will nicht an deinem Weltbild rütteln – von mir aus kannst du runtergucken, auf wen du willst. Aber eines muss dir klar sein: Die Russen sind unsere Zukunft! Merkst du nicht, dass sie bereits jetzt fast die Hälfte unseres Fahrzeugbestandes kaufen? Zusammen mit den Tschechen und Polen machen sie siebzig Prozent unserer Kundschaft aus. Die Türken werden zunehmend ausgebootet. Die

Deutschen zählen fast überhaupt nicht mehr. Und das Gute an deinen ›Molukken‹ ist, dass sie in erster Linie selber Händler sind. Sie meckern nicht, drohen uns nicht mit Rechtsanwälten, sie wollen am ›big business‹ teilnehmen und sich ein Stück vom Kuchen abschneiden. Und wenn das nicht in deine Birne reingeht, wird das Ganze für dich noch böse enden. Ich kann dich vor Lukas nicht mehr lange in Schutz nehmen. Irgendwann werde ich dich fallen lassen müssen wie eine heiße Kartoffel. Du brauchst das GELD. Denk an deine Tochter.«

Er tat so, als hätte er alles verstanden, versprach mir, sein Verhalten zu ändern und stets zu allen, die unseren Firmenplatz betraten, freundlich zu sein. Ich wusste aber, dass ich mit ihm noch schwere Kämpfe würde ausfechten müssen. Wäre ich nicht mit Maria befreundet, liebte ich sie nicht, hätte ich ihren »Paps« längst in die Wüste geschickt – ohne Lukas vorher nach seiner Meinung zu fragen. Er hätte meine Entscheidung sicher gutgeheißen.

Verbieten konnte ich dem alten Kerl nichts, ich hoffte nur, dass er eines Tages – und zwar bald – sagen würde: »Die Russkies sind auch nett – die sind nicht alle von der Mafia.«

Maria und ich waren schon seit fast zwei Monaten zusammen. Telepathisch standen wir in dauerhaftem Kontakt – sobald einer an den anderen dachte, griff er zu seinem Handy, rief an oder schickte eine SMS. Das Einzige, was unsere übersinnliche Kommunikation etwas störte, war, dass wir nur wenige Nächte für uns allein hatten. Bei Maria übernachtete ich selten, und sie bei mir nur an den Wochenenden. In der Woche war sie müde und musste früh schlafen gehen. Am Tag war ich andererseits praktisch so gut wie nie zu Hause. Die Wahrheit war, dass uns die Schöpfung nicht einmal einen *Quickie* gönnen wollte – dieses hässliche Wort, das meinte, unsere bescheidenen Bedürfnisse erfassen zu können, benutzten wir nicht, obwohl wir andauernd an einen *Quickie* dachten. Maria war erfinderisch und brachte die ganze Angelegenheit auf den Punkt: »Chopin, wir benehmen uns wie Eintagsfliegen, die sich paaren wollen!«

Paulina hatte die arge Angewohnheit, nachts, wenn sie wieder einmal aufgewacht war, zu ihrer Mutter ins Bett zu kriechen. Im Prinzip hatte ich nichts dagegen, mit zwei hübschen Frauen in einem Bett zu schlafen. Paulina lag zwischen uns, stahl jedem seine Steppdecke oder trat uns mit ihren zarten Füßen in den Bauch, wenn sie sich im Traum wälzte oder es sich bequemer machen wollte. Es war sowieso erstaunlich, dass sie nicht auf mich eifersüchtig war und mich nicht als einen Eindringling betrachtete. Plötzlich hatte auch ich eine Tochter. Sie sagte, ich sei leise, und Günter, ihr Vater, würde schnarchen. Günter kümmerte sich kaum um die Kleine. Er war Vertreter und immer auf Reisen und in fremden Städten. Paulina sah ihn nur einmal im Monat und niemals über das ganze Wochenende.

Somit blieben Maria und mir nur die Freitag- und Samstagnächte in meinem Apartment, dann waren wir endlich allein. Allerdings beschwerte sich Horst – ein leidenschaftlicher Doppelkopf- und Skatspieler – allmählich, dass er seit Wochen nicht mehr in seiner

Stammkneipe »Gerken« gewesen war, weil er auf Paulina aufpassen musste. Seine Skatbrüder hätten ihn sicher längst abgeschrieben, meinte er.

Es stellte sich die Frage, ob Maria und ich nicht unter einem Dach wohnen sollten – sie lag förmlich in der Luft. Wir sagten uns, so verrückt könne doch niemand sein: Die kennen sich erst seit zwei Monaten und denken schon daran, zusammenzuziehen, womöglich zu heiraten. Volley und Karola, seit drei Jahren ein Paar, hatten immer noch zwei getrennte Haushalte. Die Miete, die Karola zahlte, war theoretisch und praktisch hinausgeworfenes Geld, weil sie andauernd bei ihrem Freund logierte, und sie machte kein Hehl daraus, dass sie am liebsten sofort bei ihm einziehen würde. Auf jeder Party war die Frage ein Diskussionsthema, an dem sich alle beteiligten, zum Überdruss von Volley, der sich missverstanden und übergangen fühlte. Seine Meinung zählte ja nicht, murrte er, er wäre nur der Sündenbock, der keine klare Entscheidung treffen und Karola am langen Arm verhungern lassen würde.

Es war mal wieder Freitag, und ich erwartete einen Kunden aus Samara, der einen Audi bei mir bestellt hatte. Er stand auf dem Gelände der Leasingbank und war längst bezahlt worden. Ich hatte noch keine Gelegenheit gehabt, ihn abzuholen. Für gewöhnlich nahmen wir den Service einer Spedition in Anspruch und ließen unsere Pkws mit einem Sattelschlepper nach Bremen liefern. Die Spedition war zuverlässig, doch für ein einziges Fahrzeug, das auf dem schnellsten Wege ausgeliefert werden musste, lohnte sich der ganze Aufwand nicht. Dann suchten wir verzweifelt nach einem zuverlässigen Chauffeur. Volley, der jeden Pfennig zweimal umdrehte, bevor er ihn ausgab, zeigte keine Skrupel und beschäftigte seine Familie, wenn er einen Fahrer brauchte. Seine Schwester, seine Mutter, die Witwe war, selbst seine Kumpel, mit denen er einen saufen ging, heuerte er für kleines Geld an. Lukas war, was das betraf, ganz anders. Man konnte nicht behaupten, dass er eine Marotte hatte, aber er hasste es, wenn er jemanden um Hilfe bitten musste. Und Fremde für das Wohl der Firma einzusetzen, auch wenn diese Fremden Verwandte oder Freunde waren, hielt er schlicht für Ausbeuterei. Seiner Meinung nach würde Volley sich eines Tages ein Eigentor schießen, wie der König Midas. »Gold kannst du nicht fressen«, sagte er. »Der ist kein Geschäftsmann, sondern ein Zehn-Mark-Sparer.«

Freitag war der schlimmste Tag der Woche. Am Freitag brach alles zusammen, zumindest auf unserem Autohof. Der Termin mit dem Kunden aus Samara war um sechzehn Uhr. Dabei hatte ich ihm vor drei Tagen am Telefon erklärt: Nicht am Freitag, am Montag. Sie müssen am Montag kommen! Du verstehen? Am Freitag nach sechzehn Uhr alles dicht in Deutschland. Keine Ausfuhrkennzeichen! Keine! Erst am Montag. Kein TÜV, keine Versicherung! Kein Bundestag, gar nichts! Party!

Ich kriegte Magenschmerzen bei dem Gedanken, dass ich dem Russen ein Hotelzimmer bestellen musste. Er würde kein Verständnis dafür haben, warum er drei Tage im Hotel Formule-1 sitzen, Wodka trinken und auf seinen Audi warten sollte: Ich zahle, und wo ist die Auto? So redeten sie mit mir. Und ich mit ihnen auch: Der Golf bis Montag nicht da! Zulassungsstelle heute *finito* – geschlossen. Du warten müssen. Verstanden?

Manchmal, wenn mir der Kragen platzte (und glauben Sie mir, meine Hemden haben keine Kragen mehr), sprach ich mit ihnen Polnisch. Dann nahmen sie mich gar nicht mehr ernst. Aha! Du bist einer von uns! Nein, das bin ich nicht!

In meiner Not, weil niemand anderes verfügbar war, hatte ich Maria Magdalena angerufen und sie gefragt, ob sie mir zwei Stunden ihrer kostbaren Zeit schenken könne, um mit mir nach Hannover zu fahren. Ich müsse dringend einen Audi von der Leasingbank abholen, hätte aber bisher keinen zweiten Chauffeur gefunden. Nach einigem Hin und Her konnte ich sie überreden. Das Argument, es handle sich um einen kurzen Ausflug, an dem Paulina sicherlich Spaß haben würde, hatte sie überzeugt.

»Du kannst dir außerdem zwanzig Mark verdienen«, sagte ich im Eifer des Gefechts und bereute sogleich, das gesagt zu haben.

»Wenn du denkst, dass ich auf deine Knete scharf bin, hast du dich geschnitten. Meinetwegen könntest du so arm sein wie eine Kirchenmaus, und ich würde dich immer noch lieben«, antwortete sie beleidigt.

»Maria, ich stecke in der Klemme. Deinen ›Paps‹ kann ich nicht erreichen, sein Handy ist mucksmäuschenstill.«

Ich erfuhr von Maria, dass Horst bei seiner Freundin Regina war. Dieses alte Schlitzohr, sagte ich mir.

Er war nicht geschieden. Aber wer konnte es ihm verdenken, dass er einmal in der Woche eine sechsundfünfzigjährige Dame, eine Friseurin, in Bremen Walle besuchte? Seine Frau Klara würde die Nervenheilanstalt nicht mehr verlassen, das war jedem klar. Es war wie eine Verurteilung zu lebenslanger Gefängnisstrafe: Die Gutachten, die die Ärzte periodisch ausstellten, prophezeiten jedes Mal nichts Gutes. »Keine Aussicht auf Besserung« war der Standardsatz, den sich Herr Sobotta anhören musste.

Auf dem Hinweg nach Hannover sagte Maria, sie hätte etwas Wichtiges mit mir zu besprechen. Ich sah im Rückspiegel, wie sich Paulinas Mund neugierig öffnete. Ihre kohlefarbenen Augen glitzerten, sie steckte sich einen Finger zwischen die Lippen und horchte, was nun ihre Mutter zu sagen haben würde.

»Nun, schieß los!«, meinte ich.

»Lieber nicht, wenn Paulina dabei ist – später.«

»Diesen Satz habe ich als Kind immer gehasst – meine Mutter, die verständnisvolle Lehrerin, sagte immerfort zu meinem Alten: ›Witold, sei still! Nicht, wenn das Kind dabei ist!‹«

»Bei meinen Eltern war das anders. Sie stritten sich immer in meiner Gegenwart, und ich tat so, als würde ich nichts begreifen. Dieses Mich-Verstellen-Müssen fand ich schlimm.«

»Okay, wie willst du Paulina vor uns Psychopaten, die glauben, erwachsen und weise zu sein, schützen? Sie hört bereits seit fünf Minuten zu!«

»Gar nicht wahr!«, antwortete die Kleine und grinste breit.

Seit ich mit M. M. liiert war, hatte ich sieben Kilo abgenommen. Die These, dass Verliebtsein Appetit fördernd sei, konnte ich in meinem Fall nicht bestätigen. Ich war nicht mehr so hungrig. Ich aß zu Mittag Äpfel und von den warmen Mahlzeiten nur noch die Hälfte. Früher stand ich manchmal nachts auf, schmierte mir ein Brot, verschlang drei Scheiben Mettwurst und kochte mir schnell eine Kleinigkeit. Vor allem war mir der Hunger auf Fleisch vergangen, und wenn ich an einer Fleischerei vorbeiging und die Menschenschlange an der Theke sah, dachte ich: »Kannibalen! Ihr verspeist euren eigenen Tod!« Meine Nahrung waren die Küsse und Liebkosungen von Maria Magdalena.

Jeden Morgen riss ich das Fenster in meinem Schlafzimmer weit auf und begrüßte den Himmel mit zwanzig Liegestützen und ließ das Frühstück aus.

Ich war Verkäufer, aber ich trug keine Krawatten mehr, keine Anzüge, die Seriosität vermitteln sollten. Ich kleidete mich komplett neu an, ich gab für meine neue, deutlich sportlicher und jugendlicher ausgerichtete Garderobe über zweitausend Mark aus, für Jeanshosen, Pullover, Hemden und Jacken. Ich trug sogar Turnschuhe.

Ich kramte alte MCs mit Musik von Pink Floyd, Genesis, Supertramp und Yes aus. Es waren einzelne Stücke oder ganze LPs, die ich als Jugendlicher aus dem Radio aufgenommen hatte, was im damaligen Polen unter allen Rockfans so üblich war – auf diese Art entstanden auf Bändern private Diskographien; die MCs beschriftete jeder nach seiner Fantasie und Fasson. Unter die Plastikhülle steckte man ein aus den Zeitschriften ausgeschnittenes Foto der Band oder des Plattencovers, und manche fertigten kunstvolle Collagen an. Original-LPs konnte sich fast niemand leisten, sie wurden ja im Westen gepresst, also dort, wo es *ausschließlich* Originale gab.

Ich war wieder fünfzehn, im Auto hörte ich ausgewählte Songs wie »Be Careful With The Axt, Eugen« oder »Money«, die mir Schauer den Rücken hinunterjagten. Lukas stellte das Radio immer wieder leiser: »Dieser Hippie-Krach ist ja nicht auszuhalten! So äußert sich das also bei dir, wenn du verknallt bist: mit Highfidelity-Lärm und Geschrei von Roger Waters!«

Von all den Veränderungen durfte Maria nichts mitbekommen. Sie sollte denken, ich wäre nie anders gewesen.

Ich war gespannt, wie lange mein Höhenflug dauern würde – hoffentlich ewig. Stürzen lassen konnte mich nur noch eine Person: sie. Doch dass M.M. plötzlich eine Kehrtwendung machen und mich abschießen würde, war unvorstellbar. Sie umhegte und umsorgte mich. Sie reichte mir zwar keine Zuckerwatte am Stiel, nein, das nicht, aber sie erkundigte sich jeden Tag danach, ob ich erfolgreich gewesen wäre. Meine detaillierten Berichte über die Geschäfte wie auch über mein Wohlbefinden, das ihr besonders wichtig war, schienen sie zu erbauen, als wäre ich ihr Kraftstoff. Hauptsache war für sie, dass ich mit mir selbst zufrieden war. Selbstlosigkeit war ein Charakterzug von ihr. Darin ähnelte sie meiner Oma Natalia, die mit sechsundachtzig verstarb und von meinen Eltern auf dem ehemals deutschen Friedhof begraben wurde. Den Sarg mit ihrem Leichnam hatte man in eine ausbetonierte Grube hinabgelassen und das Grab nach der priesterlichen Rede mit einer Steinplatte verschlossen, für die nächsten hundertfünfzig Jahre. Ihre Seele, falls sie immer noch nicht begriffen hatte, dass nur der Körper sterblich war und irgendwann verweste, saß im Gefängnis. Angeblich hatte Natalia ein violettes Kostüm an, als man sie in ihren pharaonischen Sarg legte. Seit dem Kultfilm »Blue Velvet« von David Lynch waren blau und violett meine Lieblingsfarben. Ich hasste Beerdigungen und fuhr auch diesmal nicht nach B., obwohl meine Mutter mich angefleht hatte, eine Ausnahme zu machen und als liebevoller Enkel in B. zu erscheinen. Nein, einem Begräbnis in Violett hatte ich nicht beiwohnen wollen. Schon als Schüler, der am Katechismusunterricht teilnehmen musste, verabscheute ich es, die Hand des Priesters zu küssen und ihn »Heiliger Vater« zu nennen. Diese Männer, die sich überwiegend schwarz kleideten, verwalteten die Seelen der Verstorbenen und hatten es nun auch geschafft, meine Oma auf dem Friedhof in B. einzusperren. Die Ironie des Schicksals wollte es, dass in der Nähe des Friedhofs noch zu ostpreußischen Zeiten eine Molkerei gebaut worden war. Natalia F. war tot, doch die Gegend, in der sie begraben wurde, war quicklebendig wie die Milchstraße, wie die Molkerei, die das Ermland mit Käse und Butter versorgte, und später das Warmia.

Doch zurück zu Maria: Ihr entging nichts von dem, was ich ihr erzählte; jede Einzelheit hatte für sie eine übergeordnete Bedeutung, die sich mir erst kurz vor dem Einschlafen, wenn ich alles Tagesgeschehen Revue passieren ließ, erschloss. Meine M. M. – war sie mir in allem eine Nasenlänge voraus? Was würde sie von meinen Göttern aus B. halten, von der Ewigen Nacht und der Roten Fahne? Von ihrer Existenz und Wirkung hatte ich bis jetzt noch nichts verlauten lassen.

Der Autohandel füllte mein Portemonnaie. Mein Intellekt aber stumpfte mehr und mehr ab, ich war eine masurische Karausche und badete in einem Waldtümpel – wo war der Ozean? Bei Maria, immer bei ihr.

Am folgenden Samstagabend entführte mich Maria in die »Lila Eule«. Jeder betagte Bremer zitterte, und mit ihm seine jugendliche Seele, wenn der Name dieser Disco und Konzertbühne fiel. Durch diesen Laden hatten die Discjockeys und Moderatoren ganze Generationen geschleust – vor allem die Jazzfans waren auf ihre Kosten gekommen. Aber einem Chopin sollte das gefälligst schnuppe sein. Ich hatte nicht vergessen, dass Maria etwas Wichtiges mit mir besprechen wollte, und dafür brauchten wir, fand ich, eine andere Atmosphäre, zumal die Lila Eule leider zu einem Tanzschuppen für Hunderte von Studenten verkommen war, die jeden September über Bremen herfielen.

(Ich erzähle Ihnen, was ich von dieser Stadt, die mich neu geboren hat, halte, doch glauben Sie mir: Ich liebe und hasse sie nicht weniger als mein B. an der Łyna, die unter den Deutschen *Alle* hieß.)

Allerdings war die »Lila Eule« der einzige Ort in dieser nach 1945 zum Krüppel gewordenen Hansestadt, an dem man auch Eric Clapton oder Jimmy Hendrix zu hören bekam – von echtem Vinyl. Und das war großartig, es gab keine bessere Entschädigung für mein polnisches Herz – für all die Verstellungen und Verschmähungen, die ich in jungen Jahren in Deutschland als Zugereister hatte auf mich nehmen müssen, wie jeder andere Zugereiste, der in den ersten Wochen und Monaten in seiner neuen Heimat mit einem stummen Felsen mehr gemein hatte als mit dem Homo sapiens.

Wir gingen zu mir nach Hause, es war noch sehr früh, erst elf Uhr. Unterwegs fragte ich Maria: »Nun mal raus mit der Sprache, was ist es denn so Wichtiges, was du mit mir besprechen willst?«

»Hab Geduld!«

Wir nahmen meinen verstaubten Kassettenrecorder mit, die Wolldecke, Wein und meine MCs, die ich mit Andrzej im stillen Kämmerlein aufgenommen hatte. Es war verrückt. Mit M. M. fühlte ich mich endlich nicht mehr als ein Sonderling, als einer, der ständig erklären musste, was ihm fehlte und dass ihm der Fuß oder sonst was wehtat. Ich konnte mit ihr meine Musik auflegen und so sein wie früher. Als wäre ich wieder mit Andrzej zusammen, der mir auf dem Konzert von Bank meinen Spitznamen verpasst hatte. Als hätte ich Jolka wieder getroffen.

Wir stiegen aufs Dach. Dort war die Nacht um einiges stiller als unten auf den Straßen, wo das gezapfte Bier in Strömen floss und Telefonnummern in der Hoffnung auf ein baldiges Wiedersehen getauscht wurden, von Handy zu Handy.

Neugierig erkundete Maria mein Reich und blieb einen halben Meter vor der Dachkante stehen. »Pass auf!«, rief ich besorgt und umarmte sie von hinten.

Im Krebsgang zerrte ich sie von der Gefahrenzone weg und küsste ihren Nacken, dann, als sie sich umdrehte, ihre Lippen. Marias Zunge und Zähne waren vom Rotwein bräunlich gefärbt. In weiser Voraussicht hatte ich dieses Mal einen DIN-A4-Zettel geschrieben, auf dem stand: BITTE DIE EINSTIEGSLUKE ZUM DACHBODEN NICHT VERSCHLIESSEN – DER SCHORNSTEINFEGER. Das beschriftete Blatt klebte auf der ersten Stufe des ausziehbaren Holztreppchens. Aber in diesem Augenblick war uns alles egal. Meine Nachbarn hätten uns auf dem Dach einsperren können, und selbst wenn ein Hubschrauber samt Fernsehteam angeflogen wäre, um uns zu filmen, hätten wir nicht aufgehört, uns auszuziehen.

»Ich möchte mit dir zusammenleben«, sagte Maria. »Am besten gleich mit dem morgigen Datum …«

»Und Paulina? Und Horst?«

Maria schwieg. Ich schloss kurz die Augen, und als ich zum Himmel aufschaute, fühlte ich mich von meiner Oma Natalia beobachtet. Sie war doch frei, schoss es mir durch den Kopf. Meine blauen und violetten Sünden hatten sie aus ihrem Gefängnis in B. befreit.

Auf meinem Dach zu vögeln war keine erquickliche Angelegenheit. »Du brichst dir hier die Knochen«, amüsierte sich Maria; wir lagen splitternackt auf der Wolldecke, aber wir froren nicht. Der Himmel war heiß und süchtig nach Sternen, wie über jeder Großstadt. Wir ließen uns Zeit und erkundeten unsere Körper Zentimeter für Zentimeter. Maria berührte mich an Stellen, die in meinem Atlas als weiße Flecken galten.

Wir waren nervös, und der Nervenkitzel, dass uns

jemand erwischen könnte – einer von meinen neugierigen Nachbarn –, tat das Seinige: Ab und zu warf Maria einen erwartungsvollen Blick in Richtung des Schornsteinfegerfensters und sah dabei aus wie ihr Töchterchen, wenn es im Halbschlaf träumte und mit sich selbst redete. Marias Augen tränten und wurden immer kleiner. Die grünen Pupillen verblassten ein wenig und bekamen eine rote Umrandung, als hätten sie eine durchzechte Nacht hinter sich gehabt.

Ich entdeckte in Maria einen merkwürdigen Winkel, eine Art Krümmung oder Kurve, die mich in den hellen Wahnsinn trieb: Dort, in dieser Biegung, war Maria für mich unerreichbar und weit weg von all dem, was ich auf Teufel komm raus ergreifen und nicht mehr loslassen wollte, und so begehrte ich sie umso mehr und heftiger, ich, der Zwölfjährige aus B.

Wir liebten uns lange.

Als mein Kassettenrecorder automatisch auf die B-Seite der MC wechselte, zogen wir uns wieder an – zur Musik von Van Morrison. Wir setzten uns hin und schenkten uns den Wein ein. Wir stießen kurz an, und das Klirren der Gläser über den Dächern von Bremen war wie ein Weckruf, das Startsignal für unseren Umzug. Wir brachten keinen Trinkspruch auf uns aus, auf unsere Gesundheit und darauf, dass uns jedes Vorhaben gelingen möge, Worte waren nicht mehr nötig, wir konnten in unseren Gedanken lesen, und dieses Kunststück beherrschten nur wir, alles, was gesagt werden musste, war in uns, in unserem Land, dessen Grenzen für Fremde, ja, für jeden Menschen, geschlossen waren, und wenn uns jemand in diesem Augenblick gesagt hätte, dass wir noch lange nicht zusammenziehen würden, hätten wir ihm einen Vogel gezeigt.

»Ich fühle mich auf deinem Dach«, sagte sie, »als wären wir gar nicht in Deutschland. Lass uns hier ein Haus bauen!«

»Keine schlechte Idee!«

»Und selbst ohne Job müssten wir nicht fürchten zu verhungern. Deine Nachbarn würden für uns kochen.«

»Meine ersparte Knete würde für ein paar lustige Jährchen reichen …«

»Und wo würden wir Urlaub machen?«

»Na auch hier. Oder willst du mit einem Rucksack voller Müsliriegel über Sylt oder durch den Schwarzwald wandern und in der Sonne warme Apfelschorle trinken?«

»Nein, auf keinen Fall.«

»Weißt du, was die höchste Form des Opportunismus ist? Sich selbst treu zu sein. Wenn du dir selbst unterlegen bist und vor dir selbst kapitulieren kannst. Dann wird dich niemand mehr brechen. Dafür brauchst du mehr als nur einen Keller und ein Dach. Du brauchst die Liebe, und die haben wir. Nur in der Liebe können wir uns selbst akzeptieren.«

»Für einen Typen, der mit Autos handelt, gibst du manchmal erstaunliche Dinge von dir«, meinte Maria. »Und genau aus diesem Grunde *liebe ich dich*.«

»Es wird Zeit, dass wir runtergehen«, erwiderte ich, »in den Keller quasi – zu unseren Aufgaben! Los!«

In dieser Nacht kämpften Maria Magdalena und ich gegen unseren Drang, einander beherrschen zu wollen – jeder auf seine Art.

Unsere Nächte wollten nicht enden, wir sagten uns: »Wir sind der Polarkreis. Wir werden das Schlafen abschaffen.« Und wir schliefen trotzdem, aber erst am nächsten Tag, wir blieben bis zum Abend im Bett, wachten zwischendurch auf und liebten uns noch einmal. Wir, die Schornsteinfeger.

Wir wollten nichts überstürzen, vor allem wegen Paulina. Sie sollte sich an mich gewöhnen, und etappenweise an uns beide – an den gar nicht so abwegigen, doch durchaus irren Gedanken, dass sie Eltern hatte. Die Rolle des Vaters hatte ich mehr oder weniger dankbar angenommen, und es störte mich nicht, dass nicht ich, sondern ein Vertreter für Staubsauger oder EDV-Software Paulinas Erzeuger war. Es störte mich nicht, dass im Blut dieses kleinen Mädchens, das ich wie mein eigenes liebte, Samen von einem fremden Mann schwammen. Rein genetisch gesehen stammten wir sowieso aus einer Quelle: von einem Affen oder einem Außerirdischen. Was spielte das schon für eine Rolle, von wem eigentlich? Unser aller Schöpfer war unsichtbar, und er tat gut daran, sich vor uns zu verstecken – wir würden ihn entweder kreuzigen oder auf einen kaiserlichen Thron setzen und jeden seiner Finger mit einem Smaragdring bestücken. Zum Schluss würden wir ihn für einen Krieg missbrauchen, darin war ich mir mit Volley einig, dessen theologische Ambitionen, auch wenn er nichts Gescheiteres als den Hauptschulabschluss besaß, mich hin und wieder beeindruckten.

Wir verlegten jedenfalls unseren Umzug in einen imaginären Monat, der uns in greifbarer Nähe zu sein schien.

Um aber in anderer Hinsicht in Marias und meiner Beziehung Ordnung zu schaffen, fragte ich sie, ob sie meine Freunde kennen lernen wolle. Volley gebe bei sich zu Hause eine Party und lade sie herzlich ein. Maria nahm die Einladung an. Was sie nicht wusste, war, dass Volley sich diese Mühe nur ihretwegen machte (»… sie muss endlich in unsere kleine Automafia aufgenommen werden …«, hatte er gesagt), und ich versprach ihm, Maria Magdalena von diesem Schachzug nichts zu erzählen.

Am Tag der Party, einem Freitag, fuhr ich mit meinen beiden Kompagnons und Mitstreitern nach Hamburg zur BMW-Niederlassung, um eine Topmanager-Limousine abzuholen. Sie war spottbillig, was uns alten Hasen ziemlich verdächtig vorkam. Die Ausstattung war luxuriös, alle Sitze waren beheizbar, man konnte praktisch für die linke und rechte Arschbacke unterschiedliche Temperaturen einstellen, damit die Topmanager und Politiker sich auf ihren langen Winterfahrten durch Deutschland keine Erkältung zuzögen.

Lukas hatte den Kontakt nach Hamburg vor vielen Jahren hergestellt, unser Ansprechpartner war Herr Meiwert. Er war ein geschäftstüchtiger Verkäufer, etwa Mitte fünfzig, modebewusst gekleidet und hatte eine gehörige Portion gesunden Humors. Ein-, zweimal im Monat rief er uns an und machte uns ein gutes Angebot. Im Gegenzug bekam er von uns eine kleine Provision – vierhundert Mark, für »unter der Hand«, will heißen: Vorbeigeschleust an der BMW-Niederlassung und dem Fiskus war das viel Geld.

Es war noch früh am Morgen, als Lukas seinen Volvo, von Volley spöttisch »Schwarzer Sarg« genannt, auf dem Hinterhof der BMW-Niederlassung parkte. Wir hatten uns bei McDonald's Kaffee und Croissants geholt und rätselten darüber, warum die Limousine von Herrn Meiwert so preiswert war.

»Das ist das gute Stück«, sagte Herr Meiwert, als er uns die Schlüssel mit der Fernbedienung gab.

Wir inspizierten den Motor, öffneten den Kofferraum und ließen unsere Blicke über die Innenausstattung schweifen.

Mir fielen als Erstem ein paar rote Spritzer auf dem Leder der Rücksitze auf, und dann sagte Volley: »Da, hier ist ein Loch!«

Herr Meiwert wurde kreideweiß im Gesicht und fragte: »Wo?«

Tatsächlich, im Türrahmen auf der Fahrerseite befand sich ein winziger Krater, offensichtlich eine Einschussstelle.

»Sag mal, Herr Meiwert«, meinte Lukas. »Was ist denn in dieser Karre passiert? Und tisch mir bitte keine Lügen auf, dafür kennen wir uns zu lange.«

»Na ja«, sagte Herr Meiwert gedehnt. »Der Besitzer hat sich erschossen. Aber ist das so schlimm? Er hätte sich auch totfahren können. Die Limousine ist erst sieben Monate alt.«

»Nicht schlimm?«, fragte Lukas. »Du willst uns den Wagen von einem Selbstmörder andrehen? Tickst du noch richtig?«

»Ihr müsst zugeben, dass er ein Prachtstück ist, und ich werd ihn nicht los. Sobald die Leute hören, was es damit auf sich hat, winken sie ab. Ihr seid meine letzte Hoffnung!«

»Wir handeln mit Autos und nicht mit Selbstmördern«, unterbrach ich ihn. »Und überhaupt: Warum hat sich der Typ denn eigentlich eine Kugel durch den Kopf gejagt?«

»Das Übliche: Firma pleite, Frau abgehauen, und die Banken haben dem armen Kerl die Hölle heiß gemacht«, erklärte uns der Verkäufer.

Volleys Lippen wurden von Sekunde zu Sekunde schmaler. Dann zog er sie ein und legte den Zeigefinger an die Nase, was bedeutete, dass er den BMW erstehen würde.

Wir versuchten ihm seinen Entschluss auszureden, auch wenn wir wussten, dass wir keine Chance hatten. Manchmal war er eine linke Bazille, unser Volley. Er nahm uns beiseite und sagte leise: »Ich schicke der Witwe einen Strauß Rosen und Pralinen. Dieser Tod auf Rädern bringt mir mindestens zehntausend Mark: Den Gewinn lass ich mir nicht durch die Lappen gehen.«

Wir überführten das Fahrzeug nach Bremen – Volley hatte das Loch im Türrahmen mit Kaugummi gestopft. Weder ich noch Lukas hatten am Steuer sitzen wollen. Wir schüttelten die Köpfe und ärgerten uns, dass es uns nicht gelungen war, Volley von seinem Vorhaben abzubringen.

Am späten Nachmittag kaufte ich mit Volley bei METRO für seine Party ein. Sobald ich das Gespräch auf den BMW brachte, warf er mir vor, ihm einreden zu wollen, dass er ein Krimineller wäre und kein Gewissen hätte.

»Du musst noch viel lernen«, versuchte er mich

zu belehren. »Im Krieg würdest du auch nicht vor deinem angeschossenen Kameraden niederknien und jammern: ›Oh, wie schlimm! Du wurdest getroffen!‹, sondern schleunigst überlegen, was zu tun ist.«

»Volley, wir befinden uns aber nicht im Krieg!«, sagte ich. »Bist du denn völlig wahnsinnig geworden? Werd doch Bestattungsunternehmer. Das ist wenigstens ein ehrbarer Beruf!«

Er hatte auf einmal schlechte Laune, was ihm selten passierte. Er konnte es nicht haben, wenn ich ihn kritisierte. Zumindest nicht in nüchternem Zustand. Hatte er ein paar Bier gekippt, war es eine andere Sache. Er schluckte dann jeden Vorwurf und war zu Eingeständnissen bereit. Zumindest von mir ließ er sich einiges gefallen – nicht von Lukas oder seiner Freundin. Ich war gespannt, wie sich Volleys Laune unter Alkoholeinfluss am Abend entwickeln würde. Er war imstande, in einem Anfall von Reue noch in derselben Nacht den BMW mit Benzin zu übergießen und anzuzünden. Ihm war alles zuzutrauen.

Volley gab zurück, er fühle sich jeden Tag wie im Krieg, wo doch in unserem Land so gut wie alles den Bach runtergehe. Und er müsse sich nicht schämen, die Limousine gekauft zu haben. Außerdem wäre ich selbst ja auch nicht besser, genauso wenig wie Lukas. Schließlich würden wir uns bei den Unfallautos, die wir nach Osteuropa verscheuerten, auch nicht fragen, wer in den Wracks umgekommen sei. Er hatte Recht.

Der kleine Triumph verlieh ihm wieder Oberwasser, und er klagte: »Ich arbeite mich zu Tode. Und für wen tue ich das? Nicht für mich, sondern für Karola. Außerdem unterstütze ich meine studierende Schwester und meine Mutter, mit ihrer mageren Rente. Ich und du werden im Alter vom Staat auch keine müde Mark kriegen. Denk an die Zukunft, Chopin!« – »Werd erst mal so alt! Du Geizkragen und Zehn-Mark-Sparer!«, sagte ich.

Als ich dann am Abend zu Maria kam, konnte ich mich nicht einmal darüber freuen, dass es mir gelungen war, einen Xantia loszuschlagen, der seit fünf Monaten keinen Käufer gefunden hatte. Sie registrierte sofort, dass etwas mit mir nicht stimmte. Ich wehrte ihre Fragen ab und schob meine schlechte Laune auf Übermüdung. Spätestens nach dem dritten Glas würde ich wieder ganz der Alte sein. Sie fühlte, dass ich ihr etwas verheimlichte, und bohrte so lange, bis ich nachgab und ihr in groben Zügen schilderte, was in Hamburg vorgefallen war. Sie war gar nicht schockiert. Sie sagte nur, Horst habe ihr von der Sache längst berichtet. Deswegen würde sie Volley nicht gleich verurteilen, beruhigte sie mich. Sie kenne ihn ja noch gar nicht.

»Wir müssen uns immer die Wahrheit sagen«, fügte sie noch hinzu. »Wir dürfen uns nie belügen, meine Ehe ist genau daran gescheitert. Weil wir angefangen haben, in zwei Zimmern zu leben. Keiner wusste von dem anderen, was er dachte und tat.«

Sie gab mir einen Kuss. Ich stimmte ihr zu. Ein Paralleluniversum, in das man sich hätte flüchten können, würde unsere Liebe zerstören. Ich hatte nur einen einzigen Einwand, ich sagte, dass ich es eigentlich hasste, mit ihr über meinen Job zu reden: »Dieses ganze Gerede darüber, was auf der Arbeit los war, törnt mich ab. Ich hab das Geschwafel schon bei meinen

Eltern gehasst. Sie wälzten ständig ein Thema: Wer was zu wem in der Schule oder in der Firma gesagt hatte. Alles andere blieb auf der Strecke.«

Zur Beruhigung knöpfte ich mir die halbvolle Flasche Pinot Grigio vor, die seit gestern im Kühlschrank stand. »Ich muss mich eintrinken«, sagte ich und schenkte auch Maria einen Schluck ein.

Horst war nicht da. Er spielte Karten, und Paulina durfte das erste Mal bei ihrem Vater übernachten. Ich hatte Maria ausgeredet, den Kerl mit Samthandschuhen anzufassen. Er sollte bei jeder Gelegenheit, die sich uns bot, daran erinnert werden, dass er eine Tochter hatte.

Es war schon spät geworden, Marias Lippenstift war verschmiert, und wir mussten los.

Volley, der bei jeder Gelegenheit wiederholte, er wolle vor seinem dreißigsten Geburtstag Millionär sein (»... die erste Million ist die schwerste ...« war sein Spruch), hatte bereits mit vierundzwanzig für eine kleine Summe ein Haus gekauft, in der Nähe des Ziegenmarktes, nur einen Katzensprung von mir entfernt. Als Volley es mir voller Besitzerstolz zum ersten Mal zeigte, konnte ich mir nicht vorstellen, dass er jemals in dieses Gebäude einziehen würde, so war es heruntergewirtschaftet. Ein Achtzigjähriger hatte es lange bewohnt. Er hatte sich, weil es kein Badezimmer gab, in der Küche gewaschen. Die Mauern waren feucht, und die Möbel, die der alte Mann nach seinem Tod hinterlassen hatte, rochen süßsauer nach Moder und Altersheim. Das Haus war zu Anfang des Jahrhunderts von einer Hafenarbeiterfamilie gebaut worden und hatte den Zweiten Weltkrieg überdauert.

Zum Glück kannte Volley besagten Sławek, der goldene Hände hatte und diese Ruine im Akkord in ein bewohnbares Obdach verwandelte. Ich musste mir jedenfalls während der Renovierung von Volley viele Male anhören, wie einsam er sei, weil ihm auf seiner Baustelle niemand helfen wolle. Der Pole Sławek würde nicht zählen, er bekam ja fürs Betonanmischen seinen Lohn. Über Volleys Gejammere konnte Lukas, der mittlerweile in Bremen vier Häuser besaß und saftige Mieten kassierte, nur schmunzeln. Ich meinerseits hatte für Baustellen nichts übrig, es reichte mir, dass ich mich auf unserem Autohof mit Privatkunden herumschlagen musste.

Als wir nach einem zwanzigminütigen Spaziergang bei Volley klingelten, öffnete uns Lukas die Tür. Er küsste Maria die Hand, ganz nach polnischer Sitte, der Charmeur, und führte uns sogleich ins Badezimmer an die Bar, wo er aus der mit kaltem Wasser halbvoll gefüllten Badewanne eine Flasche Sekt fischte. Ich hatte ihm nicht zuflüstern müssen, wie man einen unbekannten, lang erwarteten Gast begrüßte, insbesondere, wenn es sich dabei um die neue Lebensgefährtin des Freundes handelte.

Er begleitete uns auf die Terrasse zu Volley und Karola. Ich stellte Maria Magdalena den beiden und auch all den anderen, die ich vom Sehen kannte, vor. Das waren Volleys Nachbarn: ein Rundfunktechniker, zwei Arbeitslose, eine Lehramtsstudentin, ein Schauspieler und eine Kneipenbesitzerin mit ihrem Mann. Selbst der Pole war da, und das war meine Rettung, weil er mir eine wichtige Arbeit abnehmen konnte, auf die ich keine Lust mehr hatte: Jedes Mal, wenn ich erwähnte, dass ich aus Polen käme, wurde ich mit Fragen bombardiert, auf die ich keine Antworten hatte – andersrum gesagt, ich hatte es satt, wie ein Experte für den Zusammenbruch des Kommunismus dazustehen, den Säbel meines in Litauen geborenen Großvaters zu schwingen und herumzuschwadronieren, warum die Welt in einem fort politische Systeme hervorbrachte, die so kurzlebig waren wie Schmetterlinge. Die Bundesrepublik existierte seit der Vereinigung auch nicht mehr. Der neue Staat hatte keinen Namen, doch selbst diese Namenlosigkeit war mir schnuppe, weil ich seit fast zwanzig Jahren in *Deutschland* lebte und nicht wusste, was in *Polen* los war: Ob sich Herr Michałowski in B. selbstständig gemacht hatte oder wahnsinnig geworden und in einer Nervenheilanstalt gelandet war; ob er immer noch seine Söhne schlug, weil sie das Einmaleins nicht beherrschten; ob meine Großmuter Natalia am Jüngsten Tag in den Himmel oder zusammen mit den Soldaten der Ewigen Nacht und der Roten Fahne in die Hölle wandern würde. Ich wusste nicht, welche Partei in meinem Städtchen regierte und ob sie die Visumspflicht für Russen abschaffen oder beibehalten wollte. Mit all diesen Problemen sollte sich Sławek herumplagen, zumal er in Pabianice Kinder hatte. Er sollte Volleys Nachbarn erzählen, welche Schweine, Mähren und Kühe in meiner Heimat geritten wurden. Ich hatte genug Schwierigkeiten mit der Namenlosigkeit der deutsch-deutschen Vereinigung und war den Göttern dankbar, dass ich als Autohändler wenigstens ein klares Feindbild hatte. Ich würde mich vom Staat bestimmt nicht auf ein Abstellgleis bugsieren lassen.

Es dauerte keine Stunde, und Maria wurde eine Freundin unserer Bande. Sie unterhielt sich lebhaft mit Lukas und Karola. Volley hatte inzwischen genug Beck's in seinen Adern fließen, um klar zu denken, und es war, wie ich es im Stillen vermutet hatte: Er bereute, den BMW des Selbstmörders gekauft zu haben. Der Einzige, der davon profitierte, war Herr Meiwert. Ihm hatte Volley einen großen Gefallen getan. Wir mussten uns überlegen, wie wir das Fahrzeug, ohne Aufsehen zu erregen, wieder loswurden.

»Tja, da hilft nur eines«, sagte ich. »Das Loch zuschweißen, den Innenraum blitzblank putzen, den Schrott gegen die Wand fahren und von der Versicherung eine Super-Belohnung kassieren. Dann wird die ganze Story rund! Allerdings müsstest du den Wagen anmelden und wenigstens eine Woche lang so tun, als wäre er dein eigener.«

»Okay, diese Wand müsste allerdings was aushalten …«

Zu später Stunde wurde der BMW von dem Selbstmörder doch noch zum allgemeinen Gesprächsthema, und das gefiel mir überhaupt nicht. Ich wollte nicht, dass Maria den Eindruck gewann, meine Freunde würden über Leichen gehen. Ich hoffte nur, sie würde ihrem Grundsatz treu bleiben und nicht über Leute urteilen, die sie nicht kannte. Ich ließ mich von ihr küssen und wusste im selben Moment, dass sie die Besorgnis in meiner Miene richtig deutete. Unsere Telepathie funktionierte.

Die Lehramtsstudentin nahm Volley in Schutz und fing einen Streit mit dem Schauspieler an, der an das Karma glaubte und für alles und jedes eine Erklärung fand und die unschlagbare Von-so-was-kommt-so-was-Philosophie vertrat: Demnach müsste sich Volley bald umbringen, und das konnte ich mir beim besten Willen nicht vorstellen.

Lukas, der dazu neigte, über Geschehenes eine Betondecke zu legen, meldete sich plötzlich zu Wort und rettete uns vor weiteren Spekulationen, die mit Bestimmtheit in einer hässlichen Schlammschlacht gemündet wären.

Er sagte, es sei doch nichts bewiesen: Was letztendlich in der Karre geschehen sei, wisse nur die Kripo. Außerdem habe Volley nur eine Anzahlung geleistet und deshalb auch noch keinen Fahrzeugbrief erhalten. Der Wagen sei damit im Besitz der BWM-Niederlassung, und er könne ihn am Montag zurückbringen. Punkt.

Volley brach in Gelächter aus und sagte: »Jetzt weiß ich, warum die Leute studieren. Der Ingenieur hat sich wieder einmal selbst übertroffen.«

5

Unser Umzug rückte von Monat zu Monat in immer weitere Ferne. Nach einem halben Jahr konnte ich aber sagen, dass ich bei Maria, ihrer Tochter und Horst Sobotta eingezogen war: Diese Entwicklung hatte niemand erwartet, vor allem ich selbst nicht, zumal ich von WGs, vom rituellen Zähneputzen und Frühstücken wie in einer Kaserne, absolut nichts hielt. Bei mir zu Hause schlief ich selten, ich benutzte nur die Waschmaschine, und ab und zu kletterte ich aufs Dach, allein oder mit Maria. Mein Apartment diente mir als Aufbewahrungsort für das Schwarzgeld, das ich in einer Einkaufstüte hinter dem Kleiderschrank versteckte. Jeder Banktresor wäre billiger gewesen. Die monatliche Kaltmiete in der Hornerstraße betrug vierhundert Mark. Dafür würde ich bei einer Bank mindestens fünf Schließfächer von der Größe eines Schuhkartons mit Diamanten füllen können. Wo waren also meine Hörner? Ich war doch Stier, und im Aszendenten Schütze, der eigentlich nie daneben schoss (Karola hatte mir mein Horoskop gestellt, sie kannte sich auch mit dem Legen von Tarotkarten aus). Volley belächelte mich, die Liebe zu M. M. würde mich ganz schön was kosten, und im nächsten Moment warnte er mich: »Behalt bloß deine Bude!

Man weiß ja nicht, wie das Ganze ausgeht.« Er sprach von Maria Magdalena, als wäre sie meine Mätresse, und ich entgegnete ihm: »Volley, du liebst die Knete und ich diese Frau. So einfach ist das. Jeder weiß doch, dass ich mir aus diesem Papier, das wir sammeln und horten wie alte SPIEGEL-Ausgaben, nichts mache.« – »Dann steig doch aus unserem Laden aus, wenn du so ein Held bist!«, antwortete er mir. »Das Arbeitsamt wird dich schon eines Besseren belehren!«

Horst war kein Kind von Traurigkeit, aber wir wussten inzwischen, dass er Einsamkeit nicht allzu gut verkraftete. Er lebte in seiner eigenen Welt. Tapfer trug er den Ehering. Von seiner Frau Klara würde er sich niemals trennen, in eine Scheidung wollte er nicht einwilligen – trotz der Erpressungsversuche seiner Geliebten. In seinem Zimmer hing ein Foto von Klara, und er betete es an wie eine Ikone. Im Geiste musste er ihre Stimme hören, denn oft stand er vor ihrem Bild und redete mit ihr, gab ihr Antworten, als befände sie sich tatsächlich leibhaftig vor ihm.

Allein in der Feldstraße würde er zugrunde gehen, die Wohnung verkommen lassen, und nach Feierabend säße er im »Gerken« und würde seine Rente und das nicht unbeträchtliche Gehalt, das ihm Lukas auszahlte, versaufen und verspielen. Er hatte noch nie eine Telefonrechnung bezahlt, er hatte keine Ahnung von Lebensmittelpreisen. Ein Kilo Zucker oder Kaffee kosteten in seiner Vorstellung immer noch so viel wie 1966, und er wusste nicht, dass »die Stones« immer noch Konzerte gaben. Seine EC-Karte musste er mehrmals neu beantragen, weil er sich die Geheimnummer nie merken konnte. Anstatt der 3343 tippte er am Geldautomaten regelmäßig 4434 ein.

Horst zu verlassen erschien Maria immer unrealistischer. Immerhin war er ein guter Koch, und nach der Schule betreute er Paulina. Und er brauchte seine Tochter.

»Und ich? Wo bin ich in deiner Lebensplanung?«, fragte ich. – »Hab Geduld. Sei doch froh, dass wir uns überhaupt gefunden haben.«

Mit Paulina hatten wir keine Schwierigkeiten – im Großen und Ganzen. Denn seitdem der Kontakt zu ihrem Vater wieder enger war, wozu ich selbst beigetragen hatte, stellte sie vehement meine Autorität in Frage. Jeden zweiten Satz begann sie mit »Günter, mein Papa, hat gesagt …«. Ich war plötzlich abgemeldet, ich hatte mir selbst ein Bein gestellt. Ich hatte nicht nur das Gefühl, dass er mir meine Tochter wegnahm, sondern warf ihm auch vor, dass er Maria die schönsten Jahre gestohlen hatte (die zwischen fünfundzwanzig und dreißig), und damit, so fand ich in meiner Eifersucht, auch mir. Er hatte sie auf seinen Dienstreisen in drittklassigen Hotels betrogen, mit irgendwelchen in einem billigen Nachtclub aufgelesenen Schlampen. Sie hatte darüber von einem Arbeitskollegen erfahren müssen. »Du hast mich geheilt – heute würde ich Günter nicht einmal mit der Kohlenzange anfassen«, sagte Maria, wenn wir über ihren Ex sprachen. Ich setzte seinen Namen auf meine »Todesliste« aus B., ich hatte sie aus einem verstaubten Aktenordner, in dem ich unter anderem Jolkas Briefe aufbewahrte, gefischt und wiederbelebt. Sie war kein Souvenir aus der Heimat, sie hielt mich davon ab, dass ich ein Mörder wurde, ein rachesüchtiger Alain Delon, ein böser schwarzer Ledermantel.

Einen Umzug durften wir Paulina noch nicht zumuten. Sie hing an ihrem Opa, und sie verstand nicht, dass ich eigentlich ihr neuer »Papa Günter« war.

Im Prinzip traten Maria und ich auf der Stelle, und da ich mittlerweile selbst an den Samstagen arbeiten musste, weil Lukas unseren Geschäftsradius massiv nach Osteuropa erweitert hatte, war meine Zeit für alle anderen Aktivitäten knapp bemessen, was meine M. M. deutlich zu spüren bekam. In der Woche zogen sich die Abende auf unserem Autohof in die Länge, und oft ließ ich mich auch noch von Volley und Lukas verführen und ging mit ihnen ins »Piano« oder zu Sergio. Immer öfter kam ich erst gegen elf nach Hause, wenn schon alle in den Betten lagen und schnarchten. Ich genehmigte mir meistens noch zwei oder drei Drinks, saß trinkend und rauchend in der Küche und sinnierte darüber, ob ich denn noch zu retten sei. Ich hatte Geld wie Heu, und meine M. M. wollte es nicht haben, ich musste nicht einmal einen Beitrag zur Haushaltskasse leisten, meinen Anteil für die Lebens- und Putzmittel zahlen, die sie einkaufte. Nach dem letzten Drink kroch ich zu ihr unter die warme Steppdecke, sie umarmte mich und sagte mir für gewöhnlich, dass sie mich vermisst hätte. Nach Mitternacht, zwischen eins und halb zwei, kam Paulina mit ihrem Teddybär und Kissen angewandert, dann wurde ich von ihr, der verschmitzten Katze, an die Wand gedrückt, obwohl ich vom Gewicht her um das Vierfache schwerer war als sie, mein liebes Mädchen.

An ihrem Geburtstag, am 3. März, gerade als ich in einem Geschäft mit indischem Schmuck kurz vor Ladenschluss Marias Geburtstagsgeschenk kaufte (einen Ring, eine Brosche, eine Kette und zwei Ohrringe aus Silber), rief mich Maria Magdalena auf meinem Handy an. Aufgelöst und zu Tode erschrocken berichtete sie, ein Mann mit russischem Akzent habe ihr am Telefon gedroht … Die Nachricht verwirrte mich so, dass ich den Schmuck mit der Kreditkarte bezahlte, die ich normalerweise nur im Ausland benutzte. Ich schäumte vor Wut, sagte den Termin bei unserem Steuerberater Hackmann ab und fuhr mit Blaulicht zu Maria, um sie zu beruhigen und in meine Arme zu schließen.

»Wir werden bei der Telekom neue Nummern beantragen«, sagte ich, nachdem sie sich wieder ein wenig gefangen hatte – seit einer halben Stunde saßen wir auf der Kante ihres Bettes und redeten miteinander.

»Toll!«, sagte sie. »Willst du denn nicht zur Polizei gehen?«

»Bist du verrückt! Die Bullen würden mich gleich einbuchten, wenn sie erführen, wer ich bin und wie ich meine Brötchen verdiene: ›Aha! Herr *Schopän*! Also Pole und Autohändler, und Sie haben einen Freund in Kasachstan, der einen Unfall erlitten hat? Aha!‹ Und dann würden sie mich bearbeiten …«

Immerhin hatte sie nicht wie eine hysterische Zicke reagiert, und das rechnete ich ihr hoch an. Sie war nicht mit Fäusten auf mich losgegangen, hatte nicht geheult und mich angeschrien, obwohl ich es ihr in dieser Situation nicht einmal hätte verdenken können.

Ich schloss die Tür zu ihrem Zimmer und tröstete sie, während sich mein Schwiegerpapa um seine Enkelin kümmerte: Obwohl es draußen nieselte, machten sie einen Spaziergang zum Kiosk, wo es Flachmänner mit Korn und Süßigkeiten gab.

Der Kasache hatte vor einer Woche eine S-Klasse im Auftrag eines Händlers gekauft, zu einem äußerst günstigen Preis. Der Wagen war erst drei Jahre alt und optisch und technisch vollkommen in Ordnung gewesen. Dass er ihn auf dem Weg nach Kasachstan irgendwo in der ukrainischen Pampa zu Schrott gefahren hatte – zumindest laut dramatischer Beschreibung, die er Maria am Telefon geliefert hatte –, war sein Problem und nicht meines. Ich würde ihm keinen Pfennig erstatten. Nicht ich, sondern seine Regierung musste endlich die Versicherungen für Pkws gesetzlich regeln. Ich war kein Politiker, kein Präsident und vor allen Dingen kein Messias und somit auch für das Chaos in Russland nicht verantwortlich. Im Grunde genommen tat er mir Leid, weil er nun anscheinend auf einem Haufen Schulden saß. Sein Auftraggeber, der womöglich ein Schurke war, hatte ihn mit großer Wahrscheinlichkeit spuckend und voller Verachtung als Versager abgestempelt und sich einen neuen S-Klassen-Anbieter gesucht.

Mir war schleierhaft, woher der Verrückte Marias Telefonnummer hatte. Ich konnte mich nicht erinnern, sie ihm jemals gegeben zu haben. Ich suchte nach einer plausiblen Erklärung und war ziemlich ratlos. Mit Logik war dieser Fall vorerst nicht zu lösen. Ich war auf höhere Mächte angewiesen, auf himmlische Inspiration – es war wieder einmal Maria, die den genialen Einfall hatte. Sie meinte, ich solle doch Karola aufsuchen, die Volley als eine »olle Esotante« beschimpfte. Karola behauptete, sie habe seherische Fähigkeiten, sie würde nicht nur in die Zukunft gucken können – mittels ihrer Tarotkarten –, sondern auf Wunsch auch in die Vergangenheit, und Verschleiertes und Verlorengegangenes aufdecken: Na, wenn sie wirklich hexen kann, soll sie mir einen Beweis ihrer übersinnlichen Künste erbringen, dachte ich bei mir und schmunzelte.

Maria war kein Partymuffel, doch Pflichtveranstaltungen wie Geburtstags- und Silvesterfeiern mochte sie nicht.

Ich kannte sie schon ein bisschen, Maria war bescheiden. Ich hatte aber eine Überraschung für sie vorbereitet: Für neunzehn Uhr hatte ich Lukas, Volley und Karola in die Feldstraße bestellt, und sie waren pünktlich. Wir gratulierten Maria Magdalena zu ihrem Dreiunddreißigsten, und Paulina und ich beschenkten sie reichlich mit Küssen. Wir hatten sie in feierliche Stimmung versetzt, und ich sagte: »Siehst du! Es tut gar nicht weh!«

Sie freute sich über den indischen Silberschmuck, das von der Kleinen selbst gemalte Bild, das Mama bei der Arbeit in ihrem Kindergarten zeigte, über die Rosen von Horst, den Sekt von Lukas und die neuste Simply-Red-CD von Karola und Volley. Sie war so entzückt, dass sie sich hundertmal bedankte, und dann gingen wir bewaffnet mit Regenschirmen zu Fuß zu Sergio.

Konnte ich den Anruf von dem Kasachen als Bagatelle abtun? Maria musste ich versprechen, die Angelegenheit so schnell wie möglich zu bereinigen, obgleich ich nicht wusste, wie. Ich konnte den Typen anrufen und zusammenstauchen, klar. Aber was sollte das bringen? Das Beste war, der ganzen Sache keine zu große Bedeutung beizumessen. Ich dachte mir, Hunde, die bellen, beißen nicht. Es war nicht das erste Mal, dass mich jemand bedrohte, doch der Gedanke, dass meine M. M. selbst in Gefahr sein könnte, verlieh der Angelegenheit eine neue Dimension.

Mich beruhigte, dass Lukas, der Erfahrenere, ebenfalls keinen Grund zur Sorge sah. Ich sei kein Weihnachtsmann, das müsse so einem Halbkriminellen aus Kasachstan auch klar sein, sagte er nüchtern und fügte hinzu: *»Hunde, die bellen, beißen nicht«*, worauf ich ihm entgegnete: »Exakt dasselbe hab ich vor zwei Sekunden gedacht ...« Volley äußerte allerdings Zweifel und spann wieder eines seiner Untergangsszenarien: »Der Typ war offensichtlich ein Anfänger. Wenn dieses Grünhorn alles verloren hat, ist er zu jedem Schabernack fähig. Wahrscheinlich hat er die Kohle für den Benz mit Mühe zusammengekratzt, sich bei seinen Verwandten und der Mafia verschuldet, und nun ist seine Knete futsch und alles umsonst! An seiner Stelle würde ich genauso ausrasten: Der denkt sich, die Deutschen leben in Saus und Braus und beklauen mich noch. Der kann jederzeit seinen Arsch in den nächsten Bus hieven, ist morgen wieder hier und macht Ärger. Wenn er allerdings ein bisschen clever ist und an seinem Leben hängt, klaut er sich lieber in Ostpolen eine S-Klasse. Denn die in seinem

Dorf werden bestimmt kein Pardon kennen! Prost Mahlzeit!«

Volley hatte die Begabung, aus einer Mücke einen Elefanten zu machen. Gerne reicherte er solche Schwarzmalerei mit einer wahren Geschichte an. Ich ahnte schon, was jetzt kam.

»Volley, bitte, nicht an Marias Geburtstag! Verschone uns mit diesem kranken Mist«, sagte ich, als wir Sergios Restaurant betraten.

»Den Sechsundvierzigsten von meinem Alten werde ich nie vergessen …«, ging die Leier wieder los.

»Ja, ich weiß«, unterbrach ich ihn, »an dem Tag ist seine achtzigjährige Tante vor seinen Augen auf dem vereisten Bürgersteig ausgerutscht und hat sich das Genick gebrochen. Die Story kenne ich schon!«

Sergios Restaurant war ein angenehmes Lokal, das nicht über mehr als zehn Tische verfügte. Der Italiener bewirtete uns mit der üblichen Gelassenheit und Freundlichkeit. Kein Happy-Birthday-Song von CD oder anbiederndes Geschwätz. Aber Maria Magdalena genoss den Vorzug bei allem, was an dem Abend geschah, und sonst niemand.

Zum Glück hatte ich es geschafft, den Kasachen samt seiner Drohungen aus unseren Gesprächen weitgehend auszublenden, obwohl Horst, wie eine gereizte Biene, beharrlich um das Thema herumgekreist war. Ich sagte ihm auf der Toilette, er solle sich zusammenreißen, um seiner Tochter willen.

»Mann, gönn ihr mal 'ne Pause! Lass sie feiern!«

»Ja, ja! Du scheffelst das dicke Geld, aber sie muss leiden und um ihre Haut bangen!«, antwortete er.

Horst war enttäuscht, weil es ihm nicht gelungen

war, unsere Aufmerksamkeit auf seine gegen den Kasachen gerichteten Hasstiraden zu ziehen. Er hatte sich geschlagen geben müssen. Dafür verwickelte Maria Lukas nach den Antipasti und der zweiten Flasche Cesanese in eine Diskussion über seine Vereinsamung als Großstädter. Sie bezeichnete seinen Lebensstil als *mönchisch*, und es schmeichelte ihm, dass sie ihn voller Ernst und Neugier interviewte und ihm zuhörte. Volley und ich – da wir über Lukas' zahllose Eskapaden, Eroberungen und Flirts Bescheid wussten – verfolgten ihre Unterhaltung mit spitzen Ohren. Karola rauchte währenddessen, in undurchdringliche Stille gehüllt, ihre Gauloises Light. Da fragte meine M. M., unverfroren wie sie war, Lukas geradeheraus, warum er keine Frau und Kinder habe. Ich tat so, als wäre ich taub, und half Paulina, ihre Kinderpizza in kleine Dreiecke zu schneiden. Lukas war ungewöhnlich redselig und zu ausführlichen Auskünften bereit, was Volley und ich in solch ausschweifender Intensität an ihm noch nicht erlebt hatten. Lukas erzählte, er sei einmal über viele Jahre mit einer Kunsterzieherin zusammen gewesen. Doch sie sei ihm abgehauen und lebe jetzt in der größten psychiatrischen Anstalt der Bundesrepublik, in Berlin.

»Psychiatrische Anstalt?«, staunte Maria. Er wusste nicht, dass ihre Mutter schizophren und in einer Klinik untergebracht war.

»Ja. Ich kann diese Stadt nicht ausstehen. Sie ist wie eine Krake, die mit ihren Tentakeln nach allem greift, was auf der Erde herumkriecht, es ansaugt und auffrisst.«

»Und warum ist sie dir davongelaufen?«

»In Berlin dürfte jede fünfte oder siebte Frau Kunsterzieherin sein. Hochgerechnet wären das etwa zwanzigtausend Frauen, die sich künstlerisch betätigen, malen, musizieren, dichten. Sie haben keinen Partner und keine Kinder – wie ich, quasi. Sie sprechen mehrere Fremdsprachen, lesen kluge Bücher, zelebrieren ihre Unabhängigkeit und sind Mitglieder irgendwelcher Initiativen. Meine Freundin wollte ihre eigene Kohle und ihre eigene Wohnung, und nur weil ich keine Frau war, hielt sie mich für einen Chauvinisten. Und dann war ich ja Unternehmer, selbstständig, geldgierig … ein Kapitalistenschwein.«

Volley und ich sperrten Mund und Nase auf. Als er dann auf Marias unermüdliches Nachfragen noch mit der Geschichte herausrückte, dass sein Vater, ein pensionierter Beamter, beim BND tätig gewesen sei und mit der Bekämpfung der RAF zu tun gehabt habe, tauschten Volley und ich Blicke, die besagten: Entweder spinnt er jetzt total, oder wir kennen diesen Mann noch nicht: »Guten Abend, Herr … Wie heißen Sie eigentlich?«

Über Lukas' Eltern wussten wir wenig, er erwähnte sie kaum, sie existierten praktisch nicht.

Lukas erzählte, er sei in Bremen auf ein Gymnasium gegangen, das damals, in den Siebzigern, als Brutreaktor für linkes Gedankengut bekannt gewesen sei. Er beschrieb uns, was damals los war: Die RAF warb regelmäßig bei den Schülern um neue Mitglieder. Wenn jemand später aussteigen und nicht mehr mitspielen wollte, wurde er erpresst und sogar mit Mord bedroht. Einige der Schüler, die einmal RAF-Sympathisanten gewesen waren, hatten aus Verzweiflung und Angst Selbstmord begangen. Einigen Aussteigern hatte er jedoch helfen können, da er über Informationen aus erster Hand verfügte – direkt von der Quelle, vom BND.

»Wenn man so will, war mein Vater der SS-Mann, und ich versteckte bei uns zu Hause – unter seinem Dach – Juden«, sagte er.

Lukas redete wie aufgezogen, seine Stimme hatte vom Rotwein einen ruhigen, tiefen Klang bekommen, ich sah, dass er es geschafft hatte, Maria ein bisschen zu bezaubern. Ihre Wangenknochen glühten, und immer wieder fielen ihm neue Geschichten ein. Eine, die ihm einmal sein Großvater Friedrich erzählt hatte, war so unglaublich, dass uns Lukas nicht mit hundertprozentiger Sicherheit bestätigen konnte, ob sie wirklich auf Wahrheit beruhte. Er habe aber keine Lust, Nachforschungen anzustellen, in Archiven über verstaubten Zeitungen, Illustrierten und Urkunden zu grübeln, oder auf der Suche nach Beweisen Behörden anzuschreiben und Ähnliches – andererseits sei für ihn schwer vorstellbar, dass ihn sein Großvater seligen Angedenkens angelogen haben könne. Was Lukas' Opa zugestoßen war, übertraf jeden Horrorfilm. 1945, kurz vor dem Ende des Zweiten Weltkrieges, geriet dieser Friedrich als Wehrmachtssoldat in amerikanische Gefangenschaft. Er und seine Mitgefangenen wurden eines Morgens an einen abgelegenen Ort gebracht, und dort, an einem Waldrand, befahlen die Amis den Häftlingen eine Grube zu graben. Anschließend wurde eine Erschießungsszene nachgestellt und gefilmt: Friedrich hatte in die Grube springen und einen Toten mimen müssen. Fünf oder sieben Jahre später schlug er im Zug von Bremen nach Hamburg oder von Hamburg nach Bremen eine deutsche Wochenzeitschrift auf (ob es der *Stern* war oder eine andere Illustrierte, wusste Lukas nicht mehr) und stieß auf ein Foto, das die Erschießung von jüdischen, jungen Männern durch die Wehrmacht dokumentierte, irgendwo in Polen. Als er genauer hinsah, entdeckte er zwischen den Leichen sich selbst.

»Dieses Erlebnis hat ihn gebrochen«, sagte Lukas, »von dem Schock hat er sich nie erholt. Ich glaube nicht, dass er sich die Geschichte aus den Fingern gesogen hat. Und ich bin keiner von denen, die leugnen, dass die Nazis blutrünstige Arschlöcher waren.«

Sergio servierte uns das Hauptgericht, was uns allen sehr gelegen kam, weil sich niemand traute, selbst Horst nicht, Lukas' erschütternde Erzählung zu kommentieren.

»Wir wollen kein Trübsal blasen«, sagte Lukas, als er seinen Seebarsch zu zerlegen begann.

Er hatte ausnahmsweise Recht. Dabei gehörte er selbst zu der Sorte, die es perfekt verstand, eine bedrückende Atmosphäre um sich zu verbreiten. Es war ihm gar nicht bewusst, dass er eigentlich ein launisches Geschöpf war. Sobald ihm etwas aus dem Ruder lief, wurde er unausstehlich. Kassierte er von seinen Kunden Geld, war er glänzender Stimmung – sein Barometer stand auf Schönwetter. »Der ist wie eine Frau«, witzelte Volley, wenn wir alleine waren, »um gut drauf zu sein, braucht er eine Belohnung: Mit dem Unterschied, dass er sich keine Klamotten kauft – er zählt lieber die Fünfhundertmarkscheine.« – »Und du nicht, oder was?«, erwiderte ich dann.

Immerhin war es Maria mit ihrer Fragerei gelungen, Lukas endlich einmal aus der Reserve zu locken. Er war richtig aufgeräumt und gesprächig und öffnete sogar seinen obersten Hemdknopf. Sie hatte seine dicken Mauern durchbrochen. Ich bewunderte meine M. M. Denn sie war keineswegs einfältig, im Gegenteil: Sie war mutig und schreckte vor nichts und niemand zurück, auch nicht vor Eisbären.

Mit steigendem Alkoholpegel neigte ich gelegentlich zu nicht enden wollenden Monologen. Ich wurde dann penetrant und ungenießbar. Ich wollte Lukas' unglaubliche Geschichte toppen, ihm den Wind aus den Segeln nehmen. War ich auf ihn eifersüchtig? »Meine M. M. hat er voll im Griff«, sagte mir der Cesanese. Für die Kriegserlebnisse meiner Oma Natalia fand ich aber nur einen Zuhörer: Karola. Sie hatte nicht gewusst, dass Natalia auf einem Bauernhof bei Braunschweig Zwangsarbeiterin gewesen war und dass ihre Arbeitgeber ihrem Bruder Stasiek das Leben gerettet hatten, dem es wiederum gelungen war, aus einem KZ zu fliehen. Stasiek hatte drei Nächte hintereinander davon geträumt, dass sein KZ brannte. Die Schwarze Madonna aus B. warnte ihn vor dem Brand. Daraufhin hatte er beschlossen, zu fliehen, und Unterschlupf bei den deutschen Bauern und seiner Schwester gefunden. Stasieks Lager wurde wenige Tage nach seiner Flucht von der SS niedergebrannt, die Häftlinge hatte sie liquidiert.

Lukas und Volley waren wieder in ihrem Element. Sie unterhielten sich über das Jonglieren mit den Netto- und Bruttopreisen unserer Pkws und waren sich in dem Punkt einig, dass die Mehrwertsteuer die schurkischste und gleichzeitig genialste Erfindung des Staates war. Egal ob ein Händler reich war oder in den Ruin trieb, dem Staat war das schnurzpiepegal, er erzielte immer Gewinne: Die Gier nach Reichtum sorgte in unserer Branche automatisch für Nachwuchs. Schneller vermehrten sich nur Ratten und Kakerlaken.

Wir inserierten unsere Wagen meist zu Nettopreisen (vor allem die Karren, die für Osteuropäer interessant waren). Damit war gewährleistet, dass unsere Angebote auf der Internetseite von »mobile.de« häufig aufgerufen wurden, was bei potenziellen Käufern den Eindruck erweckte, dass wir die billigsten Anbieter von allen wären.

Als Volley aber von der Mehrwertsteuertaktik ablenkte mit den Worten, dass er nicht wisse, was er gegen *seinen* Rumänen unternehmen solle, der ihm seit Wochen dreitausend Mark schuldete, wurde ich wütend. Ich hatte mittlerweile die Übersicht verloren, zum wievielten Mal schon kam er auf dieses in seiner Vorstellung kolossale Problem zu sprechen, und ich sagte: »Schick ihm eine Briefbombe. Ich hab Feierabend, wir wollen uns vergnügen und nicht von unseren Autogeschäften faseln. Wenn du Langeweile hast, kannst du ja dein Haus mit Fünfzigern und Hundertern austapezieren – wie wäre das?«

»*Tak, tak*«, sagte Karola auf Polnisch und wandte sich an ihren Freund. »Ich möchte mal gerne wissen, ob du auch noch was anderes als Geld im Kopf hast. Irgendwann wachst du auf, dann wird es zu spät sein. Wir waren zum Beispiel noch nie zusammen im Urlaub.«

»Ich lasse mich nicht unter Druck setzen. Wenn sich's ergibt, fliegen wir schon irgendwohin. Und wenn mich nicht alles täuscht, musst du doch studieren, oder etwa nicht?«

Maria gab Karola aus Solidarität einen Kuss auf die Wange und guckte mich etwas verstört an. Dieser böse Blick war mir unbekannt.

»Keine Angst, Liebes«, sagte ich. »Wir werden diesen Sommer an den Stränden der Algarve baden!«

»Wenn ich's mir leisten kann«, antwortete sie. »Du sollst mir nichts finanzieren.«

Gegen zehn bestellte Sergio für Horst und Paulina ein Taxi, die Kleine musste ins Bett, und wir wechselten das Lokal und tranken bis vier Uhr morgens. Unseren Frauen zuliebe gingen wir sogar in die »Lila Eule«, wo wir tanzten.

Ich war so betrunken, dass ich in der Feldstraße in voller Montur mit dem Kopf auf Marias Brust einschlief. »Deine *Musinska*, wo ist deine lila *Musinska*?«, soll laut Maria mein letzter Satz gewesen sein.

Es war Frühling. Das Gezwitscher der Vögel am frühen Morgen ging mir auf die Nerven. Es war, als spielte in den Bremer Straßen pausenlos »Ummagumma« von Pink Floyd. Ich war wohl der Einzige auf unserem Planeten, der dem Frühling nichts Positives abgewinnen konnte. Meine erste heilige Kommunion in der Kirche von B. war eine Vergewaltigung durch Jesus Christus, ich wollte mich auf seine Zusicherung, die Welt erwache an Ostern zu neuem Leben, nicht einlassen. Bremen hatte sich in einen riesigen Jahrmarkt verwandelt, sonntags flanierten an der Weser junge

Liebespaare, auf dem Flohmarkt wechselte allerhand Plunder den Besitzer. Ich hatte den Altweibersommer und den Herbst gern, ich mochte das Vergehen, das Verfließen, die abendliche Kälte des Septembers und Oktobers, und ich war ein Häretiker, ein gefallener Engel, ich liebte meine nächtliche Terrasse.

Der Kasache hatte sich nicht wieder gemeldet, darum verzichtete ich auch darauf, ihn anzurufen – einmal darf jeder die Nerven verlieren, dachte ich. Er kannte den Weg nach Bremen, eine persönliche Einladung musste ich ihm nicht schicken, er wäre mir willkommen. Er hatte wohl eingesehen, dass nicht ich, sondern er selbst seines Glückes Schmied war – in Eintracht oder Zwietracht mit seinem Land. Ich veranlasste gleich am Morgen nach der Geburtstagsfeier, dass uns die Telekom neue Telefonnummern einrichtete, und Anfang April wurden sie aktiviert.

Marias Rufnummer hatte der Kasache wahrscheinlich aus meinem Adressbuch abgeschrieben, das auf dem Schreibtisch in unserem Büro lag. Ich hatte neben ihren Namen und ihre Rufnummer mit einem roten Stift ein erbsengroßes Herzchen gemalt, und der gerissene Hund musste sie in der Minute abgeschrieben haben, als ich auf der Toilette war. Er dachte wohl: Sollte was schief gehen, knöpf ich mir die Alte vor und schüchtere sie ordentlich ein. Den Klugscheißer werde ich schon erpressen! Eine andere Erklärung fiel mir nicht ein. Manche hatten eben diesen Tick, dass sie in fremder Leute Sachen schnüffelten, sobald sich ihnen eine Gelegenheit dazu bot. Solche selbsternannten Detektive wühlten in Schubladen und Schränken, in Handtaschen und Aktenkoffern, sie lasen die Post, die Faxe, die E-Mails, und sporadisch klauten sie eine Kleinigkeit, nichts Wertvolles, einen Radiergummi oder einen Kugelschreiber, Dinge, die man nicht vermissen würde. Meine Mutter war so eine Schnüfflerin und Andenkensammlerin, und wenn man sie erwischte, tat sie wie die Unschuld in Person. Ich doch nicht! Der Kasache gehörte vielleicht auch dazu. Meistens waren sie aber harmlos.

In der Mittagspause besuchte ich Karola in ihrem Studentenheim. Es imponierte ihr, dass ich sie um Hilfe gebeten hatte: Volley würde so etwas nie tun, sagte sie. Mir war unverständlich, wie sie allen Ernstes glauben konnte, ich würde mir von ihr Unterstützung bei der Lösung des Rätsels um den Kasachen und Marias Rufnummer versprechen. Dabei hatte ich sie scherzhafterweise noch gehörig aufs Korn genommen und ihr durch die Blume gesagt: »Wenn du dir von Volley mehr Aufmerksamkeit wünschst, musst du einen neuen Ton anschlagen. Schmeiß das Kunststudium hin, studiere was, womit du hinterher Geld verdienen kannst. Rede mit ihm über sein schlimmes Geheimnis und seine Geschäfte und nicht über Horoskope und ungünstige Konstellationen. Gib ihm das, was er von dir will: eine Frau aus Fleisch und Blut und keine regenbogenfarbene Aura.«

Tatsache war: Volley hatte seinen Rumänen, ich meinen Kasachen, und wir sprachen über die beiden, als wären wir keine Auto-, sondern Sklavenhändler.

Karolas übersinnliche Künste waren ziemlich bescheiden. Sie erklärte gleich vorab, dass sie für verschollene oder gestohlene Dinge wie Schlüssel oder Zettel mit Notizen und Telefonnummern nicht zuständig wäre. Sie könne auch keine vergangenen Ereignisse sichtbar machen; sie würde nur durch verschiedene Legesysteme des Tarots auf mögliche Entwicklungen, Ursachen, Gefahren, Schwierigkeiten und Tendenzen hinweisen – mehr nicht. Sie sagte auch, sie habe *alle* Bücher *über* und *von* Aleister Crawley gelesen, doch sein Talent, das eines Genies und atlantischen Priesters und Sehers, sei ihr leider vom Universum nicht vergönnt worden. Herr Crawley habe für das Ende des 20. Jahrhunderts globale Naturkatastrophen und politische Umwälzungen prophezeit und von der Schulmedizin für unheilbar krank erklärte Patienten wieder gesund gemacht. Wenn er noch lebte, könnte er mit Sicherheit auch mir helfen.

»Und Volley?«, fragte ich, als wir in der Mensa zu Mittag aßen.

»Dem ist nicht zu helfen …«

Was mich eigentlich bedrückte, war, dass meine M. M. von Tag zu Tag unzufriedener wirkte. Sie sagte einmal, ich solle das Studium wieder aufnehmen und mit dem Autohandel Schluss machen: Es sei ein gut gemeinter Ratschlag. Was wolle ich mit der ganzen Kohle? Am Ende würde ich noch von einem meiner Kunden abgestochen. Die Drohung des Kasachen sei ein fabelhaftes Präludium gewesen. Ich hätte doch ursprünglich zur Kripo gewollt. »In meinem Alter studieren nur Versager. Wenn man bis fünfunddreißig nichts geworden ist, wird man vom Staat ausrangiert und in die Arbeitslosigkeit gedrängt. Deutschland ist am Ende. Als Geldgeber für die Welt und seine eigene Bevölkerung. Berlin wird für uns nichts mehr tun können, ein zweites Wirtschaftswunder ist utopisch. Und weißt du, was ich so verdiene? Meine Kreditlinie beläuft sich mittlerweile auf eine Million Mark! Warum soll ich Bulle werden?«, gab ich ihr zur Antwort.

Eines Morgens drehte ich zwei Landsleuten aus Łódź einen grünen Volvo an, den ich zufällig bei der Citroën-Niederlassung gekauft hatte. Der Volvo war eine von diesen alten Schabracken mit generalüberholtem Motor und so weiter, aber er hatte zwei Jahre TÜV und war zuverlässig. Die Männer aus Łódź konnten ein bisschen Englisch und Deutsch, und als sie wissen wollten – spitzfindig, wie sie waren –, aus welchem Land ich denn kommen würde, sagte ich just: »Aus Schweden.« Sie schauten mich verdutzt an und wiederholten: »Aus Schweden, hm!« Ich hatte dunkelbraune Augen, brünettes Haar, war eins einundsiebzig groß, und auf meinem Hals saß ein polnischer Kürbis: Einem so reinrassigen Schweden waren sie noch nie begegnet. Bevor sie in den Volvo stiegen und wegfuhren, belauschte ich, wie sie über mich lästerten und spotteten. »Guck dir das an!«, sagte der eine. »Dieser Drecksack bildet sich ein, wir wären blind und taub!« – »Das ist einer von diesen Verrätern!«, antwortete der andere. »Chopin! Dass ich nicht lache. Erst missbrauchen sie ihre vaterländische Kultur, und dann treten sie uns echte Polen in den Hintern!«

Ende April stattete ich Karola einen zweiten Besuch ab und ließ mir von ihr zum ersten Mal die Tarotkarten legen. Ich wollte wissen, was aus Maria und mir werden würde, und dass ich das wissen wollte, lag wohl daran, dass sich an unserer Situation nichts geändert hatte. Immer noch lebten wir in zwei Wohnungen …

Gemeinsam über die Symbole und Bilder auf den Karten gebeugt, die mir angeblich von der launischen Göttin Fortuna zugespielt worden waren, nach drei Flaschen Wein und zu nichts Gescheitem führenden Diskussionen über Volleys »emotionale Kälte« (eine beliebte Bezeichnung von Karola) tappte ich, was meine Zukunft mit M. M. anging, weiterhin im Dunklen.

Karola schilderte mir, wie sie als elfjähriges Mädchen in Rostock zusammen mit ihrer Freundin Nina Bundeskanzlerin hatte werden wollen, um auf unserem Planeten ewigen Frieden zu schaffen: Es gäbe nur ein einziges Land – die Goldene Republik Lemuria –, und alle wären reich, und niemand müsste schwer arbeiten.

Sie klagte mir ihr diesseitiges Leid mit Volley, woraufhin ich sie in meine Arme schloss. Ich hatte ihr lediglich ein bisschen Trost spenden wollen, und sie mir auch. Sie erwiderte meine plumpen Bemühungen mit einem nassen, weindurchtränkten Stirnkuss genau in dem Moment, als ich die Dreizehn aus dem Großen Arkanum zog. »Der Tod«, flüsterte Karola. Er deute auf große Veränderungen hin, unter Umständen könne diese Karte sogar den leiblichen Tod bedeuten. Ich war perplex, sterben wollte ich noch nicht, und dass meiner M. M. etwas Tragisches zustoßen würde – daran mochte ich nicht einmal denken.

Für drei Sekunden wurde mein Verstand von Sonnenfinsternis verdunkelt, sodass Marias Lila Eule augenblicklich verstummte: Ich war ein blöder Hund, ein Eulennarr, ein Weibernarr – jedenfalls nicht der

Chopin, den ich persönlich kannte –, als ich in den drei verflixten Sekunden Karola die Jeans und den Slip herunterriss. Und schon war es passiert! Doch es hätte nie geschehen dürfen!

(Ich sage Ihnen und Ihrem Gummiohr, den Seitensprung mit Karola werde ich mir nie verzeihen.)

Zweiter Teil

Eure zehn Prozent

6

Ich beschwor Karola, Volley und Maria Magdalena von unserem Ausrutscher nichts zu erzählen, kein Sterbenswörtchen, nicht zu heulen und zu verzweifeln. Es war ein Ausrutscher gewesen, mehr nicht. Irgendein Idiot hatte versehentlich auf einen roten Knopf gedrückt, und so war es zu dieser verheerenden Explosion gekommen. Karola und ich wollten doch nichts voneinander. Deshalb befahl ich ihr, dichtzuhalten. Um ganz sicher zu gehen, zitierte ich sie zu einem geheimen Treffen ins »Brasil«, wo ich ihr Weintropfen auf Weintropfen, damit ihr Gehirn auf Hochtouren lief, eintrichterte, sich in die Lage einer Partisanin zu versetzen, die bei Wasser und Brot, einer bescheidenen Tagesration, in einem vergitterten Drecksloch dahinvegetieren müsse, aber ihre Kameraden und ihr Versteck im Wald nicht verraten dürfe, trotz Hunger- und Folterqualen: »Wenn du nur ein Wort ausplauderst, sind wir beide geliefert. Vor allem ich … Volley wird mich hängen und meine M. M. mir davonsegeln und nie wieder in meine Gefilde zurückkehren.« Meine drastischen Vergleiche waren nicht übertrieben, die Situation war bitterernst, der ganze Schlamassel furchtbar.

Karola schwor bei den Namen ihrer verstorbenen DDR-Götter, die mir fremd waren (lauter No-Name-

Produkte in meinem Musiklexikon), dass sie dichthalten würde wie ein FDJ-Mädchen! »Partisanin! Karola! Partisanin!«, korrigierte ich sie. Was ich von ihr verlangte, war feige, aber ich wollte meine Haut retten, und auch ihre.

Mein schlechtes Gewissen diktierte mir, zur Beichte zu gehen. Die musste mir allerdings meine M. M. abnehmen. Von Karola verlangte ich Verschwiegenheit. Ihr gegenüber tat ich so, als wäre ich stark und als könnte unser Fehltritt mir nichts anhaben. Aber das war eine glatte Lüge, und sie ahnte es. Ich dachte jeden Tag daran, alles auszutrompeten; sobald ich Maria nur sah, bei jedem Blick, jedem Kuss, jeder noch so belanglosen Unterhaltung.

Ich fragte mich, ob ich ein Brandmal trug, ob man mir ansah, dass ich schwer gesündigt hatte. Ich, Chopin, durfte nicht sündigen. Wollte ich denn ein Soldat der Ewigen Nacht und der Roten Fahne werden? Nein! Ich war drauf und dran, meinen Namen zum zweiten Mal auf meine »Todesliste« zu setzen.

Ich ging zu Lukas, um mit ihm über meine Verzweiflung zu reden. Atheisten wie er mussten mir jetzt helfen. Lukas würde mir mein schlechtes Gewissen mit einem Skalpell herausschneiden, wie einen Tumor. Die Schwarze Madonna vergoss Tränen, weil ich ein Arschloch war. Ich hatte Maria betrogen. Wo war sie eigentlich? In B. oder bei mir in Bremen? Ich jedenfalls saß seit einer halben Stunde bei Lukas und weihte ihn in mein Abenteuer mit Karola ein. Er unterbrach mich nicht und hörte meinem Bericht geduldig zu. Und während ich schwitzte und mich abmühte und mir eine Zigarette nach der anderen ansteckte, kamen mir Bedenken, ob es wirklich richtig gewesen war, Lukas um Rat zu fragen. Selten lud er uns ein, bei ihm vorbeizuschauen oder auf seiner Terrasse zu grillen, Volley, Karola und mich. Lukas liebte sein Zuhause, sämtliche Möbel hatte er selbst gebaut, und nach Feierabend hörte er, allein und in seinem Ohrensessel vom Flohmarkt brütend und gelegentlich eine Zigarre rauchend, Gitarrenjazz von West Montgomery, Joe Pass und Pat Metheny – Musik, die er als Student entdeckt hatte. Willkommen waren ihm nur seine Schicksen. Partys geben oder ausgedehnte Plauderstündchen mit Freunden und Nachbarn lagen ihm nicht. Bei mir machte er eine Ausnahme, vielleicht, weil ich oft unangemeldet bei ihm klingelte, wie auch an diesem Mittwochabend. Vielleicht traute er sich nicht, mich rauszuschmeißen, mich vielleicht noch mit einer billigen Ausrede abzuwimmeln. Und so sagte er jedes Mal trocken: »Du schon wieder! Tritt ein!«

Das zweistöckige Altbremerhaus in der Bismarckstraße gehörte Lukas. Die Bismarckstraße war die Hauptschlagader Bremens, hier rollte 24 Stunden lang der Berufs- und Zuliefererverkehr. Ich nannte sie Polańskistraße, denn in jedem zweiten ihrer um die vorletzte Jahrhundertwende gebauten Mietshäuser hätte man den Film »Rosemaries Baby« noch einmal drehen können. Sie waren für mich Verwandte des berühmten »Dakota Building«. In B. kannte ich solche Räume nur aus dem Kino, und als ich nach Deutschland auswanderte, überzeugte ich mich davon, dass es diese Riesenwohnungen mit den bombastischen Stuckverzierungen an den Decken, die mir als Kind so luxuriös vorkamen, wirklich gab. Sie waren nur kleiner als ihre Brüder und Schwestern in New York, wo ich allerdings nie gewesen war. Als ich Lukas noch nicht kannte, hatte ich mich des Öfteren gefragt, wer denn hinter diesen ehrwürdigen und Furcht einflößenden Mauern in der Bismarckstraße hausen würde. Wer waren die Bewohner? Und die Kinder, wo spielten sie? In den Hinterhöfen?

Lukas vermietete zwei Apartments an junge Familien. Seine Wohnung gefiel mir. Wegen ihrer Großzügigkeit. Doch die Stille, die darin herrschte, war mir unerträglich. Jedes Geräusch wurde zur Qual. Der Schaukelstuhl, der quietschte. Die Neonlampe im Badezimmer, die surrte. Die Wasserhähne, die tropften. Die Dielen, die knarrten. Von draußen drang so gut wie nichts herein, nur das Martinshorn der Krankenwagen.

Sie fuhren gelegentlich vorbei, weil sich in der benachbarten St.-Jürgen-Straße das Krankenhaus befand. Es war eine riesige Geburts- und Todesfabrik, die größte, die ich jemals gesehen hatte.

»Chopin, du bist ein Esel«, sagte er, als ich meinen Leidensbericht beendet hatte.

Er hatte mir einen Espresso gekocht. Ich schlürfte ihn genüsslich und sagte: »... das bringt mich nicht weiter: Außerdem sind Esel kluge Tiere.«

»Wenn deine Schwarze Madonna aus B. dich zum Kampf herausgefordert hat, kann ich dir auch nicht helfen. Den kannst du nur verlieren. Geh zu Maria und sag ihr die Wahrheit. Es gibt dann genau zwei Möglichkeiten, und die kannst du dir selbst denken:

Sie wird dir verzeihen oder dich verlassen. *Ich* würde an deiner Stelle schweigen. Und alles vergessen. Der ganze Aufwand, den du da treibst, lohnt nicht! Zumal unser Hauptschüler Karola nicht liebt! Er wird sich vielleicht sogar freuen, dass ihn seine Madame betrogen hat! Volley will sie doch im Grunde genommen loswerden.«

»So was wie Eifersucht kennst du nicht!«

»Da hast du Recht!«

Ich holte aus der Küche zwei Bier, ließ mich schwer auf das Sofa fallen. »Danke«, sagte ich. »Ich werde bestimmt den einen oder den anderen Rat befolgen! Nichts leichter als das! Mann – hier geht es doch nicht nur um meinen Arsch! Ich möchte Maria nicht verlieren!«

»Ich muss sagen, ich mag sie«, meinte er, als wir anstießen.

Auf meinen fragenden Blick erwiderte er: »Du brauchst nicht zu befürchten, dass ich sie dir wegschnappen will.«

»Daran hab ich nicht einmal im Traum gedacht!«

»Na also! Lass uns das Thema wechseln. Ich wollte nämlich auch was mit dir besprechen. Ist dir vielleicht aufgefallen, dass Volleys Pkws billiger sind als unsere? Der verhält sich wie ein hungriger Dorfhund, der sein Mahl nicht anrührt, andere arme Schlucker aber auch nicht fressen lässt. Der Kleine versucht, uns konsequent mit Dumpingpreisen bei den gleichen Modellen, die auch wir anbieten, Konkurrenz zu machen.«

Es war mir noch nicht aufgefallen, und wenn Lukas Recht hatte, beging Volley einen Vertrauensbruch, der unsere Zusammenarbeit und Freundschaft in Frage stellte. Ich wollte aber auf Lukas' Anschuldigung jetzt nicht eingehen: Mir war nicht danach, interne Firmenprobleme zu diskutieren. Ich versuchte auszuweichen, indem ich sagte: »Du musst dich in deinem Schloss sehr einsam fühlen …«

»Hast du was getrunken? Ich bin *nie einsam*, und wenn ich mich mit jemandem unterhalten will, gehe ich zu Sergio oder ins ›Piano‹.«

Nach genau fünfundvierzig Minuten – ich schaute immer wieder auf meine Armbanduhr, weil ich auf einen Anruf von Maria wartete – stiegen wir auf Wein um. Maria wusste, dass ich bei Lukas war. Ich hatte sie ja gebrieft, mich spätestens um zweiundzwanzig Uhr anzurufen. Verständlicherweise war ihr meine Bitte ziemlich merkwürdig vorgekommen. »Ich bin nicht deine Amme!«, hatte sie gelacht. (Ich sage Ihnen, an dem Abend war mein Schicksal längst besiegelt. Eine Frau wie Maria Magdalena können Sie nicht betrügen. Sie ist der Logos selbst!)

Meine M. M. ließ mich im Stich. Sie rief nicht an. Ich sollte mich wohl tatsächlich sinnlos betrinken und nicht mehr nach Hause zurückkommen, und überhaupt, wo war eigentlich mein Zuhause?

Kurz nach Mitternacht sprang ich auf, getrieben von meiner Angst vor Maria Magdalena, und sagte zu Lukas, dass ich es eilig habe, ich müsse noch einen Stapel Unterlagen für den Zoll abarbeiten. Er sah mich entgeistert an. Was? Um diese Zeit? Er drängte mich sogar, bei ihm zu übernachten. Ich lehnte dankend ab. Er hatte mich verunsichert, warum sollte ich bei ihm schlafen? Die Feldstraße war nur wenige Gehminuten entfernt. Und er war kein Trinker wie ich und Volley. Spätestens nach ein Uhr wäre er auf dem Sofa eingeschlummert, und ich säße allein vor dem Fernseher. Würde seinem monströsen Schnarchen lauschen und nicht lauter stellen dürfen. Einmal, als er und ich zusammen bei Volley über Nacht blieben, musste ich mit Lukas in einem Bett schlafen. Am nächsten Morgen riet ich ihm: »Du solltest schleunigst einen guten Arzt aufsuchen!« – »Ich bin nicht verheiratet. Keine Frau leidet darunter, dass ich schnarche! Und ich habe heute Nacht nicht gehört, dass du dich beschwert hättest!«

Ich näherte mich strammen Schrittes meinem Ziel. Ich bog in die Feldstraße ab, und als ich vor der Eingangstür nach meinem Schlüssel zu suchen begann, stellte ich fest, dass ich mein Handy bei Lukas hatte liegen lassen. Bei Lukas?, meldeten sich Zweifel an. Oder hab ich's verloren? Das wäre eine Katastrophe! Sämtliche Telefonnummern von meinen ausländischen Kunden waren darauf gespeichert! Wie sollte ich sie nun erreichen? Den Blick zur Erde gesenkt, diesmal so langsam wie ein Sonntagsspaziergänger, machte ich mich wieder auf den Weg zurück in die Bismarckstraße. Das Handy war nirgendwo zu sehen. Ich wurde schlagartig nüchtern und ärgerte mich über mich selbst. Ich hoffte, dass es bei Lukas auf dem Sofa lag. Da ich ihn nicht wecken wollte, marschierte ich zurück in die Feldstraße, meine Augen immer noch auf den Bürgersteig gerichtet. Ich, der Spürhund. Einmal bückte ich mich, um ein Einmarkstück aufzuheben, das mich anblinkte. Es soll doch Glück bringen, wenn man eine Münze auf der Straße findet, beruhigte ich mich.

Ich vergaß Maria Magdalena und Karola und den ganzen Ärger. Für eine dunkle halbe Stunde, während ich durch die Gegend irrte und mich im Kreis drehte, existierten sie nicht. Ich musste mir im Nachhinein eingestehen, dass das kein unangenehmes Gefühl gewesen war. Es war so, als hätte ich mir Ferien von Maria genommen, und es hatte mir sogar gefallen! Liebte ich sie denn nicht mehr? Natürlich liebte ich sie!

Kurz nach eins war ich endlich zu Hause, bei Maria und ihrer Familie – ohne mein Nokia. Ich zog mich im Badezimmer aus, legte meine Sachen auf die Waschmaschine, pinkelte, wusch mir Hände und Gesicht und putzte mir die Zähne. Anschließend stellte ich das Fenster auf Kipp. Horst hatte die Angewohnheit, auf der Toilette zu rauchen.

Auf Zehenspitzen schlich ich zu Maria und schlüpfte in ihr Bett. Sie war allein und nackt – Paulina schlief, die Tür zu ihrem Zimmer stand sperrangelweit offen. Sie konnte mit ihrem Kissen bei uns auftauchen und uns überraschen.

Ich war zum Umfallen müde. Ich kroch unter Marias warme Steppdecke, legte meinen Arm um sie und streichelte ihr Haar. Ich durfte sie nicht wecken, aber ich musste. Mir war plötzlich schlecht geworden, und ich hatte keine Kraft mehr, *mein* schlimmes Geheimnis mit mir herumzutragen. Lukas' Ratschläge waren vollkommen nutzlos, das ganze Durchspielen von Alternativen, Möglichkeiten, denkbaren und vorstellbaren Reaktionen, die eintreten könnten, wenn ich M. M. meinen Fehltritt beichten würde. Er kannte diese Frau nicht, dabei behauptete er, sie sogar zu mögen. Er hatte keine Ahnung. Ich dagegen war innerhalb weniger Monate zu einem Spezialisten, zu einem Maria-Magdalena-Experten herangewachsen. Ich wusste, dass sie mir verzeihen würde. Keine Frage. Ich war immer noch ein bisschen angetrunken, und ich hatte mein Business-Handy verloren. Sie musste mir verzeihen.

»Warum hast du mich nicht aus der Höhle des Löwen befreit?«, flüsterte ich, bevor ich einschlief.

Meine Wanderung durch die Bremer Nacht setzte sich im Traum fort. Zu meinem Bedauern musste ich den Spaziergang und die Suche nach dem Nokia mehrmals wiederholen. Die Wiederholung war ein heiliges, kosmisches Naturgesetz, doch in meinen Träumen wünschte ich mir ein wenig Abwechslung von der täglichen Tretmühle des Universums. Da ich jedoch wusste, dass ich träumte, nahm ich alles, was mir widerfuhr, auf die leichte Schulter. Ich war nicht einmal wütend darüber, dass mir Maria nicht sagen wollte, warum sie sich bei mir nicht gemeldet hatte, während ich bei Lukas gewesen war. Es gelang mir sogar, Ruhe zu bewahren, als Paulina zu uns getrippelt kam, um mir zu sagen, sie hätte ein Geschenk für mich. Es war etwas Kantiges in ein weißes Tuch gewickelt. Sie legte das Bündel auf den Teppich, kniete nieder und sagte: »Du wirst mich nie mehr vergessen! Und jetzt sollst du dein Geschenk auspacken!« Ich öffnete das Bündel und musste ganz schön staunen. Es war leer!

Als ich enttäuscht aufwachte, stellte ich fest, dass ich mit Maria allein war. Unser kleines Mädchen schlief nach wie vor in seinem Bett. Mir war jegliches Zeitgefühl abhanden gekommen, und meine Augen gewöhnten sich nur schwer an die Dunkelheit. Ich konnte nicht einschätzen, wie lange ich geschlafen und geträumt hatte. Ich schmiegte mich wieder an Marias warmen Körper, ich hatte sie doch wecken und ihr alles beichten wollen. Stattdessen versuchte ich, meine M. M. zu verführen. Ich streichelte ihre Möse und küsste ihren Nacken. Sie rührte sich nicht, ich hörte ihren Atem, und sie flüsterte etwas, aber ich verstand kein Wort. Sie ließ mich gewähren. Sie sagte, dass sie mich liebe, sie sagte, sie wolle ein Kind von mir, wie, jetzt sofort?, lachte ich. Wir hatten uns noch nie über dieses Thema unterhalten, nicht einmal auf meinem Dach, und obwohl mich Marias Geständnis wie aus heiterem Himmel traf, war ich nicht einmal überrascht. Ich fühlte mich wohl bei der Vorstellung, meine M. M. im siebten oder neunten Monat beim Geschirrspülen oder Fernsehgucken zu beobachten. Sie ließ mir keine Zeit zum Antworten, sie meinte, sie hätte nur diesen einen Wunsch, noch einmal Mutter zu werden, alles andere sei ihr unwichtig, selbst der Umzug. Sie würde mich für immer lieben und begehren. Ich schwieg, ich war ein Schwein, ich schwieg und stöhnte leise. Sie schrie einmal auf – ich hielt die Hand über ihren Mund, weil ich befürchtete, dass Horst oder Paulina wach werden würden –, und als wir gemeinsam kamen, biss sie mich in die Finger.

Eng umschlungen schliefen wir ein.

Marias Wecker klingelte jeden Morgen um halb sieben. Ich stand immer erst zwei Stunden später auf, aber an diesem Tag war ich schon um sechs auf den

Beinen, kochte Kaffee, deckte den Frühstückstisch und holte Horsts Zeitung aus dem Briefkasten. Am liebsten hätte ich angefangen zu putzen, Staub zu saugen, den Küchenboden zu wischen und Wäsche zu waschen. Ich musste Klarheit in meinem Kopf schaffen. Mir war immer noch übel. Ich kippte zwei Gläser stilles Wasser und aß ein Toast mit Pflaumenmus. Eine bessere Medizin für meinen Magen war mir nicht eingefallen.

»Was ist los mit dir?«, fragte Maria, als sie in die Küche kam. »Du wirkst so abwesend.«

»Nein, alles in bester Ordnung«, log ich.

»Hör zu, du sollst nicht denken, ich will dich erpressen. Wenn du kein Kind haben möchtest, bleibe ich trotzdem mit dir zusammen. Wir haben ja Paulina ...«

»Stimmt, sie ist auch meine Tochter! Ich hoffe, ihr Vater weiß das zu schätzen!«

»Da bin ich mir nicht so sicher! Übrigens: Du hast gestern Abend vergessen, dein Handy mitzunehmen! Es liegt auf meinem Schreibtisch!«

»... ich wollte gerade meine Nummer sperren lassen!«

Bevor sie zur Arbeit ging, gab sie mir einen Abschiedskuss auf die Lippen, der mich für den Rest des Tages bei guter Laune halten sollte. Über die Lizenz für solche Küsse verfügte nur meine M. M.

Mein schlechtes Gewissen erwürgte mich, und so sagte ich zu Horst Sobotta, ich würde Paulina zur Schule bringen, er könne in aller Ruhe seine Zeitung lesen. »Wenn du meinst ...«, antwortete er mir verdutzt, »wir sehen uns auf dem Platz!« Ich konnte ihm doch nicht erklären, in welchen Schwierigkeiten ich steckte.

Der Tag im Büro begann mit einer unangenehmen Diskussion. Es ging um Volleys Alleingang in der Preispolitik. Lukas' Behauptung, unser Freund würde uns absichtlich unterbieten, erwies sich als haltlos. Volley zeigte uns seine Verträge von der Leasingbank und belegte mit einigen Beispielen, dass er seine Karren einfach etwas günstiger eingekauft hatte. Lukas runzelte nach wie vor Stirn und Nase und meinte zu mir, als Volley mit einem Kunden telefonierte, er traue dem Frieden nicht. Ich teilte Lukas' Misstrauen. Volley war gerissen und stur wie ein Hauptschüler. Doch nach einer längeren Aussprache zu dritt mittags bei Sergio gab es für mich nur eins: unparteiisch zu bleiben. Ich würde meine Geschäfte auch in Zukunft korrekt abwickeln. Und was Volley treiben würde, sollte mich nicht tangieren, dachte ich. Lukas sollte ruhig weiterhin die Rolle des Polizisten und des Chefs übernehmen, wenn es ihm Spaß machte, und unser kleiner Schwarzseher die des Rebellen. Ich hatte nicht das geringste Bedürfnis, diese Rollenaufteilung durcheinander zu wirbeln, zumal ich nur Zaungast war (ein Opportunist und Speichellecker, wie Volley mir manchmal vorwarf, weil ich Lukas nie Paroli bot). Sie konnten mich jederzeit wieder loswerden, und oft musste ich mir Witze anhören, die darauf abzielten, mir ins Gedächtnis zu rufen, wie viel ich, Chopin, der Pole, meinen Partnern verdankte. Solche Anspielungen kamen vor allem von Volley. Wenn ich dann gekränkt war, beschwichtigten sie mich, das sei alles nicht ernst gemeint. Aber in jedem dieser Witze über den Schmarotzer Chopin steckte ein Körnchen Wahrheit. Im Falle eines Krieges zwischen uns drei Musketieren würde ich mir ein Gewerbegrundstück für meine Autos suchen. Auf dem Lande, in den kleinen Dörfern um Bremen, gab es genügend Bauern, die ein Grundstück verpachten wollten. Ich war genauso unabhängig wie Lukas und Volley – genau genommen begegneten wir uns nur im Internet. Aber war das wirklich so? Ich wollte der Frage nicht weiter auf den Grund gehen.

Auf unserem Autohof war nicht viel los, und Volley bat uns in einer familiären Angelegenheit um Hilfe: Wir sollten einem Neonazi, der seine Mutter mit lauter Musik und »Unflätigkeiten« (in Frau Arendts Worten) terrorisieren würde, zur Abschreckung einen Besuch abstatten; reine Vorsichtsmaßnahme. Volley rückte damit so ganz nebenbei heraus, als wollte er uns fragen, ob wir nicht Lust hätten, im »Piano« mit ihm einen zu picheln. Lukas erklärte sich bereit, schickte aber gleich hinterher, es hätte keinen Sinn, mit solchen Schwachköpfen zu verhandeln: »Sie gehören alle eingesperrt! Der Staat muss endlich seinen Pflichten nachkommen. Stattdessen sucht er sich den Feind in den eigenen Reihen – bei uns Wirtschaftsträgern nämlich.«

Frau Arendt wohnte in einer Mietskaserne in Bremen Nord, einer für Ausschreitungen zwischen linken und rechten Jugendlichen berüchtigten Gegend. Jedes Mal, wenn die Neonazis von den Punks verprügelt wurden, klatschten Rentner, die am Straßenrand das Geschehen auf dem Schlachtfeld zu beobachten pflegten, eifrig in die Hände.

Jeder rechtsextreme Chaot kannte die Band »Endstufe«, aber als ich erfuhr, dass sie von der Weser kam, wollte ich es nicht glauben. Für mich war Bremen eine paradiesische Insel für Linke, Altachtundsechziger und Bohemiens, für Punks und Kiffer. Da wurde mir wieder einmal bewusst, dass der Mensch Chopin nur sah, was er sehen wollte: In meiner kleinen Hansestadt hatten die Neonazis kein Zuhause.

Wir fuhren nach Gröpelingen. Die drei Musketiere hatten einen Auftrag zu erledigen, der mehr als starke Muskeln und Fingerspitzengefühl im Umgang mit jungen Leuten erforderte. Ich hatte noch nie mit einem Neonazi gesprochen und freute mich fast auf die Begegnung. Volley zog mich auf, dass mich der Typ mit einem Baseballschläger umhauen würde, sobald ich mein Maul nur aufmachte. Das war keine schöne Vorstellung, aber ich protestierte nicht. Ich kannte seinen zynischen Humor, und er ließ mich kalt.

Der Terrorist von Frau Arendt entpuppte sich als harmlos. Der Junge war neunzehn, stand noch in der Ausbildung und war zahm wie ein Lamm. Er versprach uns, den Lautstärkepegel seiner Stereoanlage um einige Dezibel zu senken, was in meinen Ohren wie ein frommes Versprechen klang. Zu guter Letzt ließ er doch noch Dampf ab. Er sagte, er habe nichts gegen »alte Knacker«, sondern gegen die »Kids«, gleich welcher Nationalität und welchen Alters, die ihn als Nazi beschimpfen würden. »Und bist du das nicht?«, warf Volley ein. »Guck dich doch im Spiegel an! Wird meiner Mutter auch nur ein Haar gekrümmt, sehen wir uns wieder. Und ich werde bei der Wahl der Waffen gewiss nicht zimperlich sein!«

Volleys Drohung war unnötig gewesen. Sie bewirkte nur, dass der Junge aggressiv wurde. Zwischen zusammengebissenen Zähnen zischte er zurück, er habe wegen einer Anzeige von seinem mickrigen Ausbildungsgeld schon einmal Strafe zahlen müssen. Lukas hatte nichts gesagt. Er schüttelte nur den Kopf. Als wir wieder im Auto saßen, meinte er, er hätte keine Zeit für solche Kinderspiele. Das war's. Frau Arendt konnte um zweiundzwanzig Uhr, nach dem Fernsehfilm, wieder beruhigt ins Bett gehen, zumindest für die nächsten zwei, drei Wochen.

Ende Mai, kurz nach meinem Geburtstag, den ich unspektakulär bei Maria mit meinen beiden Autohaien und Karola gefeiert hatte, brachte mir ein Bote einen Koffer. Der Mann war etwa in meinem Alter und wollte mir nicht sagen, wer ihn geschickt habe. Mein Trinkgeld – immerhin zehn Mark – lehnte er ab. Er verschwand und ließ mich mit dem Koffer allein. Ich saß gerade an meinen Abrechnungen und sortierte die Kaufverträge für Herrn Hackmann. Der Koffer war nagelneu und verdächtig schwer. Und vor allen Dingen musste er teuer gewesen sein. Die Marke war mir unbekannt, aber die Qualität der Verarbeitung ließ nichts zu wünschen übrig. Ein erstklassiger Alukoffer, bestens geeignet für Interkontinentalflüge nach Amerika oder Australien. Als Topmanager bei VW oder Siemens hätte ich mir genau so ein Modell gekauft.

Ich schleppte den Koffer ins Wohnzimmer und legte ihn auf die Couch. Dann holte ich mir ein Beck's aus dem Kühlschrank, setzte mich mit dem kalten

Bier auf den Boden und stellte mir die Frage, ob es sich lohnte, an einem Mittwochabend, den ich meiner Steuererklärung gewidmet hatte, zu sterben: Man muss kein polnischer Autohändler aus der BRD sein, um einen Anfall von paranoider Panik zu bekommen, dachte ich mir. Menschen aus beinah allen Schichten bekommen solche Koffer gebracht. Aber in meinem Fall war eine getarnte Bombenlieferung, eine Sprengladung aus Kasachstan, nicht ausgeschlossen. Ich trank das Bier aus der Flasche in kleinen Schlucken und paffte meine Drum-Zigarette. Was sollte ich tun? Glauben, dass sich jemand einen Scherz erlaubt hatte? Und wer war dieser jemand? Volley vielleicht? Für sein Schwarzgeld hatte er sich hoffentlich ein besseres Versteck ausgedacht – ich war selbst eine Bank, noch mehr Makulatur brauchte ich nicht! Oder hatte sich der Bote in der Adresse geirrt? Nein, das konnte nicht sein. Er schien froh, seinen Auftrag gewissenhaft erledigt zu haben. Sein Gesicht war meinem Gedächtnis längst entflohen – bei der Polizei würde ich keine glaubwürdige Anzeige erstatten können.

Ich trank noch ein Bier und merkte, wie mir der Schweiß von den Schläfen rann. Chopin, sei ein Held und öffne die verdammte Büchse der Pandora!, versuchte ich, mir Mut zu machen.

Ich atmete einmal tief durch und drückte auf die Verschlussknöpfe des Alukoffers. Klack! Ich hob den Deckel, und der Anblick, der sich mir bot, war furchtbar. Maria Magdalena hatte mir alle meine Sachen zurückgeschickt: Hosen, Hemden, Unterwäsche und Socken, Sakkos und Mäntel, meine Geschenke, die ich ihr gemacht hatte, Nina-Simone-CDs, Bücher (Coelho, Allende, Murakami), Schuhe, den indischen Silberschmuck. Auf einem Zettel obendrauf stand folgender Zweizeiler:

Lass dich nie wieder bei mir blicken!
M. M.

Noch am selben Abend klingelte ich bei Maria in der Feldstraße.

Es war mir gelungen, sie am Telefon davon zu überzeugen, dass ich sie sprechen müsste. Sie empfing mich mit einem verächtlichen Lächeln, und ich fragte, was das ganze Theater mit dem Boten und dem teuren Reisekoffer solle. Und dieser Abschiedsbrief. Die paar Worte hätte sie mir auch ins Gesicht sagen können. Maria bestand darauf, dass ich ihre Wohnung auf der Stelle verlassen müsse. Sie wiederholte, sie wolle mich nicht mehr sehen. Karola habe ihr *alles* erzählt, und ich sei der größte Schuft, der ihr jemals begegnet sei – viel schlimmer und hässlicher als ihr Exmann Günter. Ich versuchte, meiner M. M. zu erklären, dass ich sehr bereute, was ich getan hatte.

Was sollte ich ihr noch sagen? Was hätte ich tun können? Auf die Knie fallen und um Vergebung bitten? Sie wusste doch, dass ich nicht in Karola verliebt war, sie nicht ehelichen oder aus Bremen entführen wollte, um mit ihr zusammen woanders ein neues Leben anzufangen.

Ich würde diese Frau nie wieder anrühren, schwor ich Maria.

Sie sagte: »Du kannst froh sein: Volley hat nichts erzählt. Der weiß nichts von eurem Seitensprung!«

Das glaubte ich gerne. Er hätte mich längst zur Rede gestellt.

Am meisten habe sie geschmerzt, sagte Maria, dass sie alles von Karola habe erfahren müssen. Aus meinem Mund wäre es nur halb so schlimm gewesen.

»Wie kannst du so etwas Abscheuliches vor mir verbergen? Hast du kein Gewissen?«

Dafür, dass ich aus ihrem Leben komplett verschwinden sollte, war Maria Magdalena unheimlich gesprächig. Sie machte auf mich einen sehr lebendigen Eindruck. Ich dachte mir, wenn das so ist, dürften meine Aktien gar nicht so schlecht stehen.

Horst mischte sich nicht ein, er zog sich in sein Zimmer zurück. Er kannte solche Auftritte aus zahlreichen Streitereien zwischen seiner Tochter und ihrem Ehemann. Für ihn war unser Zwist nichts Neues.

Er sagte nur: »Ihr Leute aus B. liebt jeden und habt ein großes Herz, das ist schön, doch ihr seht nicht, dass man manche Menschen auch hassen und sogar bekriegen muss.«

Er war eigentlich mein Landsmann, worauf er stolz war. Ich sei ein Ostpreuße wie sein Ururgroßvater, behauptete er. Seine Familie lebe nun in der vierten Generation in Jever, sie sei im neunzehnten Jahrhundert auf Arbeitssuche in Friesland angekommen und habe sich dort ein warmes Nest gebaut. Dass er sich die Geschichte nicht ausgedacht habe, würde sein Nachname beweisen.

Paulina, die am Abendbrottisch saß und ihren heißen Kakao auf die Erde vergossen hatte, fragte mich, ob ich denn genauso wie ihr Papa Günter eine Scheidung beantragt hätte.

»Niemals, mein Kind!«

Wir redeten noch etwa eine Viertelstunde, danach schmiss sie mich raus. Dasselbe Zeremoniell wiederholte sich nun Abend für Abend. Nie durfte ich bei Maria übernachten, doch ich hoffte, dass, solange wir noch diskutierten, die Tür noch nicht ganz zugeschlagen war.

Volley gegenüber versuchte ich, mir nichts anmerken zu lassen. Aber auf dem Autohof gab ich eine ziemlich traurige Gestalt ab. Allmählich bekam er mit, dass etwas nicht stimmte. Ich sei in letzter Zeit so »geknickt«, meinte er, und lustlos. Er kenne mich so gar nicht.

»Das legt sich bald wieder«, sagte ich. »Nach meinem Geburtstag bin ich immer depressiv.«

»Es geht um Maria! Oder?«

Lukas dagegen belächelte mich andauernd und empfahl mir, mich auf meine Arbeit zu konzentrieren. Das wäre das Einzige, was helfen würde.

Nach zwei Wochen passierte etwas, dass mich wirklich Hoffnung schöpfen ließ. Maria Magdalena eröffnete mir, dass sie sich mehrmals mit Volleys Freundin getroffen habe und ich diesen Begegnungen viel verdanken könne. »Wieso?«, fragte ich überrascht – mit Karola hatte ich persönlich das letzte Mal im »Brasil« kurz nach unserem Fauxpas gesprochen.

»Auch wenn du mir nicht glaubst, aber ich habe mich mit Karola angefreundet«, sagte Maria. »Ich weiß nun, was sie mit Volley durchmacht. Ich verlange Treue. Doch wegschicken kann ich dich nicht, weil ich dich immer noch liebe.«

Wir hatten uns zu unserem rituellen Reigen aus Vorwürfen und Tränen ihrerseits und Rechtfertigungen und Entschuldigungen meinerseits bei mir getroffen. Maria saß mir gegenüber auf dem Sofa. Ich kniete vor ihr, küsste ihr die Hände und drückte meinen Kopf an ihren Bauch.

»Du kannst mir glauben, dass ich dich nie wieder betrügen werde!«

»Versprich nicht zu viel. Und wenn du schon so etwas machst, dann sorg wenigstens dafür, dass niemand davon erfährt – vor allem ich nicht!«

Ich versicherte ihr, es würde nie wieder vorkommen. Ich schwor ihr ewige Treue. All das sagte und dachte sich leicht, in Wahrheit würde es jedoch sehr schwer sein, mich an mein Versprechen zu halten.

Als der dreiwöchige Sommerurlaub vorüber war, den wir gemeinsam mit Paulina im portugiesischen Faro zugebracht hatten, durfte ich wieder bei Maria einziehen. Doch ich hatte eine bessere Idee. Ich sagte: »Nein. Wir werden uns ein Haus kaufen! Mir reicht's!«

Sie war begeistert, bekräftigte jedoch gleichzeitig, dass sie ihren Anteil in Raten zahlen wolle, im Grunde als Miete, die sie mir monatlich überweisen würde. Unser Umzug konnte endlich Wirklichkeit werden. Wir hatten dafür eine solide Grundlage geschaffen. Als Katalysator bei dem gemeinsam gefassten Entschluss hatte mein Sündenfall im Nachhinein doch noch sein Gutes. Eigentlich war eingetreten, was ich mir schon lange insgeheim gewünscht hatte: dass Maria und ich unsere eigene kleine »Firma« gründeten, anders gesagt, eine echte Familie wurden. Für jeden Fortschritt erwies sich die Dummheit als eine notwenige Zutat. Es mussten Fehler begangen werden. Wenn eine Sache zu glatt lief und vom ersten Bemühen an Erfolg versprach, war das Gelingen eines Projektes gefährdet: Das Dunkle gehörte dazu.

7

In der Bismarckstraße glaubten wir unser Haus gefunden zu haben. Wir würden Nachbarn von Lukas sein, worauf er sich freute. Er hatte uns auch den entscheidenden Kauftipp gegeben. Doch nach längerem und Schlaf raubendem Zweifeln änderte ich meine Entscheidung. Ich wollte in kein »Dakota«-Mietshaus in der Polańskistraße einziehen. Ich hatte Angst vor Vampiren, Teufelsanbetern und Kapitalisten, wie Lukas einer war. Ich brachte Maria zum Lachen, als ich ihr eines Sonntagnachmittags von meinen Bedenken berichtete. Wir picknickten mit Paulina auf einem nahe gelegenen Spielplatz und sahen unserem Mädchen beim Klettern, Schaukeln und Rutschen zu.

»Du bist doch selbst ein Kapitalist!«, sagte sie.

»Aber kein Satanist und auch keine blutrünstige Fledermaus. Ich kann die Ängste meiner Kindheit nicht einfach so abstellen. Ich hab als Junge viele Horrorfilme gesehen. Sie waren sehr populär. Erstaunlich, dass in unserem sozialistischen Gottesstaat solche Auswüchse westlicher Dekadenz überhaupt erlaubt waren. In der DDR war *alles* verboten.«

Doch Horrorfilme liefen nicht nur im Kino und im Fernsehen, sondern auch bei mir zu Hause. Nach dem »Weißen Hai« oder »Alien« war mein Vater dran. Nacht für Nacht kam er besoffen nach Hause und schlug meine Mutter, weil er sie verdächtigte, ihn mit dem Busfahrer Kozakiewicz zu betrügen. Witold war selbst ein geiler Bock und vögelte rum, wo es nur ging und wie es ihm passte. Nach dem Besuch eines Bruce-Lee-Films zerlegte er in betrunkenem Zustand mein Zimmer. Ich hatte als Kind Angst, er würde mich abstechen, weil er immer ein Messer bei sich trug. Dabei kannte er nicht einmal den schwarz-weißen Kultfilm von Polański, der sogar bei uns in Masuren gedreht wurde.

Doch der wahre Grund, in der Polańskistraße kein »Dakota«-Mietshaus zu erwerben, war, dass ich meine Dachterrasse nicht verlieren wollte. Sie war der einzige Ort, an dem ich mich entspannen und meinen Job vergessen konnte. Sie lag für mich nicht in Bremen, sondern in Masuren. Am Dadajsee. Ich bildete mir ein, dort gäbe es keine Aufseher und Wächter und Steuereintreiber. Keine Kontrolleure, Kunden und Verkäufer. Der Dadajsee befand sich in einem anderen Raum, in einer anderen Zeit, nicht in Polen, Masuren, im Ermland oder auf der Erde. Ohne diese Zuflucht hätte ich mein Leben in Deutschland schwer ertragen können. Ab und zu musste ich reisen wie die Weltenbummler aus der TV-Serie »Stargate« – von Stern zu Stern.

Ich sagte zu Maria: »Wir kaufen die Hornerstraße!«

Das war gar nicht so verrückt, wie es klang. Das Haus in der Hornerstraße gehörte einer älteren Dame. Vor einem halben Jahr hatte sie es mir zum Kauf angeboten, um ihre zwei Söhne auszubezahlen. Sie hatte mir auch einen akzeptablen Preis genannt. Ich hatte gesagt, ich wolle es mir überlegen.

Wenn Frau Koch ihr Angebot aufrechterhielt, würde ich ohne lange zu fackeln zuschlagen.

Vor der Einführung des Euros musste ich dringend mein Schwarzgeld loswerden. Ich mochte ja eine Bank sein, aber kein Waschsalon. Und so kam mir der Hauskauf im Verein mit Maria sehr entgegen. Über sie und ihren Vater konnte ich, ohne Aufsehen beim Finanzamt zu erregen, mindestens einhundertfünfzigtausend Mark in eine Immobilie investieren und waschen. Die Familie Sobotta durfte doch über *einige* Ersparnisse verfügen – das konnte ihr niemand verbieten.

Lukas, sonst ein eingefleischter Skeptiker, war optimistisch, was die Einführung der neuen Währung am 1. Januar 2002 anging. Er sagte einmal: »Wohlhabende werden noch reicher werden, die Armen dagegen dürften wieder einmal den Kürzeren ziehen. Doch da uns die Regierung zu dieser Schicht der ewigen Verlierer nicht zählt, sollten wir wie alle anderen abkassieren und still sein.«

Volley widersprach heftig. Er meinte, dass man nicht wissen könne, ob wir in fünf, sechs Jahren immer noch so viel Schotter verdienen würden wie bis jetzt. Viel wahrscheinlicher wäre, dass ein Meteorit die Erde zerstören oder es im Nahen Osten zwischen Israel und den Arabern zu einem Krieg käme. Und unsere deutschen Wirtschaftsbosse hätten sowieso nichts zu melden, sie tanzten ja alle nach der Pfeife der Amis. Die würden bestimmen, was richtig oder falsch sei, sie wären die wahren Wettermacher und Drahtzieher. Die Mondlandung habe zwar stattgefunden, aber die offiziellen Bilder seien eine Fälschung, J. F. Kennedy sei vom CIA im Auftrag der Illuminaten ermordet worden, in Roswell seien fliegende Untertassen von Außerirdischen abgestürzt und keine Wetterballons, der braune Fleck auf der Stirn von Michail Gorbatschow sei die Abbildung der sagenhaften Insel Atlantis *et cetera* – seine Liste der Unglaublichkeiten war unendlich.

Volley glaubte an eine Weltverschwörung. In seinem Kosmos war die Erde flach, hinter den Ozeanen gab es das Jenseits und die Hölle, und wir lebten auf dem Rücken eines Leviathans. Selbst wenn sich seine abstrusen Verschwörungstheorien in naher Zukunft als Wahrheit erweisen sollten, würde mich und Maria Magdalena niemand versklaven und umbringen können, kein Herrscher dieser Welt, sagte ich ihm. Wir würden nicht im vergifteten Fluss der Menschenfresser baden. Wir hätten ja uns und unsere Liebe. Ich könnte jederzeit meinen Beruf als Autohändler hinschmeißen und mit Maria in eine andere Stadt ziehen. Mir fielen keine besonders guten Argumente für meine angeblich unantastbare Freiheit ein. Ich hatte jedoch eine Haltung. Ich sei kein Sklave, sagte ich ihm. Eher schon war ich immer noch ein Soldat der Ewigen Nacht und der Roten Fahne. Vielleicht war ich auf dem besten Wege, genauso zu werden wie mein Vater. Aber das war auch schon alles. Mehr Fehler würde ich nicht machen. Bis zum Ende aller Tage, die mir geschenkt wurden.

Im frühen Herbst zogen Maria und Paulina bei mir ein. Wir schafften uns sogar eine Katze an, die ich auf den Namen Witold taufte – mehr oder weniger aus Liebe zu meinem Volk an der Łyna und zu meinem

Alten. Paulina war mit *Witold* einverstanden. Sie sagte, solch einen Papa habe sie sich längst gewünscht, der Haustiere mögen würde. Sie wusste nicht, wie mein Vater hieß, und Polen war für sie nicht fremder als Frankreich oder Italien. Als wir in Portugal waren, konnte sie nicht begreifen, warum die Menschen dort kein Deutsch sprachen.

Frau Koch hatte sogar händeringend nach einem Käufer gesucht, und da war ich erschienen. Ihre Söhne hatten astronomische Schulden, die sie begleichen mussten. Ich nicht.

Maria regelte mit der Bank die Kreditraten, dann zahlten sie und ihr Vater peu à peu Bares auf ihre Konten ein – mein Schwarzgeld schmolz dahin.

Ich wurde, nachdem der lästige Papierkram bei einem Notar erledigt worden war, stolzer Besitzer eines zweistöckigen Altbremerhauses mit Souterrain für knapp dreihunderttausend Mark, wohlgemerkt zusammen mit meiner M. M., deren Name in den Verträgen stand. Und ich blieb dem Fesenfeld treu, einem Viertel, in dem wir Autohändler zu Hause waren. Unsere Heimat war hier, meine, Lukas' und Volleys und die von Horst, und ich, Chopin, ich »Noch-ist-Deutschland-nicht-verloren«, besaß im namenlosen Vierten Reich eine Immobilie! Meine Eltern weinten am Telefon, als ich ihnen davon erzählte. »Na, wenn das so ist, werden wir dich noch einmal besuchen! Auf unsere alten Tage!«, posaunte mein arbeitsloser Vater aus B.

Den gesamten Betrag für die Hornerstraße hätte ich auf einmal überweisen, den Schuppen auf einen Schlag bezahlen können, aber das wäre nicht im Sinne der Zinswirtschaft gewesen. Wollte ich denn ein Rebell werden? Ein Held? Nein. Ein Krimineller war ich auch nicht. Ich war Alain Delon, ich war ein eiskalter Engel.

Wir kündigten meinem Nachbarn Norbert im ersten Stock, stellten Sławek für die Bauarbeiten ein und machten einen Durchbruch zu Norberts ehemaliger Wohnung: Wir brauchten seine zwei Zimmer. Mein Nachbar war kein übler Typ, doch so waren nun mal die Regeln. Er war ein arbeitsloser Klempner und sehr pflegeleicht und sagte: »Kein Problem, Chopin! An deiner Stelle hätte ich genauso gehandelt! Ich werd mir eine neue Bude suchen!«

Alle anderen Mieter, unter anderem die Biologiestudentin Sandra, durften ihre Wohnungen behalten – ihre Mietzahlungen deckten nicht nur die Raten von Maria Magdalena, sie erlaubten mir, die Reparaturen und Renovierungen zu finanzieren. Ich fühlte mich endlich wie ein vollwertiger Mensch – Lukas und Volley waren mir keinen Schritt mehr voraus. Sie sagten: Alle Achtung, Herr Chopin!

Horst war allerdings wie vor den Kopf gestoßen. Er jammerte, wir hätten ihn ausgetrickst. Dabei schien es ihm ziemlich gut zu gehen. Er blieb in der Feldstraße wohnen und konnte weiterhin Paulina zur Schule bringen und sie nachmittags betreuen. Seine Freundin Regina gab ihre Wohnung in Walle auf. Sie kam freudestrahlend zu ihm, ins gemachte Nest sozusagen, sie hatte den Kampf gegen seine schizophrene Frau gewonnen, auch wenn sich mein geliebter Schwiegerpapa partout nicht scheiden lassen wollte.

Horst leistete auf unserem Autohof seine Arbeit,

verzog auch keine Miene, wenn er trotz akzeptabler Leistung eine Rüge erhielt, von Volley oder mir, denn Lukas ignorierte ihn total (»... mit keifendem Pöbel setze ich mich nicht auseinander!«). Die Sticheleien gegen unsere ausländischen Kunden konnten wir Horst nicht gänzlich austreiben, obgleich er schon viel freundlicher geworden war und zu zivilisierten Erdenbürgern gezählt werden durfte. Er war lernfähig.

(Ich sage Ihnen, wollen Sie Ihr Geld möglichst »sauber« waschen, suchen Sie sich eine vernünftige Frau und einen passablen Schwiegerpapa und kaufen Sie ein Haus! Das ist *auch* der Logos!)

Im ehemaligen Apartment des Klempners Norbert gab es einen Balkon, der zum Innenhof hinausging und der groß genug war für eine kleine Grillparty im Sommer. Die Küche sollte stillgelegt und in ein Arbeitszimmer für Maria umfunktioniert werden, das zweite Bad war für Gäste gedacht, und wir mussten tapezieren, streichen und fliesen. Die Renovierung sämtlicher Räume und der Umbau nahmen kein Ende, die Arbeiten zogen sich hin. Sławek hatte einfach zu viele Aufträge angenommen, er musste bei uns mehrmals alles stehen und liegen lassen und zu einer anderen Baustelle eilen. Am meisten litt unter diesem Ausnahmezustand Maria. »Wann wird der Sławek endlich fertig? Ich möchte einmal richtig baden, in einem gefliesten, beheizten Raum!«, beklagte sie sich.

Maria wurde die Leitung des Kindergartens angeboten, mehr oder minder als Belohnung für ihre berufliche Erfahrung und ihren Universitätsabschluss, und da sich am Horizont keine interessantere Stelle abzeichnete, unterschrieb sie den neuen Arbeitsvertrag. Sie war eine gute Erzieherin, keine Frage, und sie liebte ihren Job, aber in der Woche war sie kaum ansprechbar. Sie hatte zu Hause viel Schreibkram zu erledigen, jede Frage von uns beiden Mitbewohnern war ihr lästig. »Den ganzen lieben Tag will jemand was von mir!«, fuhr sie mich und Paulina ziemlich oft an. »Könnt ihr nicht selbst eine Entscheidung treffen?«

Erst am Samstag kehrte meine M. M. zu ihrer alten Form zurück, war gut aufgelegt und unternehmungslustig.

Ich konzentrierte mich mehr und mehr aufs Trinken, zumindest nach Feierabend, sodass ich praktisch sagen konnte, Maria und ich führten nach wie vor eine Wochenendbeziehung. Das war tragisch und nicht zu ändern.

Obwohl ich mit der schönsten Frau von ganz Bremen zusammenlebte, eine kleine Tochter hinzugewonnen hatte, die in mir allmählich nicht nur einen Spielkameraden und den Geliebten ihrer Mutter sah, und obwohl ich nun sogar ein Altbremerhaus besaß, in dem wir alle drei Schlittschuh laufen konnten, auf unseren einhundertdreißig Quadratmetern, trank ich ausdauernd gegen die Langeweile meines Autohändlerdaseins an und dachte daran, dass ich gegen die Todesgesänge in mir machtlos war. Dabei hatte ich eine Zeit lang gute Waffen gehabt, die letzte war der Alkohol, nur er half nicht mehr. Das Beste am Trinken war der Kater am nächsten Morgen, wenn ich das Gefühl hatte, ich wäre halb blind und taub, ich würde über mir schweben und von oben herab mich selbst beobachten – als stünde ich unter Narkose, als wäre ich auf Stand-by-Betrieb geschaltet.

Maria sagte, ich müsste meine Eltern in B. öfter besuchen. Was heißt öfter? Ich sah sie gar nicht mehr. Hatte ich mit ihnen abgeschlossen? Wir telefonierten miteinander, aber beide Seiten zogen es vor, keine Verpflichtungen einzugehen.

Und die Todesgesänge in mir zwangen mich zu Boden. Ich hatte seit einigen Monaten mehr Albträume denn je und beschäftigte mich am Tage damit, was für einen Sinn mein Beruf hatte. Ganz offensichtlich gar keinen. Ich kam mir vor wie eine Banknotendruckerei. Ich würde Paulina irgendwann ein Hochschulstudium finanzieren und teure Kleider kaufen, wunderbar, ich könnte sie zu meiner Erbin machen.

Früher, als ich ein Kind war, hatte ich bessere Waffen. Ich träumte nicht von Ertrunkenen, leblosen Nackten, die im klaren Wasser badeten. Ich träumte nicht von Tunneln und geheimen Kammern, in denen Tote hausten und von Priestern in gelben Soutanen gewaschen wurden. Ich träumte nicht vom Sterben, von Auferstehung und weißen Schuhen, die im aufgelösten Erdboden verregneter Friedhöfe verdreckten. Stattdessen träumte ich von meinen Soldaten aus B., die ich einen nach dem anderen erschoss. Ich war ein Kind der Märsche am 1. Mai und an allen sozialistischen und kirchlichen Festtagen. Ich war ein Entdecker und ein Astronom. Ich vegetierte nicht. Ich hatte meine Kindheit, und sie war mein Heer, das ich in den Krieg führte: Ich war der Herrscher der Welt. Ich entschied darüber, wer leben oder sterben durfte – zumindest auf dem Papier und in meinen Träumen.

Eines Abends, etwa zwei Wochen vor Weihnachten, als der Ausbau fast vollständig abgeschlossen war, kochte ich zusammen mit Maria in unserer neuen Küche. Es war Wochenende, und Paulina übernachtete bei ihrem Vater. Ich legte Marias Musik auf, Nina Simone und Ella Fitzgerald, während sie einen Salat mit Schafskäse zubereitete. Im Backofen schmorte Lammfleisch mit Pflaumen und Mandeln, und ich entkorkte eine Flasche Rotwein und schenkte uns ein. Wir unterhielten uns darüber, ob ich meine Eltern, die ich das letzte Mal vor zehn Jahren gesehen hatte, zu Weihnachten einladen solle. Ich war dagegen.

Was für ein Unterfangen, dachte ich mir, und im nächsten Moment: Warum bist du so misstrauisch, kategorisch, Chopin? Oder hast du Angst vor deinen Eltern? Ja, nein. Die Soldaten aus B. dürfen nicht in deine Wahlheimat einmarschieren! Und warum nicht? Weil du sie vor langer Zeit besiegt hast! Jawohl! Aber sie sind deine Eltern! Und wie sehen sie heute aus? Wie haben sie sich verändert? Sie sind beide sechzig geworden! Du wirst sie nicht wiedererkennen. Ja, wirklich? Sie haben dich verloren. Und wollen sie überhaupt zu dir kommen?

Maria verstand unser distanziertes Verhältnis nicht. Sporadische Telefongespräche seien nicht ausreichend, und meine Mutter, habe sie keine Sehnsucht nach ihrem Sohn?, fragte sie.

»Sehnsucht? Was ist das?«, spottete ich.

»Du hast deine Eltern aus dem Gedächtnis gestrichen. Du säufst. Du hast Albträume. Du bist kaum zu Hause«, sagte meine M. M., als wir den Tisch deckten. »Und – muss ich mich wiederholen? Du unterscheidest dich durch nichts mehr von Lukas und Volley.«

»Das ist wohl wahr!«, gab ich kleinlaut zu.

»Wofür schuftest du? Hast du Schulden, von denen ich nichts weiß?«

Ich schwieg für eine Weile.

»Maria, ich bewundere dich! Welche Frau würde sich mit einem Typen wie mir abgeben? Was liebst du eigentlich an mir?«

Sie schenkte mir ein Sonnenlächeln, nahm einen Schluck Wein und sagte: »Deine Ausdauer, Chopin. Du bist geduldig. Doch du musst aufpassen, du darfst nicht verdrängen, wo du herkommst, wer deine Eltern sind und dass du Alain Delon werden wolltest.«

»Wenn ich meinen Puls nicht spüre, kann ich nicht einmal bis zehn zählen. Irgendjemand wird mich daran erinnern, wie ich heiße: Ihr Name lautet Chopin! Bist du vielleicht dieser Irgendjemand? Gewiss, dir ist es gelungen, mich zu erschrecken. Aber der Schreck wird nicht lange vorhalten.«

»Ich wache über deine Erinnerungen. Habe ich mir zu viel vorgenommen? Nein. Ich bin doch deine Geliebte. Sei der Chopin, der du einmal werden wolltest. Ich verdiene jetzt genug. Es reicht doch, wenn du ein oder zwei Autos pro Monat verkaufst. Du hast doch längst ausgesorgt. Wie viel Kohle besitzt du denn? Eine halbe Million?«

»Nerv mich nicht andauernd mit diesem Scheißgeld! Ich zähle es nicht jeden Abend!«

Uns beiden war der Hunger auf Lammbraten mit

Pflaumen und Mandeln vorerst vergangen. Nach ein paar Küssen, die mir Maria zur Versöhnung gab, fingen wir an, uns auszuziehen. Hastig räumten wir den Tisch wieder ab, die Teller, die Gläser und das Besteck, wir verschafften uns Platz und lachten plötzlich über uns selbst, über unser Schweigen, unsere gierigen Blicke und Küsse, wir fanden sogar das Klirren des Geschirrs komisch, das Knurren der Katze, wir merkten auf einmal, dass der Fernseher im Wohnzimmer noch lief, dass wir ihn nach den Nachrichten nicht ausgeschaltet hatten, und wir glaubten, Paulinas Stimme zu hören, obwohl sie nicht da war. Fühlten wir uns beobachtet wie auf meiner nächtlichen Terrasse, wenn wir uns über den Dächern der Stadt liebten? Wir waren doch allein in unserer renovierten Wohnung.

Ich streifte Marias Unterhemd ab, packte sie am Hintern, hievte sie auf den Tischrand. Es war für mich unvorstellbar, dass man diese Frau, die ich schon so viele Male geküsst und gestreichelt hatte, eines Tages zu Grabe tragen würde. Für mich war Maria Magdalena *unsterblich*, von unserer ersten Begegnung an. Meinen eigenen Tod sah ich vor Augen, wie ein Lenin-Denkmal, aber den meiner Geliebten nicht.

Wir mussten duschen, bevor wir uns wieder den weltlichen Dingen widmen konnten, dem Abendessen und dem für mich lästigen Thema »Weihnachten und meine Eltern«.

Ich kapitulierte und sagte, ich würde Lucha und Witold zu uns nach Bremen einladen, unter der Voraussetzung, dass sie nicht länger blieben als bis zu Silvester.

»Abgemacht!«, sagte Maria. »Verhandle mit ihnen! Ich möchte sie endlich kennen lernen!«

Ich dachte, dass mich meine M. M. nach diesem Kompromiss an diesem Abend in keine Nerven raubenden Diskussionen mehr verstricken würde, doch dem war nicht so. Sie meinte, sie wolle die Antibabypille absetzen, sie habe keine Lust, Krampfadern zu bekommen, außerdem fürchte sie sich vor chirurgischen Eingriffen, ihre Beine für die Schönheit unters Messer zu legen, das käme nicht in Frage. Wir müssten uns ein besseres Verhütungsmittel ausdenken, das sie nicht krank machen würde.

»Du möchtest ein Baby, im Klartext …«, sagte ich zögernd. »Übrigens, nur zu deiner Information: Ich hasse Kondome.«

Da Maria die Leitung ihres Kindergartens übernommen hatte, schien es mir für ein Kind nicht der richtige Zeitpunkt.

»Du hast gesagt, du würdest für uns drei sorgen, ich solle auf die Bremse treten. Klar, ich kann auch mit kleinerem Aufwand locker zweitausend Mark pro Monat erwirtschaften. Wenn du also schwanger werden willst, kein Problem, meinen Segen hast du!«

»Ich spreche nicht von heute und morgen«, setzte sie sich zur Wehr, »damit hat es keine Eile, okay? In zwei Jahren zum Beispiel wird es mir keine Kollegin verübeln, wenn ich in Elternzeit gehe … Aber was ist mit dir, was hältst du davon?«

»Meine Liebe, warum sollte es nicht einen zweiten Chopin auf dieser Welt geben? Oder eine zweite Paulina? Ich würde mich freuen! Ich bin in diesem Punkt nicht wie meine beiden Freunde, da irrst du dich. An ihrer Stelle hätte ich mich längst sterilisieren lassen, das wäre wenigstens konsequent!«

Nach dem Essen und drei Flaschen Wein gingen wir ins Bett. Maria schluckte ihre Antibabypille, wie jeden Abend, und ich überlegte, ob ich nicht doch ein wenig übertrieben hatte, mit meiner Liebeserklärung an unseren ungeborenen Nachwuchs. Ich konnte nicht einschlafen, trotz des Alkohols in meinem Blut. Ihre Begeisterung für einen zweiten Chopin oder eine zweite Paulina war zumindest größer als meine, und das musste doch was heißen, nur was? Ich schmiegte mich in Marias Arme, machte es mir bequem und flüsterte, bevor ich die Augen schloss, ich würde sie schwängern, ja, in zwei Jahren schon, bis dahin, bis dahin würde ich erwachsen werden, ganz bestimmt.

Als Lucha und Witold davon hörten, dass ich sie zu unserem Weihnachtsfest im neuen Haus einladen wolle, sagten sie prompt zu. »Wunderbar! Und wir bringen einen Karpfen mit, deinen Ludwik Waryński!«, versprachen sie mir.

Sie kamen nach Bremen mit einem dieser Busse, die fast täglich zwischen Olsztyn und Norddeutschland pendelten, waren zwanzig geschlagene Stunden unterwegs gewesen, und als ich sie auf dem Parkplatz vor dem Cinemaxx, dem Brüllkino, in meine Arme schloss (mit Tränen in den Augen), fiel mir als Erstes auf, dass mein Vater sehr gealtert war, und wenn er sprach, musste er seinen Unterkiefer immer wieder zurechtstutzen. Er konnte ihn herausziehen wie eine Schublade. Meine Mutter meinte zur Beruhigung, sie habe es mir schon längst sagen wollen, dass Witold schwer krank sei. Sie habe nur keinen Mut gehabt. Wie schwer, fragte ich sie, sei sein Leiden? Ja, die Chemotherapie in Olsztyn sei erfolgreich gewesen, der Krebs sei gestoppt worden, doch jetzt müsse man abwarten, vor allem solle ich, sein einziger Sohn, beten, in jeder freien Minute. Gebete würden helfen.

Dafür, dass mein Vater gerade einen Krebsangriff überstanden hatte, trank er wie ein Loch. Wenn er mit erhobenem Wodkaglas einen Trinkspruch ausbrachte, meinte ich, er müsse zusammenbrechen, seine Arme würden ihm abfallen oder der Kopf vom Hals rollen. Sein Unterkiefer bewegte sich mit jedem Buchstaben hin und her, und wenn sich Witold im Gespräch ereiferte und wütend wurde, verschluckte er die Worte, und man verstand gar nichts mehr, man sah nur seinen zitternden Unterkiefer, der plötzlich nach unten sackte und herabhing, dann musste ihn Witold mit der Hand hochdrücken, er rastete ein und hielt für einige Sekunden still.

Aber das war nicht alles. Witold war stolz darauf, was ich im Leben erreicht hatte. Als wir gemeinsam unseren Autohof *Super-Gebrauchte aus Bankverwertung* besichtigten, nahm er mich plötzlich beiseite und sagte: »Junge! Du hast es geschafft! Du hast nicht nur eine Familie, sondern auch gute Freunde! Dass du nicht verheiratet bist, gefällt mir nicht, das ist richtig! Doch ich sehne mich nach einem Enkelkind! Wer weiß, wie lange ich noch auf dieser Welt herumkriechen werde! Schenk mir ein Enkelkind, auch wenn ich kein Deutsch kann! Ich werde trotzdem glücklich sein!« – »Ein gottverdammter Pole, auch das noch!«, murmelte ich vor mich hin, und dann passierte jeden

Abend das, was ich schon aus meiner Jugend kannte. Wenn mein Vater angetrunken war, hatte er die Angewohnheit, endlose Tiraden und Reden zu halten, er verschonte niemanden. Die katholischen Priester seien genauso korrupt, skrupellos und machtbesessen wie die Minister in Warschau, schimpfte er, und jeder zweite oder dritte Politiker sei ein Jude. Dabei klangen ihre Nachnamen in meinen Ohren polnischer als alle anderen. Die lächerlichste Figur war für ihn Lech Wałęsa. Er sei genauso senil wie Fidel Castro, mit einem Unterschied: »Der Wałęsa hat seine Seele an den Amerikaner verkauft! Mein Sohn! Und du wirst es noch miterleben, der nächste Weltkrieg wird wieder in Polen beginnen! Dabei spielt es keine Rolle, wer uns überfallen wird. Wir haben ein besonderes Talent dafür, den Kopf hinzuhalten, wenn es brenzlig wird. Und für den Amerikaner haben wir schon einmal den Kopf hingehalten! Jawohl! Ich kenne die Geschichte meines Landes!«

Der Kommunismus hatte Witold den Verstand geraubt. Ich konnte ihm nicht sagen, wie es um seinen Geist stand – das hätte auch nichts geändert; er hätte meine Einwände ganz einfach als blanken Unsinn abgetan, als einen harmlosen Aufschrei eines verweichlichten, selbstgefälligen Westmenschen. Er lebte in einem Wald, der grenzenlos war. Die Sonne schien nicht für ihn, der blaue Himmel war ihm unbekannt. Seine Milchstraße war nur wenige tausend Kilometer lang: Sie reichte von Moskau nach Washington.

Neu an seinen giftigen Monologen war nur eines: Sie richteten sich auch gegen mich, den verlorenen Sohn, und gegen meine Mutter, die Pädagogin und

Katholikin, die ihn angeblich andauernd belehren würde. Ich musste ihm mehrmals versichern, dass ich ihn nach wie vor lieben würde, was ihn zum Weinen brachte. Maria hatte solch eine Familienshow noch nie gesehen. »Tja, wir sind keine Türken«, sagte ich. »Wir halten nicht zusammen.«

Nach dem fünften oder sechsten Glas Wodka sagte Witold meistens, ich solle aufhören zu trinken, für immer aufhören, sonst würde ich genauso enden wie er: »Dieses eine Glas noch, dann hörst du damit auf! Mein Junge!«

Meine Mutter konnte ein wenig Englisch und war dadurch für Maria Magdalena ein viel attraktiverer Gesprächspartner als Witold, der mich ständig darum bat, jeden seiner Sätze zu übersetzen, vor allem dann, wenn er sich mit Horst unterhielt. Die beiden schwärmten für die goldene Ära des Fußballs: Grzegorz Lato, Johan Cruyf und Gerd Müller waren ihre Helden.

Die Einzige, die keine Ermüdungserscheinungen zeigte, war Paulina. Es störte sie kaum, dass die Gäste aus Polen kein Deutsch sprachen. Ludwik Waryński, gebraten und in Öl und Essig mit Zwiebeln eingelegt, mochte sie vor der Bescherung nicht probieren. Sie sagte: »Ihr habt ihn getötet!«

Ich war nach einer Woche so ausgewrungen, dass ich nicht einmal meine E-Mails abrief. Die osteuropäischen Kunden suchten selbst an Feiertagen im Internet nach Schnäppchen, schickten Anfragen und ließen Wagen reservieren.

Einen Abend verbrachte ich mit meiner Mutter allein. Ich ging mit ihr in die Schauburg – mein Favorit unter den Bremer Lichtspieltheatern, ein solides, altes Kino, das auch als Konzertbühne berühmt war. Lucha hielt mich während der ganzen Vorstellung an der Hand, wie einst, als ich Schüler war und wir in B. zusammen ausgingen, zu einer Theateraufführung in ihrer Schule oder im Betrieb meines Vaters. Er hatte im Personalbüro gearbeitet und war für die Berechnung und Auszahlung der Arbeitergehälter zuständig gewesen.

Nach dem Film, den ich meiner Mutter nicht in Polnisch noch einmal erzählen musste (wir hatten uns Aki Kaurismäkis »Juha« angesehen), sagte sie etwas zu mir, was mich bestürzte und aus der Bahn warf: »Er ist ein Ungeheuer! Ich habe ihm mein ganzes Leben geopfert und dafür nichts als Einsamkeit und Verbitterung geerntet. Er hat Recht, wenn er zu dir sagt: ›Werd niemals so wie ich!‹ Ich kann es dir nur bestätigen! Beeile dich damit, du selbst zu sein. Je früher desto besser! Und schenke deiner Maria ein treueres Kind, als du es für mich warst: Denn mich hast du verlassen und verraten.«

Ich fühlte mich wie ihr Exliebhaber. Ich wollte nicht wissen, wie sie roch, diese alte Frau, der Gedanke an ihren Geruch ekelte mich, obgleich ich sie liebte.

Ich sagte: »Ihr wart Soldaten und habt mich vergewaltigt, mit vereinten Kräften! In der Johanniskirche, in der Jesus und Maria und die Katechetinnen uns Engeln in dunkelblauen Uniformen mit einem Lineal auf die Hand schlugen, wenn wir die Gebete und Liturgien falsch aufsagten. Zu Allerseelen auf dem Friedhof, wo ihr die Toten für alle Ewigkeit eingeschlossen hieltet, bis zum Jüngsten Gericht. In der deutschen Kaserne, in der ich zum Kfz-Mechaniker ausgebildet wurde. In der Schule, in der ich Breschnew und Gierek anbetete. Ich musste für jeden meiner gebrochenen Knochen einen Ersatz finden. Für euren Sohn – den Chopin. Für Genesis – Marillion. Für Pink Floyd – Radiohead. Für Jolka – meine M. M. Und für den Kommissar Alain Delon – den Autodealer. Für unser B. – Bremen. Und für euch – Untote von meiner ›Todesliste‹. Ihr marschiert schon seit Jahrhunderten und sperrt eure Kinder in Gefängnisse ein, dabei ist es egal, ob ihr beim Marschieren ›Sieg Heil!‹, ›Für Stalin!‹, ›Solidarność!‹, ›Habemus papam!‹, ›Ave imperator!‹ oder sonst was anderes brüllt.«

Sie stand vor den Schaufenstern der Schauburg, sah mich voller Entsetzen über meinen Wutausbruch an und sagte: »Es ist bereits zu spät … Du bist schon so wie *er* geworden.«

»Danke, Mama. Das ist sehr aufbauend, was du sagst.«

Sie war früher einmal eine hübsche Frau. Eine Brünette mit schlanken Gliedmaßen und tiefblauer Iris. Ihre Stimme war einmal von einem hellen Klang gewesen. Lucha hatte sie sich in der Schule ruiniert. Ihre Stimmbänder gaben leise, heisere Töne von sich, und nur manchmal schlug der mir vertraute, sanfte Singsang einer in B. beliebten Lehrerin durch.

Ich sagte zu Volley, als wir bei ihm Silvester feierten, er dürfe mich mit einer Axt totschlagen, sollte ich eines Tages das sechzigste Jahr erreichen und beim Sprechen meinen Unterkiefer abstützen müssen.

Dem Besuch meiner Eltern folgte eine Wetteränderung in unserer Hornerstraße. Ich arbeitete etwas weniger, verkaufte keine zwanzig Autos im Monat mehr, sondern allerhöchstens zehn. Dann hörte ich auf zu trinken (zumindest beschränkte ich mich auf drei Bier pro Tag, was mir äußerst schwer fiel), und Maria beschloss, keine hormonhaltigen Verhütungsmittel mehr einzusetzen.

Im Februar 2001 wurde sie schwanger (ein Kondom war uns geplatzt!). Zwei Monate später erlitt sie eine Fehlgeburt und musste für eine Woche ins Krankenhaus – doch immer der Reihe nach.

Der Frauenarzt hatte Maria nach einer Routineuntersuchung attestiert, dass sie gesund sei und einer Schwangerschaft nichts im Wege stünde, zumindest zum jetzigen Zeitpunkt, in zwei, drei Jahren könne sich dies durchaus ändern.

Nachdem aber meine M. M. die Antibabypille abgesetzt hatte, nahm sie drei Kilo ab und litt in den ersten Wochen an Schlafstörungen, obwohl sie hundemüde ins Bett fiel. Dr. Bänder sagte, diese Störungen seien normal und träten bei vielen Patientinnen auf, insbesondere solchen mit einem anstrengenden und verantwortungsvollen Job.

Dass meine M. M. schwanger war, wusste niemand außer uns beiden, auch Horst nicht. Eine Abtreibung lehnten wir ab. Wir hatten diese Geister gerufen, und nun waren sie da.

Der Morgen, an dem Maria Magdalena unser kleines Baby verlor, eine zweite Paulina oder einen zweiten Chopin, einen daumengroßen Erdling aus Masuren und Bremen, war in doppelter Hinsicht ein tragischer. Horst hatte sich nämlich fast zur selben Zeit, als Marias Blutungen und Unterleibsschmerzen in ihrem Kindergarten anfingen, den rechten Arm gebrochen. Als er eine Leiter in die ausbetonierte Grube unserer Garagenwerkstatt hinabstieg, verwickelte sich einer seiner Füße in ein Stromkabel, sodass er von der mittleren Stufe der Leiter abrutschte und hinunterpurzelte. Wenn er sich das Genick gebrochen hätte, wäre es der schwärzeste Tag unserer kleinen Familie geworden.

Die Schöpfung war Horst gnädig. Er überlebte den Unfall. Maria landete aber in der St.-Jürgen-Straße, wo sie eigentlich einen freudigeren Empfang verdient hatte als die besorgten Mienen der Ärzte von der Frauenklinik. Eine Krankenschwester rief mich an. Augenblicklich schmiss ich alles hin, überantwortete meine Kundschaft Volley, setzte mich in meinen roten Renault und raste, sämtliche Verkehrsregeln missachtend, Richtung Stadt. Meine M. M. lag inzwischen in einem hellblauen Nachthemd im Bett auf der Intensivstation, ihre Blutungen wollten nicht aufhören, hatte man mir berichtet, und ich, der ich den Krankenhäusern, diesen Geburts- und Todesfabriken, abgrundtief misstraute, war nicht bei ihr. Was würden die allwissenden, die unschuldigen, die unantastbaren Kittel dieser selbst ernannten Halbgötter mit ihr anstellen? Ich verabscheute sie.

Ich verabscheute mich selbst, meine Visage, meine Unentschlossenheit, mein Versagen, meine Männlichkeit, meine Geilheit, meinen Schwanz – in meinem Wahn der totalen Machtlosigkeit. Ich war der Vater, ich war die Frau, ich derjenige, der Maria Magdalena nicht hatte helfen, unser Kleines nicht retten können.

(Ich sage Ihnen, ich habe eine CD von Radiohead eingeworfen und auf volle Lautstärke gestellt, die Fenster heruntergelassen und mir eine Zigarette angezündet. Ich bin durch Bremen gerast, als würde ich mir mit der Polizei ein Rennen liefern. Ich habe nur noch eines gedacht: Ich will fliegen. Ich will abheben und dieser Erde nie wieder begegnen. Ich verdammte die Halbgötter in weißen Kitteln, schrie sie an: »Lasst Maria Magdalena und mich auswandern! Auf einen fernen Planeten, der euch nicht gehört!«)

Nach vierundzwanzig Stunden kamen die Blutungen zum Stillstand. Ich übernachtete auf einem Heizkörper in Marias Krankenzimmer. Sie hatte keine Wünsche, sie erteilte Befehle, sie schickte mich nach B., sie schickte mich nach Hause. Sie schickte mich zu Horst, ich solle dies und jenes besorgen, sie schickte mich zu Paulina, zum Getränkeautomaten, sie schickte mich zum Teufel. Ich war völlig überflüssig, und als es nun die Gewissheit gab, die Gewissheit der allwissenden Kittel von der St.-Jürgen-Straße, dass sie überleben würde, sagte meine M. M.: »Dein Mädchen ist wieder zurückgekehrt – von einer weiten Reise! Und ich bin sehr durstig und hungrig!«

8

Wir hatten einen zwei Monate alten Erdling an die Hölle verloren. Maria Magdalena war dem Tod von der Schippe gesprungen, und im Sommer 2001 war ich endlich trocken. Der Alkohol existierte für mich nicht mehr. Aber ich, Chopin, der ich in B. unter der Herrschaft des Dionysos und des Demiurgs aus dem sowjetischen Laboratorium aufgewachsen war, gab mich nicht geschlagen.

Ich brauchte eine neue Droge, die mich wieder aufatmen, die mich meine Sünden vergessen ließe. Wir wohnten in Bremen, in diesem Kiffkaff, im wahren Marihuanaparadies. In unserem Viertel gab es das beste Gras der Bundesrepublik zu kaufen. Man brauchte gar nicht nach Hamburg oder Amsterdam zu fahren. Ich rauchte jeden Abend einen Joint, und meine M. M. rauchte manchmal mit. Ich sagte zu ihr: »Ich deale mit Autos und kiffe. Ich bin ein Krimineller geworden, ein böser Alain Delon! Weil man uns unser kleines Baby gestohlen hat. Weil meine Mutter von Witold nicht mehr gevögelt wird. Weil Aki Kaurismäki der beste Regisseur der Welt ist. Weil wir Durst haben, aber den Wein nicht anrühren dürfen, nicht einmal heimlich, wenn wir uns in einer dunklen Ecke in Sicherheit wähnen.«

Die Band Radiohead war mein allabendlicher Begleiter. Sie hatte den leeren Vulkan, den Pink Floyd uns Polen, den Blues- und Jazzfanatikern, hinterließ, mit psychedelischer Lava wieder gefüllt. Und dieser neugeborene Vulkan war bei uns in der Hornerstraße, seit ich Gras rauchte, aktiv. Volley gab sich mit Coldplay zufrieden, mit diesen Intellektuellen für Haupt- und Realschüler, Lukas blieb bei seinem Poeten und Philosophen Van Morrison stehen – ich trat für den Fortschritt der Metaphysik ein, auch wenn mich die Musik von Radiohead gelegentlich depressiv stimmte.

Innerhalb der nächsten zwei Jahre entwickelte sich unsere Firma *Super-Gebrauchte aus Bankverwertung* zu einem der prosperierendsten Autohäuser der Stadt. Wir waren sogar im Bremer Umland eine feste Größe, unsere Konkurrenz hatte kaum Chancen. Sie verkaufte dreihundert Wagen pro Jahr, wir das Zweifache.

Unser namenloser Staat hatte den Euro eingeführt, um seine Schulden zu verkleinern, und Lukas, Volley und ich gingen im Januar 2002 auf die »Euro-Tour« – wir fuhren quer durch Niedersachsen von Stadt zu Stadt und tauschten bei den Banken unser Schwarzgeld. Nie mehr als fünftausend Mark pro Bank, dann zog unsere »Euro-Tour«-Karawane weiter. Innerhalb von drei Monaten hatten wir mehr als fünfzig Banken aufgesucht und die alten Geldnoten gegen Euros gewechselt, schön vor den Linsen der Überwachungskameras, doch keiner von den Staatsdienern und Bankiers rechnete mit unserer Bremer Bande.

2003, kurz vor dem Sommer, bekam Lukas eine E-Mail von einem Geschäftsmann aus Posen. Er wollte von uns einhundertfünfzig Schnelltransporter, und zwar in einer Lieferung. Derselbe Kunde hatte uns schon mehrmals kleinere Kontingente der beliebten Schnelltransporter von Ford Transit abgekauft, und so hatten wir keinen Zweifel an seiner Seriosität. Er knüpfte auch keine Bedingungen an seine Bestellung, keine fünftausend Euro, die vorab auf ein Schweizer Bankkonto einzuzahlen wären. Angebote dieser Art erreichten uns täglich, sie kamen meist aus Afrika, und Volley sagte: »Jeder Zwanzigste fällt wahrscheinlich auf diesen Mist herein. Nach der Einzahlung löst sich die afrikanische Firma in Luft auf, und die Knete ist weg.«

Lukas war kurz nach seiner Firmengründung in Posen gewesen. Er hatte sich die Industriemesse ansehen und ein paar hübsche Polinnen vernaschen wollen. Dass Polen keine Weltmacht werden würde, war ihm klar, doch er sah schon damals voraus, dass unser Nachbar einen riesigen Nachholbedarf hatte und früher oder später auf dem Pkw-Markt eine Dynamik entwickeln würde, die es bei uns im Westen schon längst nicht mehr gab. Er sollte Recht behalten.

Ein Autoschiff, welches die Ford Transit von Bremerhaven nach Stettin liefern könnte, musste für einen Tag im Hafen Liegegebühren von fünfundzwanzigtausend Euro abdrücken. Beim Be- und Entladen wurde keine Zeit verloren. Unsere Transit müssten an einem einzigen Morgen verschifft werden. Keine einfache Sache. Eine Lieferung per Bahn war unbezahlbar.

Herr Bär aus Hannover bestätigte uns, dass wir jederzeit die von uns geforderte Anzahl von Transportern abrufen könnten. Die Fahrzeuge standen an verschiedenen Orten Deutschlands und könnten innerhalb einer guten Woche in Hannover sein.

Für mich barg dieses Geschäft einige Risiken. Ich müsste mein ganzes Kapital aufs Spiel setzen, um die fünfzig Transit, meinen Anteil, von der Leasingbank zu kaufen. Lukas und Volley besaßen mehr Kohle als ich, aber keiner von ihnen genug, um alle Transporter auf einmal zu zahlen. Lukas schlug vor, eine GbR zu gründen, eine Gesellschaft bürgerlichen Rechts, die sich jederzeit wieder auflösen konnte. Die drei Musketiere würden zum ersten Mal als eine geschlossene Mannschaft auftreten.

Ich fürchtete eine feindliche Übernahme durch Lukas und Volley, vor allem durch Lukas, der gerne unseren Chef spielte.

Andererseits war der Deal mit Posen die Chance meines Lebens. Ich könnte so viel verdienen wie noch nie, ich hätte dann tatsächlich genug Geld, um meinen Beruf an den Nagel zu hängen und mit Maria und Paulina ein neues Leben anzufangen, vielleicht sogar in einer anderen Stadt. Spontan sagte ich meine Teilnahme zu. Maria gefiel weder die Idee mit der GbR noch der Deal überhaupt. Ihr Verstand begriff nicht, dass ich meinen Partnern Loyalität schuldig war. Schließlich waren sie diejenigen, die mir zu Reichtum verholfen hatten.

Lukas kümmerte sich um die Ausarbeitung und Formulierung des Vertrages mit dem Posener Herren, der perfekt Englisch sprach, sodass ich als Dolmetscher zunächst überflüssig war. Indessen führten Volley und ich Verhandlungen mit einer Reederei in Bremerhaven und dem Kapitän Suzuki von der »Baltic Highway«, einem Autoschiff aus Southampton. Die preiswerteste Variante wäre gewesen, wenn der Posener Händler, der Herr Korzeniowski, die Fahrzeuge von seinen eigenen Chauffeuren hätte abholen lassen, aber das war ihm wohl zu riskant. Außerdem stellte er uns Folgeaufträge in Aussicht, und zwar in schon absehbarer Zeit. Er sagte, er habe solvente Kunden in Russland und in der Ukraine (wir konnten uns die Klientel schon vorstellen ...).

Und während in sämtlichen Branchen über die Konjunkturschwäche geklagt wurde, konnten wir darüber nur den Kopf schütteln. Unsere Ford Transit und Renault Master gingen jedenfalls weg wie warme Semmeln. Vielleicht waren wir in der untergehenden, namenlosen Republik die letzte Firma, die Glück hatte und unzerstörbar war, die Arche Noah aus Bremen. Wir verhökerten die Transporter auch an Deutsche und Türken. Plötzlich waren sie wieder da, die Schrauben- und Gemüsehändler. Was war geschehen? Vielleicht lag Volley mit seinen Verschwörungstheorien gar nicht so falsch, irgendjemand hielt im Hintergrund die Fäden in der Hand und bestimmte, welche Fahrzeuge auf den ersten Plätzen der Bestsellerliste stehen durften, und zurzeit waren es die Ford Transit und die Renault Master, und wir saßen an der Quelle.

Trübsinn kannte ich nicht: Ich kiffte in den Abendstunden vor mich hin und sinnierte darüber, wie kurzlebig doch die Erinnerung an unsere Fehler war, die wir täglich begingen. Mein Ausrutscher mit Karola war für mich ein Tabuthema, zu dem ich mich nicht mehr äußern wollte, doch nur, weil mir diese Geschichte nichts mehr wert war. Den Chopin, der sie erlebt hatte, als Hauptfigur, gab es nicht mehr. Marihuana wirkt sich ganz anders aus auf die Potenz des Mannes als der Alkohol. Der macht gierig, gefährlich, stumpf und geil. Ein Mann, der am nächsten Morgen mit einem Kater zu kämpfen hatte, war eine tickende Zeitbombe. Vor einer Explosion konnte ihn nur eine Frau retten. Und er dachte an sie den ganzen Tag und die ganze Nacht, er wollte nur eines: mit ihr schlafen; das Vögeln war kein Bedürfnis mehr, sondern eine Obsession. Das Gras dagegen stimmte mich friedlich. Wenn ich Maria sah, war ich viel gelassener und cooler als früher. Ich war Mahatma Gandhi, und ich liebte die Menschheit auf ihrem Mohnkörnchen, das durch das Weltall driftete.

Lukas und Volley beobachteten meine Verwandlung zu einem Hippie mit Sorge und Skepsis. Während sie sich im »Piano« oder woanders mit Bier betranken, hockte ich zu Hause vor dem Fernseher oder meinem Computer und rauchte Gras. Für Maria Magdalena, die sich ab und zu mit Karola traf, war ich ein zweites Haustier geworden, neben unserer Katze Witold. Ich spürte, dass sie auch diesen Zustand nicht lange aushalten würde. Es war eine Frage der Zeit, wann sie gegen meine Passivität, denn das Grasrauchen machte einen passiv und gleichgültig (man lachte ja über jeden Blödsinn!), demonstrieren würde.

Ich meinerseits bemerkte, dass Lukas und sie immer bessere Freunde wurden, und auf Volleys letztem Geburtstag hatten sie beide einander so angeschaut, als wüssten sie längst, dass sie sich unbedingt allein treffen müssten, ohne uns Störenfriede. Ich war kein eifersüchtiger Ehemann, ich würde meiner M. M. niemals irgendwelche Vorwürfe machen, aber ich hatte eine Vorahnung. Ich stellte mir vor, wie sie beide an einem Tisch im Café säßen, einander anlächelnd, gegenseitig ihre Hände berührend und streichelnd, und darüber redeten, was für ein liebenswerter Trottel ich sei – anstrengend, im Alltag so gut wie unbrauchbar, ein drogenabhängiger, gescheiterter Okkultist, der sich zu seinem Beruf nicht bekennen wolle.

Also war ich doch eifersüchtig, und Volley und Karola wiesen mich mehrmals darauf hin – ausgerechnet Karola –, dass die beiden Täubchen offen miteinander flirten würden. Ob ich denn vielleicht blind sei?, fragten sie mich. Nein, das wohl nicht, und flirten dürfe ja jeder. Es sei sogar gut für die eigene Beziehung, wenn wir wüssten, dass unser Partner begehrt wäre, antwortete ich lahm. Etwas Besseres war mir nicht eingefallen. Ach Gottchen! Wie schlau du bist!, sagte Volley.

Maria drohte mir immer öfter, dass sie mich verlassen würde, falls ich den Deal mit Herrn Korzeniowski tatsächlich über die Bühne bringen sollte. Ich nahm ihre Drohungen überhaupt nicht ernst. Eine Frau konnte mir nicht verbieten, Geschäfte zu machen. Sie sagte, hier ginge es nicht mehr um so genannte normale Geschäfte. Ich hätte mich übernommen und sei auf dem besten Wege, alles, was ich mir schwer erarbeitet hätte, innerhalb weniger Wochen zu zerstören. Daraufhin fragte ich sie, ob sie etwas mit Lukas hätte. Sie hatte mich kurz und kalt aus den Augenwinkeln angeschaut, als wollte sie mir einen Vogel zeigen, und war auf den Balkon gerannt. Eines Morgens fauchte sie mich an: »Chopin! Wie kommst du denn darauf, ich würde mit Lukas ein Verhältnis haben? Willst du von dir ablenken? Du scheinst nicht zu ahnen, was mit dir nach dem Verkauf dieser armseligen Karren passieren wird. Du wirst immer höher pokern, immer größere Mengen verkaufen, und irgendwann werde ich dir verbieten, Gras zu rauchen, und dann wirst du selbstverständlich auf Koks umsteigen, weil man ja was haben müsse, um die Geschwindigkeit, mit der sich dieses kosmische Karussell dreht, überhaupt auszuhalten, wirst du mir dann sagen!«

Ich war wie erschlagen, hatte meiner M. M. nichts Gescheites entgegnen können auf diese Operette, dieses Meisterstück eines Angriffs gegen mich drogenabhängigen, geldgeilen Soldaten der Ewigen Nacht und der Roten Fahne.

Und dann machte Maria ihre Drohung tatsächlich wahr und floh vor mir, ja, vor uns allen. Sie versteckte sich in der Feldstraße, in ihrer ehemaligen Wohnung. Ihren Vater und seine Freundin quartierte sie kurzerhand aus. Paulina überließ sie meiner und Horsts Obhut, der nun bei mir oder mit der Friseurin in der Holzhütte in seinem Schrebergarten hausen musste. Ich dachte, ich wäre im falschen Film: Was ist los?, fragte ich mich. Sie will dich auf die Knie zwingen. Sie will diese Schlacht unbedingt gewinnen?

Horst war mein letzter Rettungsanker. Ich verabredete mich mit ihm an einem abgelegenen Ort, im »El Mundo« in Bremen Walle. Ich wollte von niemandem gestört werden, weder von Regina noch von Lukas und Volley. Außerdem war dieses Restaurant immer proppenvoll, und man konnte sich ungestört unterhalten.

Maria war seit zwei Tagen verschwunden, zurück in ihr altes Leben, das es doch nicht mehr geben durfte. Was suchte sie in ihrer alten Wohnung? Suchte sie Maria oder Magdalena? Wer war sie, meine M. M.? Welches M. war das wahre an ihr? Ich musste ihr beibringen, wer sie in Wirklichkeit war. Ich musste sie zurückholen.

Horsts Augen sagten mir alles.

»Hör zu«, antwortete er mir auf meine unausgesprochene Frage. »Sie liegt auf dem Sofa und hat Fieber. Sie hat schon zwei Tabletten geschluckt. Para oder Zeta in Moll. Ich weiß nicht genau, wie das Zeug heißt, aber es wirkt nicht!«

»Schwiegerpapa, dieses Geschäft kann ich mir nicht entgehen lassen«, sagte ich. »Einhundertfünfzig Autos auf einmal an einen Kunden zu verkaufen, ist nicht nur ein Kunststück, sondern der Beginn wahrer Freundschaft. Die sind da drüben wie ausgehungert. Kannst du dir überhaupt vorstellen, was es heißt, *für Millionen von Hungerleidern Gebrauchtwagen zu backen*?«

»Sie sagt, das Geschäft wird platzen. Die Chinesen haben Konfuzius und Kung-Fu erfunden, und der andere, der Mao Tsu Tse Tsung oder wie er heißt, dreht sich gerade im Grabe um. Sein China wird stillschweigend kapitalistisch – diese Schlitzaugen sind nicht dumm, sagt meine Tochter.«

»Wovon sprichst du? Die Ford Transit gehen nach Polen und nicht nach China!«

»Sie werden euch ausnehmen wie die Weihnachtsgänse. Sie zahlen nicht in bar. Sie werden euch einen Betrag überweisen, den man dem Finanzamt nicht erklären kann – sollte er auch klein ausfallen, und das wird er bestimmt! Ich wiederhole nur, was sie mir aufgetragen hat.«

Wer war hier der Chef? Maria Magdalena oder meine beiden Partner?

»Mein Anteil ist *klein* – bloß fünfzig Autos, aber wenn ich Lukas und Volley absage, bin ich meinen Job auf der Stelle los. Und sie werden mich in Russland aussetzen! Und dich dazu. Ist dir das klar?«

Horst Sobotta steckte sich eine Camel an, ein gezapftes Bier brauchte im »El Mundo« eine Ewigkeit, ich begnügte mich mit einer kleinen Apfelschorle, später mit einem fetten Joint, den ich vor dem Restaurant so schnell wie eine Filterzigarette wegpaffte.

Nach meiner zweiten Rauchpause sagte ich zu einer zwanzigjährigen Kellnerin: »Ich zahle jetzt. Die nächste Runde geht an meinen Schwiegerpapa!«

»Moment mal! Ich bin Frührentner! Und ich leide an Asthma. Ich bin Schlosser! Ich hab Schubkarren gebaut und geschweißt und den Dampf von geschmolzenem Zink eingeatmet!«

Ich sah mir sein aufgedunsenes Gesicht an. Ich hatte eine Angewohnheit. Ich kaufte gerne Geschenke. Ich fand plötzlich, dass meinem Schwiegerpapa ein neuer Ohrring gut tun würde.

»Was hältst du davon, wenn wir morgen zum Juwelier gehen und ich dir eine kleine Aufmerksamkeit erweise?«

Ich ahnte, dass ihm mein Vorschlag gefallen würde.

Er war käuflich. Aber würde er auch seine Tochter von unserem Geschäft überzeugen können? Ich war unschlüssig, ob ich mit Horst weiterhin verhandeln oder uns sofort ein Taxi rufen lassen sollte, um Maria Magdalena persönlich zur Rede zu stellen.

»Sprich mit ihr!«, sagte Horst. »Ihr seid schon erwachsen, ich will nicht euren Ehetherapeuten spielen. Und – wann kaufen wir den Ohrring?«

Kurz vor Mitternacht setzten wir uns in ein Taxi und fuhren zurück ins Fesenfeld. Ich wusste, dass Maria Magdalena noch nicht schlief. Sie hatte eine stählerne Gesundheit. Ich war dagegen ein Herbstblatt. Ein Storch, der im August die Dächer der Gehöfte verließ und hoffte, in Afrika anzukommen. Aber genug! Wenn ich mehr als drei Joints geraucht hatte, neigte ich zur Selbstüberschätzung, zum egozentrischen Irrsinn, und meine Gedanken wurden außerordentlich, aber nicht weise. Oh!, es ist zum Kotzen, high zu sein!, sagte ich mir.

Der Taxifahrer war ein Mulatte oder ein Osteuropäer.

Ich dachte: Diese Taxifahrer sind wie Chamäleons. Sie sehen aus wie Schwarze oder Inder oder Weiße und benehmen sich auch so. Als wäre ihnen jede Hautfarbe recht. Sie vergessen, dass sie ein Mutter- und Vaterland besitzen. War ich denn anders, war ich etwa von der Natur mit einem besseren Gedächtnis versehen worden? Nein!

Ich sagte dem Taxifahrer, dass er bei mir Autos kaufen könne. Ich ließ keine Gelegenheit aus. Jeder war ein potenzielles Opfer.

Ich war höflich zu dem Mulatten aus Osteuropa, so höflich wie zu meiner Großmutter Natalia, aber auch zielbewusst. Ich fragte ihn, während ich die Fahrt bezahlte: »Was ist? Wollen Sie nun einen neuen Mercedes oder nicht?«

»Nein, nein. Ich bin kein Chef. Ich nur fahre.« Da sagte ich: »Zum Henker! Wenn wir so weitermachen, wird jeder von uns Zugereisten ein Sklave!«

Wir stiegen aus, trennten uns im Frieden, wünschten uns Gute Nacht, und jeder ging seiner Wege, Horst zu mir, ich rüber zu seinem Mietshaus, wo Maria Magdalena jetzt auf dem Sofa lag und fieberte. In d-Moll, wie ihr Vater im »El Mundo« meinte. Ich hatte großes Verlangen nach ihr, auch wenn ich mir nicht ausmalen wollte, welches Unwetter sich gleich über mir entladen würde. Ich war auf alles gefasst, sogar darauf, dass sie mir einen Eimer heißes Wasser oder verfaulter Äpfel auf meinen Schädel schütten würde. Wie in einem Computerspiel von Volley: Age of Empires.

Ich klingelte dreimal, dann ging die Tür auf, und ich fühlte, wie ich allmählich in einen Zustand hineinrutschte, der mir am liebsten war: ein bisschen enttäuscht, aber gleichzeitig voller Hoffnung – schon roch ich Maria Magdalenas Kleider. Der Duft ihrer Haut, ihrer Hemden und Unterwäsche würde mich nach Hause führen und mich einschläfern oder in den Wahnsinn treiben.

Ich hatte keine Wahl, ich musste mich Maria Magdalena ergeben.

Wo bist du? Ja hier! Direkt vor deiner Nase, sagte sie.

Sie war süßsauer. Sie nahm mich in ihre Arme und gab mir einen Kuss.

»Warum schläfst du seit zwei Tagen bei deinem Vater?«, fragte ich.

Maria Magdalena hatte nichts an. Ich liebte ihren Körper. Ich liebte sie. Ich liebte ihre Gedanken. Sie hatten Korridore, Labyrinthe, Sackgassen. Es gab da für mich kein Vorwärtskommen, aber genau diese meine Blindheit und das Fangspiel zwischen mir und Maria Magdalena waren mein letzter Joint gewesen, als ich vor dem spanischen Restaurant herumlungerte und kiffte. Ich, die Blinde Kuh.

»Du wirst dieses Geschäft abblasen«, sagte sie kämpferisch. »Du kannst nicht zweihunderttausend Euro oder noch mehr in den Sand setzen. Du wirst die Knete verlieren – begreifst du's nicht? Deine Landsleute sind mit Bestimmtheit genauso gerissen wie du. Und jetzt komm.«

»Für eine Kranke bist du ganz schön gesund«, antwortete ich und dachte: Hm, ich werde gar nichts abblasen, aber ich komme trotzdem zu dir.

Ich zog mich aus, wir landeten im Schlafzimmer von Horst Sobotta und seiner Friseurin und vögelten vor ihrem Kleiderschrank mit den vier Spiegeltüren.

In dieser Nacht dachte ich, ich würde sterben. Ich wachte mehrmals schreiend auf und weckte Maria Magdalena, die mich wieder liebevoll zudeckte, beruhigte und umarmte. Doch sobald ich in den Schlaf fiel, fand ich mich erneut in einer trostlosen Landschaft wieder, die einer Steppe ähnelte. Der Himmel war bedeckt, und ich musste vor Schakalen fliehen, die mich verfolgten. Als Waffe hatte ich nur einen Stock, mit dem ich mich kaum ihrer Klauen und Zähne erwehren konnte. Kurz bevor es anfing zu dämmern, näherte sich aus der Ferne ein Jeep. Das ist meine Rettung, dachte ich, als ich am Steuer Horst Sobotta erkannte. Aber er fuhr einfach an mir vorbei und rief: »Chopin! Du bist ein Soldat! Ein Soldat!«

Dann sah ich plötzlich die vier Spiegeltüren und Maria Magdalena, die neben mir lag und leise schnarchte. Hurra! Ich bin aufgewacht, dachte ich. Ich bin wieder auf der Erde, und Horst Sobotta hat mich nicht verraten, sondern vor einer Meute Tollwütiger bewahrt! Ich hatte zwar Kopfschmerzen, klassische Kopfschmerzen, die nur starkes Gras bewirkte, aber ich war am Leben. Ich prüfte, ob ich meine Finger bewegen konnte. Ja, sie waren noch heil, ich würde wieder spielen können. Auf meinem Klavier *Super-Gebrauchte aus Bankverwertung*.

Ich beschloss zu fasten. Ich wollte kein Fleisch mehr essen und nur noch Coca-Cola trinken – mein Traum hatte mich über Nacht zum Vegetarier gemacht.

Ich werde weiterhin an der Prohibition festhalten und Maria Magdalena auf Knien bitten, mit mir zusammen in die Hornerstraße zurückzugehen.

Weißt du, Maria Magdalena, ich würde dich gerne wecken, für die zwei Golden-Toasts und den Honig, den dein Vater im nächstgelegenen »Minimal« kauft – wie es alle Rentner tun, die dieses deutsche Wirtschaftswunder zusammengeschweißt haben und nie wieder loslassen wollen. Aber ich bin dazu da, es zu zerstören oder mit nach Hause zu nehmen, wie ein Souvenir aus dem Urlaub. Sei mir gnädig oder gemein, Maria Magdalena. Und wenn du denkst, du musst gemein sein, bring mich bitte um. Aber liebe mich endlich wieder.

Wenn ich vom Grasrauchen verkatert war, schossen mir die seltsamsten Gedanken durch den Kopf. Ich war eigentlich vollkommen davon überzeugt, dass Maria Magdalena mit Lukas ein Verhältnis hatte. Wie gesagt, immer wenn sie zusammen tanzten oder ein Gläschen Wein kippten, war mir, als würden sie sich für ein geheimes Date verabreden. Doch wenn mich jemand gefragt hätte, ob da etwas zwischen ihm, dem Charmeur, und Maria lief, hätte ich weder ja noch nein gesagt. Um das herauszufinden, hätte ich einen Detektiv anstellen müssen, genau wie in einem dieser amerikanischen Liebesfilme: Eifersüchtiger Ehemann bittet angeblich im Namen eines Freundes um die Beschattung seines Nebenbuhlers.

Ich stand auf, kochte Kaffee, deckte den Tisch und stellte das Fenster auf Kipp, um einen klaren Kopf zu bekommen. Gewöhnlich brauchte ich vierundzwanzig Stunden, um einen Marihuanakater auszukurieren. Nach vierundzwanzig Stunden war er dann tot, und ich hatte endlich nicht mehr das Gefühl, dass mich *alle*, der Staat, meine Eltern, Horst Sobotta, Maria Magdalena und die Außerirdischen, beobachteten und Daten über mich speicherten, um sie für ihre schmutzigen Machenschaften zu gebrauchen. Es handelte sich dabei um einen Atavismus aus meiner sozialistischen Volksrepublik – angeborene Furcht vor dem Bespitzeln.

Jedenfalls wünschte ich niemandem, dass er heimlich von da oben – wo auch immer es sein mochte, im Internet oder auf einem Satelliten – überwacht wurde.

Als die Eier, die ich ins kochende Wasser getaucht hatte, aufplatzten und das Eiweiß sich zu Spiralen und Kugeln formte, kam Maria Magdalena in die Küche.

»Zieh dir was über«, murrte ich zur Begrüßung.

Sie sagte nicht einmal »Guten Morgen«.

»Wenn du deine Autos nach China schickst, verlasse ich dich.«

»Nicht nach China, sondern nach Polen! Wie kommt ihr beide auf dieses bekloppte China?«

Vielleicht hatte sie wirklich etwas mit Lukas. Würden wir uns trennen, wäre er der erste Mann, der sich auf ihre Beine und ihren nackten Hintern stürzen würde.

Ich hatte mal eine 15-Minuten-Geliebte! Und was für eine! Nacht für Nacht quälten mich Gewissensbisse, wie ein Heer von Ameisen pickten sie mich mit ihren scharfen Dolchen: »Chopin! Du hast deine Maria Magdalena betrogen!« Und dann beging ich den größten Fehler, den ich machen konnte, meiner M. M. von der 15-Minuten-Geliebten nicht zu erzählen.

Maria sagte zu mir, als ich ihr Kaffee einschenkte: »Du musst dich manchmal hören! Du beleidigst mich. Aber bild dir nicht ein, dass ich zu schwach bin, um mich zu wehren! Du sollst eines wissen: Ich kann mir jeden Mann, der mir gefällt, um den Finger wickeln!«

»O ja! Ich erinnere mich bestens daran, wie es dir gelang, mich um den Finger zu wickeln. Und nun ist Lukas dran, oder was?«

Sie kehrte zu mir zurück, und ich versprach meiner M. M., dass ich mir den Deal mit Korzeniowski noch einmal genau überlegen wolle.

Und dann überschlugen sich die Ereignisse.

Marias Befürchtung, ich könnte mein mit Fleiß angehäuftes Vermögen innerhalb weniger Wochen verlieren, war gar nicht so abwegig. Ich rechnete in unserem Büro in Ruhe aus, wie viel mich die fünfzig Transporter im Einkauf kosten würden. Ich kam auf die stolze Summe von einer halben Million Euro. Immerhin handelte es sich um Jahreswagen, an denen so gut wie nichts auszusetzen war. Die Fahrzeuge hatten nicht mehr als dreißigtausend Kilometer zurückgelegt, sie waren mit allerneustem Komfort ausgestattet und bedurften in seltensten Fällen einer Reparatur von einer Fachwerkstatt. Summa summarum – ein Bombengeschäft angesichts des sensationellen Einkaufspreises von acht- bis zehntausend Euro. Die Mehrwertsteuer war »ausweisbar« (in unserem Jargon), und wir konnten die Transit dem Posener Händler zum Nettopreis anbieten, da er Bürger eines Nicht-EU-Landes war. Der Countdown lief bereits, ab dem 1. Mai 2004 würde seine Heimat Mitglied der EU und von der Brüsseler Guillotine enthauptet werden. Das wusste auch Herr Korzeniowski.

Der einzige Haken an der ganzen Geschichte war, dass ich mein Kapital, mit dem ich täglich arbeitete, für den Einkauf restlos ausgeben musste, in einer Sekunde, und mir war auch schleierhaft, wie Lukas die Kohle in unsere GbR einfließen lassen wollte. Er hatte sich sicherlich längst etwas ausgedacht, nur schwieg er dazu beharrlich.

Andererseits, als ich dann über den Gewinn nachdachte, wurde mir schwindelig. Mir winkten mindestens einhunderttausend Euro, kitzelten mich, putschten mich auf, und der Korzeniowski aus Posen hatte ja gesagt, dies sei nur die erste Bestellung. Nach zwei oder drei Deals dieser Größenordnung hätte ich das sportliche Ziel unserer Bande, eine Million Euro zu besitzen, locker erreicht, und die würde ich so anlegen, dass ich nie wieder arbeiten müsste. In der Theorie war alles einfach und vorstellbar, jetzt wollte ich noch die praktische Umsetzung meiner Pläne sehen.

Maria Magdalena stellte mir immer wieder eine Frage: Wozu das Ganze? Ob ich denn mir selbst etwas beweisen wolle, und wenn ja, was?

Sie hatte noch ein Ass im Ärmel. Sie spielte diese Karte geschickt aus. Sie sagte einmal, da sie nun meine Eltern kenne, sei es an der Zeit, dass ich endlich ihre Mutter in Bremen Ost besuche. Ich mochte doof sein, aber mein Bauch dachte für mich mit, auf ihn war immer Verlass. Ich ahnte, dass sie mich weich klopfen wollte.

Es war gar nicht so leicht, mit mir einen Termin für den Mutterbesuch abzumachen, meine M. M. musste mir regelrecht die Pistole auf die Brust setzen – sie tat dies vor meinen Kompagnons. Sie kam eines Morgens mit ihrem Saxo auf unseren Autohof gefahren, ließ ihn mitten auf dem Platz stehen und riss mich aus den Verhandlungen mit Korzeniowski am Telefon heraus, der bereit war, mit mir Polnisch zu sprechen (seltsamerweise änderte sich sogleich sein dienstlicher Ton, er versuchte mich zu duzen und tat so, als wären wir

Verwandte und säßen in einem Boot – dieses Verhalten kannte ich von meinen Landsleuten zur Genüge: »Na, wir sind doch Leidensgenossen! Ich erwarte nicht, dass du mir im Preis ein bisschen entgegenkommst, aber wir stammen aus demselben Dorf!«).

Lukas hatte lange mit sich gehadert, ob er unserem Partner in Posen verraten sollte, dass ich Pole war. Doch dann sah er in der Weitergabe dieser wichtigen Information an den Posener einen Vorteil. Er meinte, unser polnischer Geschäftsfreund würde jeden seiner Schritte genaustens planen und vorbereiten, und wenn er wüsste, dass ich Pole wäre, würde er das Gefühl haben, wir sähen ihm auf die Finger, nach dem Motto: »Junge, pass auf, wir haben hier einen aus deinen eigenen Reihen. Der kennt sich mit euren beschissenen Tricks aus!«

Korzeniowski nicht gänzlich zu trauen war das einzig Richtige, schien mir: Wir hatten schon Dreck am Stecken und waren nicht annähernd so reich wie der Posener. Der war Millionär und einer der wichtigsten Autodealer in seinem Land. Außerdem kooperierte er mit den Autoschiebern aus Kaliningrad und Kiew. Bei unserem Gespräch hatte er mich und meine beiden Partner eingeladen, jederzeit auf seinem Landsitz in Masuren, in meiner Heimat, ein paar »lustige«, »erholsame«, »wunderschöne« Tage zu erleben – mit seinem Team. Ich dachte sofort an junge Studentinnen, die Geld brauchten. An süße Martinis und schlesische Wurstwaren. Orgien in der Wildnis bei einem Fünfzigjährigen, der bereits morgen von den Auftragskillern der russischen Mafia erschossen werden konnte.

Die Begrüßung zwischen Maria und Lukas fiel

ziemlich formell aus – für zwei Liebhaber. Das Lächeln, das über beider Lippen huschte, fand ich nichtssagend. Maria hatte sich freigenommen, und ich – ob ich es wollte oder nicht – musste ihr gehorchen wie ein Polizeihund.

Auf der A 27, in Gedanken immer noch bei den Verhandlungen mit Korzeniowski, hörte ich Maria kaum zu. Sie saß am Steuer, ich telefonierte abwechselnd mal mit Lukas, mal mit Volley. Irgendwann hielt sie auf dem Autobahnrastplatz an, konfiszierte mein Handy und schloss es im Handschuhfach ein. »Schluss damit!«, sagte sie. »Entweder fahren wir jetzt zu meiner Mutter, oder ich bringe dich zu deinem Schrott auf vier Rädern zurück!«

»Du bist genial! Ich liebe dich!«

Unsere gemeinsam durchstandene Fehlgeburt hatte meine Abneigung gegenüber Krankenhäusern noch vertieft. Das Klinikum in Bremen Ost war genauso ein außerirdisches Monstrum wie die Geburts- und Todesfabrik in der St.-Jürgen-Straße. Der Anblick der Station, auf der Langzeitpatienten behandelt wurden, löste bei mir ein Déjà-vu aus. Das war nicht weiter schlimm. Doch die sterile Atmosphäre, trotz der bunten Bilder entlang der Wände im Flur, schnürte mir den Hals zu. Betreuer und Patienten sendeten negative Wellen. Sie waren *alle* verrückt. Sie hatten sich in einem Erdloch vergraben, ihre Körper loderten wie Fackeln, und sie wussten es nicht. Ich konnte ihr durchgeknalltes Feuer *sehen*. Den Geruch von Desinfektions- und Putzmitteln nahmen sie wahrscheinlich auch nicht mehr wahr. Mir aber drehte sich der Magen um. Ich musste auf die Besuchertoilette gehen und spucken. Ich hatte noch nichts gegessen und würgte Galle.

Marias Mutter hatte eine frappierende Ähnlichkeit mit ihrer hübschen Tochter. Ich kratzte mich an der Stirn, als sie sich mir vorstellte. Diese Frau sollte schizophren sein? Niemals. Sie war entspannt und redete kein wirres Zeug. Ihr Zimmer war zweckmäßig eingerichtet und freundlich. Das Wichtigste jedoch: Sie war *nicht* verrückt. Ich empfing positive Wellen. Das Gegenteil hätte mich auch gewundert, schließlich war sie die Mutter meiner geliebten M. M.

Wir gingen nach draußen, ins Grüne. Klara Sobotta sprach langsam und wählte jedes ihrer Worte mit einer Hingabe, als hielte sie einen philosophischen Vortrag. Auch das kam mir keineswegs irre vor. Diese Frau wusste, was sie sagte.

Ich mischte mich in ihre Gespräche mit Maria nicht ein, es war ohnehin belangloses Zeug. Klara schalt die schlechte Küche des Klinikums und die Arroganz der Pfleger und Ärzte. Erst als wir uns auf eine Bank in die pralle Sonne setzten, ging sie auf mich ein und fragte, was ich denn von Beruf sei und ob ich ihre Tochter auch gut behandeln würde, wobei sie bei der zweiten Frage ein wenig griente.

Ich sagte, dass ich meine M. M. anbete und für sie alles tun wolle. Ich sagte, ich sei Unternehmer und würde gut verdienen.

»Das freut mich«, meinte sie. »Es gibt nichts Schlimmeres als Armut, zumindest in unserer Gesellschaft, in der nur Dummköpfe zählen und sich durchsetzen.«

Ich fasste es als ein Kompliment auf und nickte.

Als Klara losgegangen war, um uns etwas zu trinken zu holen, sagte Maria: »Sie ist voll gepumpt mit Psychopharmaka, so tranig wie heute war sie schon lange nicht mehr.«

»Du kennst dich da besser aus als ich. Ich finde sie völlig normal. Warum darf sie das Klinikum nicht verlassen?«

»Du hast keinen blassen Schimmer, was los ist.«

Klara kam lange Zeit nicht zurück. Wir mussten sie suchen, und da sie nicht auf ihrem Zimmer war, fragten wir einen der Pfleger, wo sie sonst noch stecken könnte. Er sagte, sie habe sich zurückgezogen und wünsche heute keinen Besuch mehr.

»Siehst du? Das meine ich. Wir sind für sie wie Luft! Wir existieren nicht.«

»Dieser Zustand würde mir persönlich durchaus gefallen!«, sagte ich.

Wir fuhren wieder zurück in die Stadt. Ich war verstört. Bei mir hatte Klara einen guten Eindruck hinterlassen. Nur, warum war sie plötzlich verschwunden? Ich sollte sie noch einmal besuchen, dachte ich. Als ich Maria fragte, was sie davon hielte, sagte sie: »Vergiss es! Sie wird dich nie wieder sehen wollen. Ich kenne sie nicht erst seit gestern ... Vertrau mir!«

Es war noch früh, Paulina würde erst um eins mit Horst von der Schule zurückkommen. Wir frühstückten auf dem Balkon, und da es ein stechend heißer Tag war, duschten wir kalt und liebten uns anschließend in der Badewanne, die mit lauwarmem Wasser gefüllt war.

Ich wusch Maria die Haare und den Rücken. Ich trocknete sie mit einem Handtuch ab und cremte sie von den Schultern bis zu den Füßen mit der Bodylotion von Jade ein. Ihre von Natur aus braune Haut glänzte frisch und roch nach Meer. Sie zog sich einen Bikini an, ich eine Badehose, dann kehrten wir wieder auf den Balkon zurück. Zum Sonnen und Anstoßen mit kühlschrankgekühltem Sekt. Und es wäre alles gut gewesen, wenn mein Handy nicht geklingelt hätte. Ich hatte einen Termin mit ein paar russischen Kunden vergessen.

Ich schlüpfte in frische Kleider und sagte zum Abschied: »Klara täuscht sich nicht – wir existieren nicht.«

Anfang Juli war nun restlos klar, dass Korzeniowski kein Hochstapler war. Er würde selbstverständlich eine Anzahlung leisten, sofort nach der Unterzeichnung des *contract*, sagte er. Wir zahlten im Gegenzug auf ein neu eröffnetes Konto bei einer Sparkasse aus offiziell abgerechneten Einnahmen Kohle ein. Unsere aus dem Boden gestampfte GbR, der wir den Namen *Capitalcars* gaben, hatte eine Bankverbindung erhalten.

Unsere Sparkasse hatte ihren Sitz in einem Dorf. Das war von großem Vorteil. Die persönliche Betreuung war besser als in der Stadt. Und der Typ, bei dem wir unser Geld einzahlten, war ein alter Schulfreund von Volley. Wir konnten mit ihm offen reden, auch darüber, dass wir Schwarzgeld besaßen. Eine Lösung würde sich immer finden, meinte er. Keine Panik! Hauptsache sei, dass man sich nicht erwischen ließe, woraufhin er herzlich loslachte. Mir war nicht zum Lachen. Der Arsch war hilfsbereit, wir brauchten ihn, doch ansonsten wollte ich mit diesem Dorftrottel nichts zu tun haben. Lukas auch nicht.

Wir würden von ihm einen Kredit zu einem Zinssatz, der gegen null ging, also praktisch umsonst war, bekommen und könnten somit ohne Verlust unser Schwarzgeld in kleinen Mengen zum Abbezahlen verwenden. Die Prüfung unserer Firmenunterlagen würde zwar noch Wochen dauern, doch das mussten wir in Kauf nehmen. Volleys Kollege versprach, die bürokratische Abwicklung, so gut es ging, zu beschleunigen – wir schmierten ihn auch gehörig. Der Kredit war vor allem deswegen wichtig, weil er uns eines erlaubte: Wir würden der Leasingbank das Geld für unsere Fahrzeuge (die für Korzeniowski bestimmt waren) nicht bar bezahlen, sondern überweisen (unter anderem aus den offiziell abgerechneten und auf das *Capitalcars*-Konto eingezahlten Einnahmen aus alten Geschäften). Solch einen Zirkus mussten wir leider veranstalten, wegen der Einkaufssumme in Höhe von eineinhalb Millionen Euro. Dem Finanzamt gegenüber würden wir unbefleckt dastehen, na ja, soweit das irgendwie möglich war. Ich blickte mittlerweile durch die Paragraphen, Verträge, schriftlichen und mündlichen Absprachen nicht mehr durch. Ich vertraute Lukas, der als genialischer Autodidakt in juristischen Belangen nicht schlechter war als ein Profi.

Die Transporter sollten verschifft werden, wir waren uns mit Korzeniowski einig geworden. Der Umweg übers Meer lohnte sich. Die Fahrkarte war nicht teuer. Die Reederei würde nicht mehr als dreihundert Euro pro Fahrzeug verlangen, und der Posener hatte in Stettin eine Filiale, insofern passten alle Puzzleteile bestens zusammen. Die DB sei ein Verbrecherkartell, sie lege die Wirtschaft lahm, ereiferte sich Lukas, nachdem er sich entsprechende Angebote angesehen hatte.

Mitte August war es dann so weit. Die Dorfsparkasse und Volleys Kollege hatten unseren Kreditantrag angenommen, wir wurden um eine halbe Million Euro reicher – auf dem Papier. Die Firma *Capitalcars* war salonfähig. Ich unterschrieb leichten Herzens und zusammen mit Lukas und Volley den Kaufvertrag für die einhundertfünfzig Ford Transit. Dann ging es per Post weiter: Der Posener erhielt ebenfalls einen Kaufvertrag; er schickte ihn uns mit seiner Unterschrift in Windeseile zurück, samt der Kopie seines Gewerbescheins. Kurz danach überwies er uns die Anzahlung für die Transporter – wir mussten jetzt nur noch liefern.

Ich tippte mir auf einer mechanischen Schreibmaschine beim Ausfüllen der Ausfuhr- und Zollpapiere die Finger wund. Den Text des Formulars Eur.1 »Warenverkehrsbescheinigung« kannte ich bald auswendig, zumal ich mich mehrmals verschrieb.

Unsere Wagen wurden mit Autotransportern von Hannover nach Bremerhaven gebracht (auf einen Trailer passten drei Stück). Wir überwachten mit einem Mitarbeiter der Stettiner Korzeniowski-Filiale, einem jungen Kaufmann, die Lieferungen. Sie dauerten insgesamt drei Tage, und wir waren sogar bei der Verschiffung anwesend, die Gott sei Dank an einem einzigen Morgen vonstatten ging. Wir schossen ein paar

Erinnerungsfotos und gaben den Zollbeamten eine Kiste Haacke Beck aus. Alles schien glatt zu gehen.

Meine M. M. hatte aufgehört, an mir herumzunörgeln. Sie war mir gegenüber seltsam gleichgültig geworden. Sie musste inzwischen gelernt haben, dass ich manchmal Vabanque spielte, dass ich manchmal ein Kamikaze war, dass ich kaufmännische Risiken furchtlos auf mich nehmen musste, zumal ich endlich einmal den Coup meines Lebens landen konnte, schließlich tat ich es nur für uns beide.

Am Mittwoch des 20. Augusts, im achten Monat des Jahres 2003, erschien ich gut gelaunt in unserem Büro: Uns drei Musketiere trennten nur noch wenige Tage von der Überweisung des restlichen Geldes, das uns Korzeniowski für die Transporter schuldig war. Ich hatte keine Kundschaft und half Horst Sobotta, die Bremsscheiben von meinem Renault auszuwechseln. Er mochte es nicht, wenn ihm jemand auf die Finger schaute. Er hielt sich für kein Genie, aber wie jeder gute Handwerker hatte er seinen Stolz. Da ich nach meiner Ausbildung zum Kfz-Mechaniker nie in meinem Beruf gearbeitet hatte, war ich ihm keine große Hilfe und hatte wenig entgegenzusetzen, als er mich wieder ins Büro schicken wollte.

Bevor ich ging, sagte Horst, dass er sich zwar in meine Geschäftsangelegenheiten nicht einmischen wolle, doch als Schwiegerpapa habe er Pflichten. Er müsse mir etwas berichten, was für mich von größter Bedeutung sein könne. Ich wurde neugierig. Ging es um Maria? Dass sie unseren Coup nach wie vor missbilligte, wusste ich. Denn von Volley hörte ich, dass selbst Karola Zweifel daran hatte, ob unser Deal mit Korzeniowski zum Erfolg führen würde. Der Einfluss meiner M. M. war unübersehbar. Karola kaufte sich Kleider, Schuhe und Handtaschen, die Marias Geschmack verblüffend nah kamen. Sie schlug auch in ihrer Kritik an uns Autohändlern in die gleiche Kerbe wie meine M. M., fragte Volley, wozu das Ganze, ob wir größenwahnsinnig wären? Immerhin konnten wir uns beide, Karola und ich, gerade in die Augen gucken, obwohl wir uns bei jedem Blick an unseren Ausrutscher erinnerten. Mir war nicht wohl bei diesen aufgeklärten Blicken, weil ich immer noch daran dachte, dass Volley ahnungslos war und sehr wahrscheinlich niemals etwas von unserem Verrat erfahren würde.

Horst griff zu seinen filterlosen Camels, fischte sich eine Zigarette aus der Packung, hielt sie aber unangezündet zwischen den Fingern und gestikulierte beim Sprechen. Was er mir da aufzutischen versuchte, war mehr als unglaublich. Es war der Untergang der menschlichen Zivilisation. Er sagte, er habe gestern ein Gespräch zwischen Lukas und Volley belauscht, aus dem deutlich hervorgegangen sei, dass Korzeniowski die Transporter zu einem viel höheren Preis gekauft habe, als ich annahm. Meine beiden Partner hätten mir den wahren Verkaufspreis verheimlicht, behauptete Horst. Er zitierte meine Kumpel: Ich sei nur ein Zugereister, Chopin der Übersetzer, der gescheiterte Polizeikommissar, und sie hätten für mich so viel getan, deswegen dürften sie bei diesem Megadeal ruhig ein bisschen mehr einnehmen als ich.

Ich sagte: »Du lügst.«

»Bitte, geh doch hin und prüf es nach. Ruf *Kosche-*

nowski an oder knöpfe dir den Vertrag noch einmal vor! Man sollte sich gut überlegen, was man unterschreibt.«

»Wir sprechen uns wieder!«

Als ich allein im Büro war, las ich mir den Vertrag durch, was ich vor dem Verkauf und der Unterzeichnung nicht getan hatte, auch später nicht. Ich vertraute ja Lukas und Volley blind. Sie waren meine Freunde.

Der Vertrag schien auf den ersten Blick in Ordnung zu sein. Beim genauen Lesen des Kleingedruckten stellte ich jedoch fest, dass wir pro Auto etwa fünfhundert Euro mehr bekamen. Ich hatte den Taschenrechner bemühen müssen. Lukas hatte mich tatsächlich angeschissen.

Ich hätte mich am liebsten vor den Zug geworfen. Ich war so ein unglaublicher Idiot, dass ich meinen Musketieren volles, uneingeschränktes Vertrauen geschenkt hatte. Was für selbstgefällige Dummköpfe! Was für Kanaken, Polacken und Klugscheißer! Was für Banditen und Halsabschneider!, schrie ich in unserem Büro. Verfluchte Nazis!

Ich ging zu Horst zurück und sagte: »Ich liebe deine Tochter. Und weißt du, wofür? Für ihren siebten Sinn. Ihre Prophezeiung ist eingetreten. Ich bin reingefallen.«

Wir erledigten schnell den Rest und fuhren in die Stadt. Ich kaufte Horst den versprochenen Ohrring, und wir redeten bei einem Kaffee darüber, wie ich mich meinen Geschäftspartnern gegenüber verhalten solle.

»Ich werde vorerst gar nichts unternehmen«, entschied ich. »Ich werde erst dann reagieren, wenn der passende Augenblick kommt.«

»Du musst wissen, was du tust. Ich halte mich da raus. Aber denk an Maria. So glücklich, wie sie mit dir ist, hab ich sie noch nie erlebt.«

Noch am selben Abend landete ich mit Lukas und Volley bei unserem Italiener. Ich ließ mir nichts anmerken und verabschiedete mich nach dem Essen mit der Begründung, ich sei ganz schön geschafft und müsste schleunigst ins Bett. Ich fuhr nicht zu Maria. Stattdessen ging ich an der Weser spazieren, rauchte in aller Ruhe einen Joint und beobachtete den Fluss, meine deutsche Łyna aus B. Meine ostpreußische *Alle*. Unter den Kommunisten war wenigstens eine Sache klar: Sie klopften einem auf die Schultern, beteuerten, dass sie alles Menschenmögliche unternommen hätten, um einen Missstand abzuschaffen, nur leider habe es nicht geklappt. Man wusste, dass sie einen anpinkelten und in den Fleischwolf warfen, doch sie taten es mit Klasse. Man starb wie ein Held. Mit einer Medaille auf der Brust, selbst wenn sie einen in die Verbannung geschickt hatten. Sie waren nicht *hinterfotzig*. Sie sagten: »Genosse! Wir müssen Sie leider erschießen! Sie sind schuldig!«

Hier nicht. Hier waren die Flüsse unaufhaltsam, ungehorsam und wahrhaftig. Wie die Weser. Ich saß allein am Ufer und dröhnte mir die Birne mit dem besten Gras Europas zu. Ich wurde aussortiert und belogen. Man hatte mich übergangen. Es wurde mir nicht dargelegt, warum ich erschossen werden musste. Und das war feige. Und *hinterfotzig*. Man verkaufte mich für dumm.

Am folgenden Morgen auf unserem Autohof traf mich der nächste Pfeil. Lukas sagte, ich sei ihm und Volley eine Provision schuldig – zehn Prozent von meinem Gewinn, meinem Drittel. Das sei so üblich. Schließlich hätten sie mir die Kontakte zu der Leasingbank in Hannover ermöglicht, sie würden keine Dankbarkeit verlangen, doch ein bisschen Anerkennung für ihren *good will* wäre angebracht. Zehn Prozent wären keine große Summe. Gewiss. Da ich nun wusste, was uns Korzeniowski wirklich für die Transporter zahlte, sagte ich: *never!*

»Ihr werdet von mir keinen Cent sehen! Weder heute noch morgen!«

»Was bist du denn für ein Arsch?«, fragte Lukas.

»Chopin, man hat uns auch nichts geschenkt!«, sagte Volley. »Wir haben bei Null angefangen. Du nicht!«

»Leckt mich«, sagte ich und rannte zu meinem Renault.

Ich verordnete mir selbst eine Kur, blieb zwei Tage zu Hause, faulenzte auf dem Sofa und sah mir alte Filme mit Alain Delon an, was ich schon lange nicht mehr getan hatte. Meine M. M. schäumte vor Wut. Sie sagte, dass wir wegen des Deals mit Korzeniowski sogar auf unseren Sommerurlaub in Portugal hatten verzichten müssen, und nun liege ich seit achtundvierzig Stunden wie ein Zombie auf dem Ledersofa im Wohnzimmer, bei sonnigem Wetter, starre auf die Glotze und würde meinen Arsch nur noch für den obligatorischen Gang zur Toilette hochheben. Das halbe Weltall würde sich um mich drehen, und ich benähme mich wie der letzte Idiot.

Am dritten Tag – ich war immer noch high und in meine französischen Krimis und Tragödien vertieft – rief mich Lukas auf meiner privaten Telefonleitung zu Hause an. Ja, das Geld von Korzeniowski sei überwiesen worden. Meinen Anteil wolle er auf mein Bankkonto weiterleiten, kein Problem. Er erwarte aber, dass ich ihm und Volley bis zum Jahresende die Provision von zehn Prozent zahle. Andernfalls würden sie mich verklagen.

»Tut euch keinen Zwang an«, antwortete ich und legte auf.

Dass mir Volley ans Bein pinkeln wollte, glaubte ich nicht. Er nicht. Meine Vermutungen bestätigten sich. Er besuchte mich am selben Tag und riet mir, meinen Anteil gut zu verstecken. Wozu das?, war meine Frage. Ja, man wisse nie, was uns demnächst zustoßen könne. Wem? Mir? Ja, richtig. Sei gewappnet. Auf alles gefasst.

»Volley, du bist völlig gaga. Wollt ihr mich in einen Teppich rollen und zu einer Mülldeponie bringen, oder was?«

»Nein! Bin ich mit den russischen Autoschiebern verschwägert? Ich bin doch kein Killer«, erboste er sich. »Ich verzichte erst einmal auf die Provision von dir. Die kannst du mir irgendwann geben. Wenn du flüssig bist …«

»Wenn ich flüssig bin? Raus mit dir!«

Zwei Wochen später, nachdem ich meinen Anteil ausbezahlt bekommen und gegenüber meinen Partnern so getan hatte, als hätte ich unseren Zwist vergessen, hob ich fünfzigtausend Euro von meinem Konto ab und vergrub die Kohle im Schrebergarten von Horst Sobotta. Unter einem Kirschbaum, wie ein Dilettant, jeder Spurensucher würde meinen Schatz sofort entdecken. Ich war so vergiftet von Volleys Gerede und letztendlich auch von seiner windelweichen Haltung, seiner Unfähigkeit, entweder zu Lukas oder zu mir zu stehen, dass ich mich wirklich zu diesem gefährlichen Schritt hatte verleiten lassen. Eines Abends war ich über den Zaun der Schrebergartenkolonie am Hulsberg geklettert und hatte tatsächlich eine Grube geschaufelt. Ich plante sogar eine Reise nach Portugal, um dort ein Bankkonto zu eröffnen – für meinen Gewinn aus dem Deal mit Korzeniowski. Ich war nicht verrückt. Ich brannte. Ich kollabierte wie ein sterbender Stern, unsere Sonne. Der Schrebergarten von Horst Sobotta, dem ich nie Aufmerksamkeit geschenkt hatte, war meine Schatztruhe, mein neuer Tresor. Und Horst Sobotta war ein echter Ostpreuße aus Polen. Er hatte Radieschen und Tomaten und Gurken und kochte Einweckgläser mit Erdbeermarmelade ein. Er würde in schweren Zeiten überleben.

Und dann verließ mich Maria Magdalena. Zusammen mit unserer Tochter floh sie zu ihrem Vater. (Jetzt wissen Sie über mich fast *alles*, mehr als meine M. M.! Wer *Sie* sind und warum ausgerechnet *Sie* mir zugehört haben, werde ich wahrscheinlich nie erfahren! Oder?)

Dritter Teil

Unser Warteraum

9

Die Kellner warfen uns freundlich raus, das »Piano« musste schließen, und Leo Bull hatte es sich nicht nehmen lassen, die Rechnung zu bezahlen, als Dank für meine Erzählung. Ich war schon so blau, dass ich in Gedanken begann, meiner eigenen Stimme ein Misstraumsvotum auszusprechen, der zweite Chopin, mein Zwillingsbruder, war wieder da!

Als Leo und ich, der ich die Häuser, Kneipen, Läden und Passanten doppelt sah, vor der Kneipe standen – wobei sich alles um mich herum drehte –, sagte er, wir könnten uns jetzt nicht einfach so trennen und davonschleichen, als wäre nichts geschehen. Schließlich hätte ich ihn um einige neue Gestirne und Konstellationen bereichert, die ihm bis dato unbekannt gewesen wären. Er lud mich zu sich nach Hause ein, auf den allerletzten Bremer Absacker, und da er ganz in der Nähe wohnte, gingen wir zu Fuß. Er war mit dem Fahrrad gekommen, das musste er mitnehmen. Mit beiden Händen hielt er es am Lenkrad fest und schob es vor sich her, während ich versuchte, ihm zu folgen, und das bereitete mir einige Schwierigkeiten. Die heiße Augustnacht tanzte mit mir eine Polonaise, wir hatten Vollmond, und die Bremer Schimpansen und Paviane schrien in den Himmel.

»Maria Magdalena wirst du nicht verlieren, da bin

ich mir sicher«, sagte er, als wir uns meiner Polańskistraße näherten. »Wenn du aber einen Teufelspakt auflösen willst, musst du dem Teufel geben, was ihm gehört – sprich: Zahl Lukas und Volley ihre Provision und hau ab!«

Du hast gut reden, schoss es mir durch meinen betrunkenen Kopf: »Und wohin? Für mich Soldaten aus B. gibt's nirgendwo mehr einen guten Truppenübungsplatz – allerhöchstens bei mir auf dem Dach. Wohin soll ich also bitte schön fliehen?«

»Nach Berlin«, sagte er. »Ich erkläre dir später, warum.«

Ausgerechnet in die Hauptstadt! Was sollte ich in dieser größten psychiatrischen Anstalt unserer Bundesrepublik, wie Lukas sagen würde? Und Leo Bull wohnte in der Polańskistraße! Ausgerechnet da, wo ich den Wohnsitz des Satans vermutete!

Das, was man im Allgemeinen einen Filmriss nannte, war mir noch nie passiert. Ich wachte mit bombastischen Kopfschmerzen auf und brauchte einige Minuten, um zu begreifen, wo ich war. Ich erinnerte mich lediglich daran, dass ich mit einem Mann namens Leo Bull das »Piano« verlassen hatte und in die Nacht aufgebrochen war, angeblich zu ihm nach Hause.

Ein Blick auf das Display meines Nokias verriet mir, dass es acht Uhr morgens war! Ich erschrak. Es kam mir vor wie mittags oder noch viel später. Ich stand auf, rieb mir die Augen und sah mich in meinem Zimmer um. Ich hatte auf einer Couch in einer privaten Bibliothek geschlafen. Auf dem Boden stapelten sich Bücher und Zeitschriften, ich betrachtete die Papierberge und wunderte mich laut: Mensch, wen hast du da wieder getroffen? Hoffentlich keinen neuen Blutegel, der dich aussaugen will wie Lukas.

Was bist du für ein Schwachkopf?, schimpfte ich mit mir, bindest einem Fremden deine Lebensgeschichte auf die Nase, lässt dich von ihm und Johnnie Walker verführen, schüttest ihnen dein Herz aus und landest schließlich in einer Bibliothek, irgendwo in der Polańskistraße, in der Lukas lebt, dein ärgster Feind. Du polnischer Penner, zieh dich an, geh deinen Rausch ausschlafen, dusche vorher und bring endlich dein mickriges Leben in Ordnung, flehe deine M. M. an, zu dir zurückzukommen, und lass dich nie wieder von deinen Geschäftspartnern verarschen! Gezeichnet, Chopin!

Ich knöpfte meine Jeans zu und wollte schon aufbrechen, doch ich entdeckte in einem der Bücherregale einen *menschlichen* Totenschädel, ohne Unterkiefer allerdings. Er war so dunkelgrau wie die mit Hackfleisch gefüllten Kartoffelklöße von meiner Großmutter Natalia. Er musste uralt sein und hatte bestimmt mehr als ein halbes Jahrhundert unter der Erde gelegen. Bei diesem befremdenden Anblick fiel mir mein Vater wieder ein, der sich beim Sprechen seinen Unterkiefer zurechtrücken musste. Da lag ein halber Mensch im Bücherregal. Ich rätselte, wer dieser gewesen sein könnte, wie er geheißen, was er wohl erlebt haben mochte, ob er ein Kranker oder ein Verbrecher gewesen war oder ganz einfach ein glückliches Schwein.

Ich holte den Schädel zwischen den Büchern hervor und streichelte ihn. Ich war schon so verkommen, dass ich keinen Respekt mehr vor den Toten hatte, genauso wie mein Gastgeber, der diesem Verstorbenen eine Unterkunft inmitten von hunderten verstaubten und aufgrund ihres Alters zerfallenden Büchern und Heften bot. Oder war es für einen Nazi doch ein viel zu bequemes Hotel? Vielleicht war er auch Jude. Oder ein Christ. Oder Rotarmist. Vielleicht würde mir nach meinem Tod ja etwas Ähnliches zustoßen: Irgendjemand könnte meine Knochen ausgraben und in seiner Bibliothek ausstellen wie in einem Museum. Für eine Ausstellung wurden wir aber nicht geschaffen. Wir Menschen mussten mehr sein. Wir mussten erstrahlen und brennen. Und vor allen Dingen *sein*. Ich profitierte von meiner katholischen Behinderung, sie war nicht nur eine unheilbare Krankheit. Die von der Kanzel gepredigte Verheißung, wir, unsere Seelen, seien ewig, war meine beste Waffe gegen Lukas, diesen Verbündeten Isaac Newtons. Lukas konnte Autos bauen und verkaufen, doch mehr leider nicht. Und da ich immer noch angetrunken war und meine Hände zitterten, ließ ich den Schädel fallen. Er zerbrach nicht in zwei Hälften. Er lag auf dem Boden, eine Schale, aus der man trinken und essen konnte. Ich hob ihn auf und steckte ihn wieder ins Bücherregal zurück. Die Zähne des Unbekannten bedurften dringend einer Behandlung, und der Arsch grinste mich an.

Ich öffnete das Fenster, ich wollte frische Luft hereinlassen, und als ich meine Schuhe anzog, klopfte es an der Tür. Herein, rief ich, und da sah ich Leo Bull in meinem blauweiß gestreiften Pyjama eintreten, auf der Nase seine Brille: »Ich war auf der Toilette und habe gehört, dass du schon wach bist, Chopin.«

Leo Bull bewohnte in dem Altbau zwei geräumige Zimmer. Die Einrichtung bestand zum großen Teil aus Antiquitäten, eine gründliche Überholung oder Restaurierung hätte aus ihnen noch mehr herausgeholt, doch mein Gastgeber schien keinen Wert darauf zu legen, die Biedermeierstücke zu pflegen. Sein Domizil ähnelte mehr einer Druckerei als einem Zuhause. Frisch gedruckte Exemplare von linguistischen Schriften lagen überall verstreut, auf dem Boden, auf Tischen und Stühlen, bis in den Flur. Es war mir unverständlich, wie er sich in diesem Chaos, in dem der Staub regierte, zurechtfand. Marias Mutter Klara würde sich in diesem Labyrinth bestimmt sauwohl fühlen (vielleicht war sie kerngesund und hatte nur den falschen Mann geheiratet?). Überhaupt hielt es Leo mit dem Saubermachen nicht allzu genau. Das Bad wäre für eine anspruchsvolle Putzfrau eine Herausforderung gewesen.

Leo war ein Weintrinker und -kenner, in der Küche stieß ich auf zehn angestaubte Flaschen unbekannter Provenienz.

Um zehn hatte Leo ein Wochenendseminar an der Uni, ich um zwölf einen außerplanmäßigen Termin mit Kunden aus Thüringen, Schraubenhändlern, die einen Ford Transit reserviert hatten. Die mittelständischen Betriebe sparten bares Geld, wenn sie bei uns Jahreswagen kauften.

Wir frühstückten zusammen. Ich hatte nach der Dusche vom Türken eine Flasche Cola geholt, von der

Apotheke Tabletten gegen Schmerzen jeglicher Art, vom Bäcker Brötchen, vom Supermarkt Bismarckheringe im Glas. Um meinen Kater zu bekämpfen, wäre ich sogar nach B. zurückgegangen, zu meinen Eltern Lucha und Witold.

»Das freut mich, dass du den Antiquitätenladen von meiner Schwester übernehmen möchtest«, sagte Leo am Frühstückstisch. »Ich hoffe, dass du zu deinen Versprechungen stehst.« Er sah mich an. »Du kannst dich wohl an nichts mehr erinnern …«

In der Tat. Ich lachte und sagte: »Hab ich einen neuen Teufelspakt unterschrieben?«

»Gewissermaßen ja. Doch diesmal wirst du es packen.«

»Das geht mir alles ein bisschen zu schnell. Ich hatte ein Blackout. Ich sehe auf eine weiße Tafel, auf der nichts steht.«

»Ich meine es ernst. Ich hab dir ein Angebot gemacht. Du wirst dich schon richtig entscheiden.«

Leo Bull erzählte mir noch einmal, was wir gestern Nacht beim letzten Gläschen Whiskey besprochen hätten.

Seine Schwester Anny war schwer krank, und irgendjemand musste ihren Antiquitätenladen in Berlin pachten und das Geschäft weiterführen – ich hätte mich dazu bereit erklärt. Im Suff war ich ein gottverdammter Pole. Einer wie Witold, der jeden retten und heilen, jedem seinen Traum schenken wollte. Scheiß slawische Romantik, Scheiß slawischer Messianismus – Chopenismus pur.

Leo lebte allein, er sagte, er sei zwar nicht gänzlich frei von familiären Verpflichtungen, doch er würde bei niemandem in irgendeiner Schuld stehen – weder finanzieller noch amouröser Art –, und diese seine Freiheit würde er ausgiebig genießen. Er habe von seiner Mutter ein kleines Vermögen geerbt. Er wolle jedoch nicht, genauso wenig wie Anny, den Antiquitätenladen verkaufen, der schon seit zwei Generationen bestand und ihnen beiden gehören würde. Die Großeltern seien ursprünglich Möbelhändler gewesen.

Leo Bull hatte in den Siebzigern über einen gewissen Noam Chomsky promoviert. Er sei damals von der Vorstellung besessen gewesen, dass es offensichtlich so etwas wie eine metaphysische, aus Elementarteilchen bestehende, unser Unbewusstes widerspiegelnde *Tiefenstruktur* in den Sätzen gäbe – dazu fiel mir nichts Kluges ein, also hielt ich lieber den Mund. Er war der Spezialist, der Sprachwissenschaftler, und Leo sagte: »Wichtig ist nur eines: dass du deine M. M. wieder zurückgewinnst. Ich gebe dir gleich meine Visitenkarte. Sobald du wieder klar im Kopf bist, meldest du dich bei mir. Oder auch nicht. Meine Schwester sucht schon seit langem nach einem geeigneten Pächter. Lade Maria in ein gutes Restaurant ein und sprich mit ihr. Du musst sie mit einer überzeugenden Alternative zu deinem jetzigen Job überraschen, mit etwas völlig Neuem. Das wird sie überzeugen.«

»Ich verstehe!«, antwortete ich. »Bevor ich verschwinde, will ich dich noch was fragen. Dieser Typ da in deinem Arbeitszimmer, der Hirnkasten – wer ist das?«

»Ein Anonymus aus Berlin«, sagte er. »Aus meiner Heimatstadt. Ein Andenken aus meiner Kindheit. Onkel Harry, der Bruder meiner Mutter, hat mir den

Totenschädel geschenkt, als ich noch ein Junge war. Er fand ihn auf einem deutsch-jüdischen Friedhof, der von alliierten Bomben zerstört wurde.«

Ich verbrachte kaum eine Nacht zu Hause, seit ich Leo Bull begegnet war. Die Totenmesse in meinen eigenen vier Wänden ertrug ich keine fünf Minuten lang. In der Hornerstraße fanden tagtäglich Begräbnisumzüge statt (auf meine wehleidige Bestellung hin), und dort, in dieser Todesstraße, konnte ich nicht mehr wohnen, geschweige denn in Marias und mein Bett steigen, ich konnte nicht den Duft ihrer Haut einatmen, unserer Decken, Kissen und Laken, wohl wissend, dass meine M. M. nur wenige hundert Meter von mir entfernt allein oder mit unserer Tochter schlief, in den heißen, in den kühlen Nächten des Augusts.

Ich übernachtete entweder bei Volley oder bei meinem neuen Freund: Mit beiden zechte ich, von beiden Philosophen erhielt ich Beistand und versuchte, meine Trauer zu vergessen. Ich rauchte weiterhin Joints. Sie töteten mich nicht, sie leisteten die Drecksarbeit, sie zähmten das wilde Tier in mir, verzögerten die Wirkung des Alkohols in meinen Adern, in meinem Herzen: Ich wurde nicht aggressiv, wenn ich mich mit Volley oder Leo Bull unterhielt, und das war gut, ich durfte sie nicht angreifen. Wofür auch? Ich war derjenige, der diese Maria-Magdalena-Suppe gekocht und versalzen hatte und der sie jetzt auslöffeln musste.

Auf unserem Autohof herrschte zwischen Lukas und mir der Kalte Krieg. Wir begrüßten einander nicht einmal. Wir begrenzten unsere Kommunikation auf das Notwendigste, und mich störte das überhaupt nicht, meine Rachegelüste waren viel zu stark, als dass ich mein Verhalten ihm gegenüber geändert hätte und mir nichts dir nichts zum Materialismus konvertiert wäre, zu seiner Religion.

Wenn es nichts zu tun gab, keine Kunden zu »verarzten«, keine Probleme zu lösen, badete ich mit Volley im Werdersee. Lukas ließ sich an unserem Strand kaum blicken, und wenn er dennoch vorbeikam, jammerte er über die Unzuverlässigkeit seiner Polen und Rumänen. Er brachte nicht einmal ein gekühltes Sixpack von der Tankstelle mit. Wir verdursteten, mussten noch am selben Abend in Bremen ausgehen und tanken.

Das Glorreiche, das Gerechte war (für mich), dass Lukas einmal von zwei Türken verprügelt wurde. Nicht von unseren Mimosen *Hasan und Co.*, die hatten sich mit den Gesetzen der bundesrepublikanischen Verfassung, die ethisch eine perfekte Demokratie anstrebte, abgefunden. Sie hatten ähnliche Ziele wie wir, der Regierung einen Denkzettel zu verpassen, den Vasallen Amerikas und Russlands.

Nein, Volley erstattete mir einen grausigen Bericht, und wir waren uns im Klaren, dass uns jederzeit etwas Ähnliches zustoßen konnte.

Die Türken, die Lukas die Fresse poliert hatten, waren nicht als Geschäftsleute aufgetreten. Sie wurden *persönlich* und sagten: »*Du*, wenn *Du* nicht zweihundert runtergehst, kommen wir zurück, morgen! *Du*, *Du* hast Schwester? Mutter? *Du* pass auf!« Und da Lukas ein Einzelkind war, seine Eltern unauffindbar, polierten sie ihm eine Woche später die Fresse.

Sie drohten auch uns. Doch dass Lukas unter die

osmanisch-nazistischen Räder geraten war, erfüllte mich mit Genugtuung. In meiner Untergangsstimmung und meiner Rachsucht wegen Lukas' Verrat hetzte ich die hungrigsten Hunde Europas, den Abschaum, auf Lukas los. Sie sollten seinen Kadaver fressen, verdauen und ausscheiden.

Ich, Chopin, war plötzlich ein Türke aus Wedding. Aus Gröpelingen. Ein Soldat aus der Hölle der deutschen Namenlosigkeit, ein Sympathisant und Kollaborateur.

Der Sommer war elend lang, die Sonne erbarmungslos. Eines freien Nachmittags badeten wir wieder zu dritt im Werdersee. Über den Betrug, den ich mit Hilfe meines Schwiegerpapas aufgedeckt hatte, schwieg ich seit Wochen. Ich verriet mich mit keinem Wort, obwohl ich wütend war, meine Zunge brannte und ich danach lechzte, es ihnen heimzuzahlen. Ich, der Skorpion, musste den richtigen Moment erwischen, um mit meinen Scheren und meinem giftigen Stachel das Opfer zu packen, zu betäuben und zu ersticken.

Lukas' positivistischer Verstand war nach wie vor der Meinung, dass ich die Provision zahlen sollte und danach unser Streit beigelegt, die ganze Sache vergessen sein würde. »Wenn wir das geregelt haben, müssen wir nie wieder darüber sprechen«, wiederholte er bei jeder Gelegenheit, und als ich ihn nach dem Schwimmen im Werdersee dazu drängte, mir die Wahrheit über ihn und Maria zu sagen, lachte er mich aus und bestätigte mir nur eines: Ja, er würde sie mögen, sie gefalle ihm, doch das wisse ich nicht erst seit gestern. Er diktierte mir sogar neue Bedingungen.

Er bot mir an, auf die Provision zu verzichten, wenn ich ihm verspräche, Maria Magdalena aufzugeben. Ich antwortete ihm, er solle sich ins Knie ficken, wobei ich mir, obwohl als Pole mit einer lebhaften Phantasie ausgestattet, überhaupt nicht begreiflich machen konnte, wie das Ficken ins Knie vonstatten gehen sollte. Wer würde was wo tun? Bevor ich zwanzig wurde, hatte ich mir einige Pornofilme angesehen, wie jeder pubertierende Bursche, fürwahr, doch diese aberwitzige Stellung war mir völlig unbekannt. Aber warum war ich eigentlich so zornig? Wollte ich Lukas beweisen, dass ich ihm ebenbürtig war? Dass er so kaltblütig und berechnend wäre, hätte ich nie gedacht. Er forderte von mir, dass ich ihm meine M. M., ihm ihren Körper, ihre Seele schenkte.

Die Abende bei Leo Bull waren dagegen heilsam. Ich hörte meinem neuen Freund zu, selbst wenn er sich in scheinbar endlose Anekdoten verwickelte. Ich war ihm dankbar, weil ich über die BRD etwas erfuhr, was mir seit meiner Ankunft hier und im Grunde bis zu unserer Begegnung völlig unbegreiflich erschien. Er sagte, dass es hier Kindheiten und Lieben und morastige Abgründe gäbe. Lebensläufe, die vom nationalen Denken und Gebaren der Erde- und Brotfresser, so nannte er das Volk in seinem eigenen Land, losgelöst seien. Ich vermisste auf einmal meine Eltern und meinen Fluss aus B., die allwissende *Alle*, die Łyna, meine Weser, ja, doch ich war kein Einzelgänger mehr, kein unzufriedener Chopin mehr, der sich *eine* wunderbare Maria Magdalena unter den Nagel gerissen und wieder verloren hatte. Ich hatte hier in Bremen plötzlich auch eine Geschichte, und die war so alt und fordernd wie meine eigene aus Masuren. Und es war unschlagbar gut, in dieser Stadt zu leben, die selbstverständlich auch meine Geburts- und Todesfabrik geworden war, im Laufe der dahingerasten und -rasenden Jahre. Ich hatte Sehnsucht nach Maria Magdalena. Aber eine schnelle Nummer gegen Bezahlung, einmal, nach zehn Minuten in einem rot verdunkelten Zimmer explodieren, hätte nicht geholfen. Eines Abends sagte ich im Suff zu Leo Bull: »Ich bin die Reinkarnation von Chopin. Warum begreift sie es nicht? Sie muss mir glauben!«, und er antwortete mir: »Ich kann kein Mitleid mit dir empfinden. Kämpfe um diese Frau, und zwar so, dass sie es sieht und merkt! Versteck dich in deiner Sehnsucht nicht in einem Schneckenhäuschen. Davon werdet ihr beide nicht satt.«

Mitte September kam ich wieder einmal zu Leo, es war früher, immer noch sommerlich duftender Abend, und ich brachte ihm als Geschenk einen trockenen Roten aus Lazio. »Bevor wir den Italiener testen, will ich dir etwas zeigen«, sagte er und bat mich, uns mit meinem Renault zum ehemaligen TÜV-Gelände zu fahren, wo ein drei Stockwerke hoher Turmbunker aus dem Zweiten Weltkrieg stand. Solche Turm- oder Erdbunker waren in Bremen keine Seltenheit, es gab sie in jedem Wohnviertel, und während der Alliiertenoffensive habe es deshalb in der Hansestadt weit weniger Opfer der Bombardements als in anderen Städten gegeben, meinte Leo Bull. Die hanseatische Bevölkerung an der Weser habe höhere Überlebenschancen gehabt als woanders.

»Als Kind musste ich jeden Sommer mit der Schule

Hitlers gesprengte Wolfsschanze bei Kętrzyn besichtigen, bis hin zur achten Klasse, als ich fünfzehn wurde. Was hast du mit mir vor, Leo?«

Wir spazierten auf dem ehemaligen TÜV-Gelände herum und redeten. Er sagte, er sei gerade dabei, ein Projekt namens »Gemeinschaftliches Wohnen im Alter« zu realisieren, kurz betitelt: *La Deutsche Vita*. Er habe Freunde und Bekannte mobilisieren können, und sie würden den Turmbunker kaufen und umbauen lassen, damit sie zusammen altern und von ambulanten Pflegekräften, falls erwünscht und notwendig, besucht werden könnten. *La Deutsche Vita* plante zwölf Wohneinheiten für Pärchen und Singles.

»Und dafür braucht ihr eine Pyramide aus Beton?«, fragte ich erstaunt. »Wo ist deine Unsterblichkeit, von der du bei unserer ersten Begegnung im ›Piano‹ gesprochen hast?«

»Chopin, hör mir bitte genau zu. Ich werde bald in Rente gehen. Ich möchte nicht in einem Altersheim zu Tode gepflegt werden. Ich will mit Gleichgesinnten selbst bestimmen, wie wir altern werden.«

»Dann lass dich mumifizieren. Du hast genauso viel Angst vor dem Tod wie ich. Das macht dich irgendwie menschlich, Herr Dr. Bull. Vielleicht solltest du dir eine Geliebte suchen. Ich frage mich sowieso schon seit längerem, was für eine Art Sex du hast.«

»Sei nicht albern! Das geht dich *nix* an!«, antwortete er.

Eine Woche später gab es von meiner M. M. immer noch kein Lebenszeichen, keinen Anruf, keine E-Mail und keine SMS, was ja zu erwarten war, und ich traute mich nicht, sie zu kontaktieren. Ich sollte um sie kämpfen, meinte Leo Bull. Doch wie? Ein Rosenstrauß und Pralinen würden unsere Probleme nicht aus der Welt schaffen, auch keine Einladung in ein exklusives Restaurant. Horst war meine einzige Informationsquelle. Wie es schien, ging es Maria Magdalena auch nicht gut, und Paulina würde mich sehr vermissen, sagte Horst.

»Chopin, meine Tochter liebt dich!«, sagte er. »Sonst würde sie nicht andauernd von dir reden und dich beschimpfen. ›Wenn ich ihn irgendwo sehe, kratze ich ihm die Augen aus!‹, so mein Mädchen – sie ist schon eine richtige Kanone!«

»Allerdings! Bloß, wie soll ich sie nun zurückerobern? Ich kenne sie – sie wird nicht nachgeben, keinen Millimeter, auch wenn sie mich liebt, wie du sagst.«

»Hab Geduld! Gegen launische Weiber wirst du nicht viel ausrichten. Die schnappen wegen jeder Kleinigkeit ein. Maria ähnelt darin ihrer Mutter – die ist ja auch irgendwann verrückt geworden.«

»Soll das ein Trost sein? Danke.«

Am späten Nachmittag verkaufte ich an *Hasan und Co.* einen verbeulten Ford Transit. Korzeniowski hatte an einigen unserer Transporter bemängelt, dass sie Beulen hätten, nichts Gravierendes zwar, denn sie ließen sich leicht beseitigen, doch der Beschreibung im Internet, wo davon nicht die Rede war, entsprächen sie nicht. Er kündigte trotzdem eine neue Bestellung an, für den Winter. Mein lieber Korzeniowski, dachte ich mir, ich werde bei dem nächsten Deal nicht mehr dabei sein.

Ich hatte eine Verabredung mit Leo, der noch nie bei mir in der Hornerstraße gewesen war, und wollte meine Kochkünste unter Beweis stellen. Normalerweise kaufte ich die Lebensmittel zusammen mit Maria im METRO ein, wo es eine üppige Auswahl an frischem, exotischem Fisch und Fleisch gab. Da ich nun seit fast einem Monat ein Singledasein führte und meistens bei Sergio oder im »Piano« speiste, hatte es wenig Sinn, zu METRO zu fahren, und so wollte ich meine Besorgungen im Viertel erledigen. Ich brauchte Nudeln, Rinderhackfleisch, Tomatenmark und Gewürze.

Als ich in unserem »Minimal«, in dem meist junge Leute oder Greise, die Bewohner vom Steintor und Fesenfeld, einkauften, zum Regal mit den verschiedenen Sorten Olivenöl kam und anfing nach einem italienischen Erzeugnis zu suchen, sah ich aus den Augenwinkeln Maria Magdalena, wie sie mit ihrem Einkaufswagen von einer Abteilung in die andere sauste. Ich folgte ihr sogleich und rief ihren Namen. Sie drehte sich nicht um. Sie blieb vor einem Kühlregal mit Milchprodukten stehen, griff nach einer Tüte Mozzarella und überprüfte das Haltbarkeitsdatum, was sie sonst selten tat. Immer wieder an ihre zwei Vornamen appellierend, redete ich auf sie ein, doch sie schaute mich nicht einmal an, und alle um uns herum wähnten sich plötzlich in einem französischen Film, einem Liebesdrama von Jean-Luc Godard, mit Alain Delon, zumindest bildete ich mir das ein, denn sie beobachteten uns. Sie hatten eine gute Szene erwischt, vielleicht die wichtigste, den Höhepunkt in diesem Streifen.

Ich folgte Maria auch zur Kasse, ich hatte nur den roten Einkaufskorb aus Plastik dabei, und selbst als ich ihr schilderte, dass mich Lukas und Volley um einen Batzen Geld betrogen hätten und dass mich mein guter Amigo Lukas erpressen würde, verzog sie keine Miene. Ich war für sie wie Luft. Unsere Zuschauer bekamen eine prächtige Unterhaltung, während ich mich zum Narren machen ließ, aber meine M. M. durfte alles, sie durfte mich treten, mich wie eine giftige Schlange behandeln.

»Schenk mir eine allerletzte Chance …«, bettelte ich, als sie an der Kasse mit ihrer EC-Karte zahlte. »Und dir auch!«

Die zwanzigjährige Kassiererin hörte mir mit offenem Mund zu.

»Was glotzen Sie denn so?«, fauchte ich die junge Dame an.

Auf der Straße brach Maria schließlich ihr demonstratives Schweigen und sagte, der einzige Betrüger in dieser Runde sei ich, und sie vertraue mir nicht mehr, und die Provision, die meine Partner, vor allem Lukas, von mir verlangen würden, solle ich gefälligst zahlen, anstandshalber. Ohne sie wäre ich bestimmt arbeitslos geworden.

»Du liebst ihn, gib's endlich zu«, sagte ich verzweifelt. »Hast du nun was mit ihm, oder nicht?«

Sie ließ mich wortlos stehen, wendete sich einfach auf der Ferse um und ging weg. Caramba! *Kurwa mać!* Alle heiligen Schwestern von meiner Mutter Lucha! Ich will euch auf Scheiterhaufen brennen und schreien sehen. Eine Sekunde lang hasste ich meine M. M., für eine kosmische Sekunde hätte ich sie umbringen können. Und dann, als sie in den Menschenmassen verschwand, bereute ich meinen Hassanfall.

Meine Wut galt plötzlich mir selbst. Dass ich mich auf zu viele Kompromisse in meinem namenlosen *life* in Bremen, wie es Andrzej früher sagte, eingelassen hatte. Ich hätte von Anfang an Lukas und Volley als Mitbewerber ansehen, ich hätte genauso wie sie wie ein *Herrenmensch* agieren sollen, und meiner M. M. gegenüber hätte ich Konsequenz im Denken und Handeln beweisen müssen. Stattdessen hatte ich mir krumme Spielchen mit meinen Kunden erlaubt, ich wurde ein Schachspieler, der nichts mehr aus dem Bauch heraus entschied. Kein Zug war ein wirklicher Zug, und jeder zielte nur darauf ab, mir und unserer Firma *Super-Gebrauchte aus Bankverwertung* möglichst viele Vorteile zu verschaffen.

Ich ging mit den »Minimal«-Einkäufen zu meinem roten Renault, den ich in der Humboldtstraße geparkt hatte. Bevor ich für meinen Gast kochen würde, wollte ich eine Sache erledigt haben. Die zufällige Begegnung mit meiner M. M. hatte mich aufgeputscht.

Als ich Lukas und Volley auf unserem Autohof antraf, war ich zu jeder kriminellen Tat fähig, zum Glück hatte ich keine Kalaschnikow zur Hand, kein Messer und nichts. Ich sagte ihnen, dass ich unsere GbR *Capitalcars* verlassen wolle. Auf der Stelle. Ich sagte ihnen auch, dass ich von ihrem Betrug wisse und sämtliche Unterlagen zu dem Geschäft mit Korzeniowski genau überprüft hätte.

In seiner Wut wiederholte Lukas seine lächerliche Drohung, er würde mich verklagen, falls die Provision bis zum Ende des Jahres nicht auf seinem Bankkonto auftauchen würde. Das zeigte mir, wie leicht der Verstand zu schlagen war. Er machte Fehler, weil er mit

Zahlen und logischen Systemen arbeitete. Er konnte sich nicht vorstellen, dass ein Computer abstürzte oder ganz einfach keine Befehle mehr ausführen wollte. Ein Denkfehler jagte den nächsten, während einzig und allein das Chaos regierte, das Chaos der Vulkaneruptionen und Lavaströme.

Ich kochte die Nudeln, briet das Hackfleisch auf schwacher Flamme im Olivenöl, goss etwas Rotwein in die Bratpfanne, gerade so viel, dass der Geschmack vom Rind intensiver wurde. Halleluja! Ich war frei! Von meinen Schultern war eine schwere Last gefallen. Ich wusste endlich, was zu tun war und dass Horst Sobotta Recht hatte, als er mir sagte, ich solle mich in Geduld üben.

Ich hatte in dieser Woche sozusagen im Keller aufgeräumt und Sperrmüll rausgestellt, das Tor zu unserem Autohof für den Ausverkauf geöffnet und im Geiste eine binär kodierte Nachricht in das Weltall geschickt: »Maria, ich warte auf dich!«

Leo Bull legte großen Wert auf Pünktlichkeit, und so beeilte ich mich mit dem Kochen. Er kam um acht, brachte mir ein Buch als Geschenk mit, die Geschichte der Möbelbaukunst. »Du musst dich schon langsam einarbeiten«, sagte er.

»Das passt ja gut, ich habe mich nämlich heute von meinen Musketieren getrennt und bin zu jeder Schandtat bereit!«

Als ich dann Leo beschreiben wollte, wie meine Kündigung sich im Einzelnen abgespielt und wen ich im »Minimal« getroffen hatte, klingelte mein Handy: *Volley E-Plus*.

Das Gespräch war kurz, ich musste Volley bestätigen, dass ich tatsächlich mit ihm und Lukas nichts mehr zusammen machen wolle, keine Geschäfte, keine Besuche bei Sergio zum Abendessen, keine Trinkgelage im »Piano« oder in einem Biergarten.

»Das ist doch nicht dein Ernst!«, meinte Volley. »Ich will die Scheiß Provision nicht mehr und …«

»Alter, wir bleiben im Kontakt. Ich gehe demnächst nach Berlin …«

Ich erklärte ihm kurz, was ich vorhatte und wie mein Plan aussah. Hatte ich überhaupt einen? Ja. Geduldig sein und auf Maria Magdalenas Antwort aus dem Weltall warten. Telepathie, der Wind der Gedanken, funktionierte doch bei uns immer am besten.

»Eine Frage noch: Wirst du mein Geheimnis für dich behalten?«

Es war nicht der Volley, den ich kannte, der zu mir sprach. Ich hatte in diesem Augenblick mit einem kleinen Jungen zu tun, der etwas ausgefressen hatte.

»Ist das deine einzige Sorge?«

»Ja. Ich danke dir im Voraus!«

Ich verabredete mich mit Volley für den kommenden Samstag auf ein Bier im »Piano«. An ihm hatte ich ja nichts auszusetzen, auch wenn er mich genauso wie Lukas um zigtausend Euro betrügen wollte. Aber ich sagte mir, dass zum Schluss für sie beide der Deal mit Korzeniowski nur ein weiterer Schritt zu noch größerem Reichtum war – in eine Zukunft, an der ich nicht mehr mitbauen wollte. Ich hatte noch ein paar Fahrzeuge auf unserem Autohof stehen. In einem oder zwei Monaten würden auch sie verschwinden, meine Firma könnte ich dann schließen.

Maria hatte auch Recht, wie ihr »Paps«. Ich begriff allmählich, wo meine Achillesferse war, und ich hätte es schon früher verstehen müssen, als sie meine Gier zu kritisieren begann. Es stimmte: Nach jedem Großauftrag würde es neue, größere, risikoreichere Geschäfte geben. Das war nun mal ein marktwirtschaftliches Gesetz. Das Wachstum zählte, nicht die Stagnation, die Krise. Eines Tages würde das Universum den »Autohändlern« gehören, da war ich mir sicher; es ermöglichte unbegrenztes, unendliches Wachstum, und es war dem Schöpfer des Ganzen vollkommen egal, was mit seiner Welt geschah, denn er selbst war unantastbar und ewig. Ganz gleich, ob seine Schöpfung den Autohändlern, Priestern, irgendwelchen Schergen oder mir und meiner M. M. gehörte: Das Aas wollte niemanden von uns Sterblichen unterstützen.

Nachdem ich Leo endlich geschildert hatte, dass ich mit Maria und Lukas gesprochen und mich entschlossen hätte, nach Berlin zu gehen – bombenfest –, traten ihm die Tränen in die Augen. Er weinte nicht, er sagte lediglich: »Ich bin gerührt.«

Nach einer Pause, als wir auf dem Balkon aßen, Rotwein süffelten und ich voller Freude meinen Bericht über die neuesten Ereignisse und Entwicklungen fortsetzte, zwischendurch Hiebe gegen meine Freunde und die Konsumgesellschaft austeilend, unterbrach mich Leo und sagte: »Meine Schwester und ich werden dir den Antiquitätenladen verpachten. Du kannst auch bei Anny einziehen, sechs Zimmer stehen leer, im selben Haus. Aber was wird nun aus Maria?«

Ich sammelte meine Gedanken und antwortete: »Ich habe ihr eine Nachricht geschickt, die nur sie empfangen kann. Sie wird von ihr geweckt. Ich kenne mich aus damit. So eine Kommunikation habe ich nur mit meiner M. M. und mit Jolka praktiziert, die ich an den Dadajsee gerufen hatte – ohne sie gekannt zu haben.«

Leo war ein wenig skeptisch, obgleich auch beeindruckt von diesen Fähigkeiten. Ich glaubte sogar, so etwas wie Neid und Bewunderung in seinen Augen zu entdecken.

»Ich war dreizehn Jahre verheiratet. Kinderlos. Meine Ex lebt nun allein wie ich«, sagte er. »War es meine Bestimmung, kein Vater zu werden? Wird der Sex im Zeitalter der Gentechnik aussterben?«

»Da bin ich überfragt ...«

Als Student und Doktorand war er DKP-Mitglied und -Aktivist gewesen, später, nach der Habilitation, wechselte er in das Lager der Grünen, denen er nach der Koalition mit der SPD den Rücken kehrte. Er sagte, er habe lieber als Verlierer gelten wollen. Seine eigenen Ideale dürfe man nie verraten.

Ja, er war kinderlos geblieben.

»In gewisser Hinsicht kann ich deiner Maria zustimmen. Du hast vergessen, wo du herkommst, und wolltest um jeden Preis so werden wie Lukas und Volley. Und das war falsch. Für uns wirst du immer der Fremde sein. Daran musst du dich gewöhnen. Bewahre deinen Stolz, denn du scheinst nicht zu ahnen, wie gern *wir Deutschen* Chopin gewesen wären. Es ist ganz seltsam, aber *wir Deutschen* wollen kollektiv immer die anderen sein. Aus dieser Selbstverneinung sind unsere Genialität einerseits, unsere Bestialität andererseits entstanden.«

Wir leerten meine sämtlichen Weinvorräte und mussten sogar alkoholischen Nachschub vom Türken holen. Der Spaziergang tat uns gut, und ich stellte fest (zum wievielten Mal schon?), dass ich Bremen liebte und hasste zugleich.

»Für diese Stadt würde ich als Erstes die Visumspflicht einführen«, sagte ich zu Leo, als wir auf dem Rückweg waren, wobei ich schon ziemlich blau war. »Du wärest mein Innenminister, und ich als ostpreußischer Offizier würde die Einreisebeschränkungen an der Grenze kontrollieren. Freidenker und Künstler, die nie eine Anerkennung durch Geld gefunden haben, wären uns willkommen. Gemüse- und Schraubenhändler aus aller Herren Ländern auch. Materialisten und Atheisten à la Lukas und sein Isaac Newton hätten naturgemäß nicht die geringste Aussicht auf ein Visum.«

»Du sprichst wie ein Neubekehrter, das ist gefährlich«, sagte Leo Bull. »Aus Saulus ist Paulus geworden – solche Gestalten sind mir suspekt. Gestern warst du noch drauf und dran, Millionär zu werden, heute verbrüderst du dich schon mit den Leprakranken, mit den Verstoßenen und Unliebsamen, dem Pöbel.«

»Keine Panik, ich werde nur die Branche wechseln. Mit Antiquitäten zu schachern, mit Kunst also, ist für mich eine Bewusstseinserweiterung. Ich werde sozusagen eine Stufe höher steigen in meiner Entwicklung. Das Einzige, was ich kaum verkraften kann, ist, dass ich meine Dachterrasse verlieren werde.«

Gegen zwei verließ mich Leo, und ich fiel betrunken und etwas wehmütig ins Bett. Was ich zu träumen begann, war schrecklich und hässlich, und ich konnte den Traum leider nicht anhalten, obgleich ich mir wieder, wie während vieler solcher Träume, bewusst war, dass ich träumte, eine Séance erlebte.

Ich war mit meiner M. M. am Dadajsee. Wir gingen zu Fuß auf einem Feldweg, der durch den Wald nach Wilimy, einem Fischerdorf, führte. Von dort aus war es nicht mehr weit nach Czerwonka, wo es einen Bahnhof und eine Bushaltestelle gab. Ein Mann war noch mit uns unterwegs, ein uns gut bekannter Mann, aber ich konnte nicht sagen, wie er hieß und warum er uns begleitete. Wir gingen Richtung Czerwonka. Wir hatten zwar kein Gepäck dabei, wussten aber, dass uns eine lange Reise bevorstand.

Unterwegs, am Waldsaum, begegneten wir einem außerirdischen Tier, einem Ungeheuer, das mehr oder weniger einem Zentaur ähnelte, einem Mischwesen aus Mensch und Känguru. Meine M. M. griff den Zentaur an – aus mir unverständlichen Gründen – und hielt mich davon ab, ihr bei diesem Kampf zu helfen, indem sie mich mit ihren Armen vor dem Ungeheuer geschickt abschirmte. Plötzlich wechselte die Szenerie. Ich fand mich auf einmal im Krankenhaus in der St.-Jürgen-Straße wieder. Maria hatte offensichtlich den Kampf mit dem Mischwesen verloren, und als sie von ihrem Krankensaal in den Warteraum kam und mich begrüßte, fiel ich vor Schreck auf die Knie: Sie hatte keine Hände. Dort, wo ihre wunderschönen Hände gewesen waren, erblickte ich zwei bandagierte Stummel, es war schrecklich. Maria trug ihre Verstümmelung mit Fassung, obwohl ihre Schönheit für immer und ewig dahin war. Ich konnte keinen Laut herausbringen. Nach längerem Schweigen sagte ich ihr: »Du kannst auf mich zählen. Ich werde mit dir zusammenleben – trotz deiner Behinderung.«

Sie wurde scharlachrot im Gesicht, ihre Wangen glühten vor Hitze, sie antwortete mir: »Geh! Geh! Chopin!«

Als ich aufwachte, blieb ich im Bett noch ein halbes Stündchen liegen. Ich starrte abwechselnd die Decke und das Fenster an. Ich war nicht erschüttert – trotz des Albtraums. Hatte Maria Magdalena meine Nachricht aus dem Weltall bekommen?

Im Oktober wurde es endlich herbstlich, der heißeste Sommer dieses neuen Jahrhunderts war zu Ende. Es war wieder Freitag, und ich und Leo besuchten im Viertel, nah den Bürgerterrassen, ein Fitness-Studio mit Sauna, wo Leo vor allem im Winter so manchen Abend mit Schwitzen und Baden totschlug. Ich war kein Saunafan, ließ mich aber überreden, und sollte ich die Hitze nicht vertragen, würde ich sofort unter die Dusche springen und mich abkühlen.

Mit Handtüchern um unsere Hüften begaben wir uns in den Saunabereich. Beim ersten Gang geriet ich ordentlich ins Schwitzen. Ich hielt geschlagene dreizehn Minuten und zwei Aufgüsse aus. Wir waren ungestört und mussten keine Rücksicht auf fremde Besucher nehmen. Wir plauderten über nichts Wichtiges, wir genossen die Anstrengung in der Hitze, die kühle Dusche und das unmittelbar darauf folgende Bad im Schwimmbecken. Nach drei Gängen legten wir uns auf bequeme Liegen, deckten uns zu und bestellten uns zwei Alster.

Die Erfrischung und ein Nickerchen hatten uns soweit erquickt, dass wir den nächsten Gang wagten, und als ich die Tür zu unserer Sauna, in der wir vor einer Stunde geschwitzt hatten, öffnete, wurden meine Knie weich: Auf der Bank in der ersten Etage saßen Maria und Karola, bestens gelaunt, abgöttisch schön, sonnengebräunt, voller Schweißperlen auf dem Rücken und den Schultern, gut riechend und natürlich völlig nackt, beide waren sie in der Mitte rasiert. Ich verlor trotz weicher Knie nicht die Fassung und stellte den Damen meinen Begleiter vor: »Maria – Leo, Leo – Maria, Karola – Leo, Leo – Karola.« Ich hätte diesen Perlengesang und Namensreigen ins Unendliche fortführen können. Mir fehlte der Mut, etwas Vernünftiges zu sagen, und so beschränkte ich mich auf dummes, jedoch höfliches Fragen nach dem Befinden der Damen.

Leo sagte nach einer Weile: »Ich habe viel von Ihnen gehört, Frau Sobotta«, und während er sich ein Plätzchen in der zweiten Etage suchte (mit um die Hüfte gewickeltem Handtuch), stand Maria auf und stellte sich vor mich hin – nackt wie sie war.

Sie sagte: »Das kann kein Zufall sein.«

»Ich habe dich gerufen«, meinte ich.

Sie umarmte mich, atmete tief ein und aus, und ich spürte ihren Schweiß an mir kleben und wurde augenblicklich nass, von Kopf bis Fuß nass. Auf solch eine Begegnung war niemand von uns Anwesenden gefasst, und schon gar nicht an solch einem Ort.

Wir trennten uns nicht aus der Umarmung, begannen einander zu küssen und uns Worte zuzuflüstern. Unsere Lippen und Zungen schmeckten salzig. Maria machte mein Handtuch auf und ließ es auf die Dielen fallen. »Karola!«, wandte sich Leo an unsere Freundin. »Darf ich Sie zu einem kalten Drink einladen?«

Karola strahlte, man sah ihr die Freude über dieses ungewöhnliche Zusammentreffen an.

»Viel Glück!«, wünschte sie mir und verließ mit Leo Bull die Sauna. »Bis später!«

»Lasst euch Zeit!«, grinste mein Freund diskret.

Als wir allein waren, begannen wir uns zu lieben, wir vögelten im Sitzen. »Wir halten hier in dieser Bullenhitze keine zwei Sekunden aus«, sagte ich.

Die Temperatur betrug achtzig Grad C.

Gerade als wir fertig waren, klopfte jemand hastig an die Tür, er schlug mit den Fingerknöcheln gegen das Glas des Fensterchens. Der Fremde musste *alles* gesehen haben, und unsere Kenntnis darüber steigerte unsere Erregung. Wir sprangen kichernd nach draußen, begrüßten den konstatierten Mann in den Fünfzigern, dann zog sich Maria einen Bademantel an, und ich verdeckte mein immer noch erigiertes Glied mit dem Handtuch. Wir kühlten uns, verschwitzt wie wir waren, im eiskalten Schwimmbecken ab. Danach seiften wir uns mit Duschgel unter der Dusche ein, ließen das lauwarme Wasser auf unser Haar sprudeln und redeten. Das Schwitzen, der Quickie und das Duschen empfanden wir als eine rituelle Reinigung und Vorbereitung auf eine neue Lebensphase.

»Ich habe dir so viel zu berichten«, sagte ich, als ich Marias Rücken wusch. »Ich habe aufgehört, mit Autos zu dealen.«

»Ich weiß auch nicht, wo ich anfangen soll«, sagte meine M. M. »Nirgendwo fand ich ein ruhiges Plätzchen, an dem ich mit dir und deiner Stimme allein sein konnte. Du hast mir gefehlt, bei allem habe ich dich vermisst, selbst beim abendlichen Zähneputzen. Am schlimmsten war es, wenn Paulina zu mir ins Bett kam.«

»Und ich war kaum zu Hause. Ich schlief meistens bei Leo Bull, der jetzt mit Karola an der Bar einen Gin Tonic schlürft.«

»Volley hat sie wieder verlassen – angeblich endgültig. Sie sagt, sie habe sich in einen Italiener verliebt, doch sie quasselt mehr von Volley als von dem Italiener. Und wer ist dieser alte Mann, den du mit in die Sauna geschleppt hast?«

»Das ist eine lange Geschichte, und es war umgekehrt, er hat mich mitgeschleppt. In diesem Schuppen hier war ich vor einer Ewigkeit mal mit Lukas, wenn ich mich nicht täusche.«

Als ich meiner M. M. von dem Antiquitätenladen in Berlin erzählte und davon, wie ich Leo kennen gelernt hatte, machte Maria große Augen.

»Schier unglaublich«, sagte sie. »Wann gehst du nach Berlin?«

»Am liebsten sofort.«

»Und unser Haus?«

»Du hast mir deine Rate zum Ersten des Monats überwiesen, ich hab's auf dem Kontoauszug gesehen. Warum eigentlich?«

»Weil ich dich liebe, Chopin.«

Ich küsste sie. Wir drehten die Wasserhähne zu und trockneten uns ab.

Ich sagte: »Unsere Wohnung zu vermieten wird kein Problem sein …«

Sie schaute mich lächelnd an.

»Lass mir bitte etwas Zeit. Ich muss mir das noch überlegen.«

»Maria, *wir* sind reich. Wir können tun und lassen, was wir wollen.«

Leo und Karola hatten Hunger, und mein Freund sagte, er kenne ein sehr gutes Restaurant in der Feldstraße, in dem er, wenn es etwas zu feiern gibt, speisen würde, etwa einmal im Jahr sei dies der Fall. Maria und ich bedankten uns für die Einladung. Wir wollten allein sein und gingen zu uns nach Hause.

Wir vögelten die ganze Nacht und bastelten an unserer Zukunft in Berlin. Wir hörten laut Musik, Marias und meine, von Nina Simone über Van Morrison, Radiohead bis zu Chopin. Die »Barkarole« spielten wir mehrere Male ab. Eine Interpretation gefiel uns besonders gut, ein Weihnachtsgeschenk von Maria. Wir tranken Rotwein und aßen Käse, Oliven und Baguette. Als es anfing zu dämmern und die Sonne aufging, schlichen wir uns bei Horst und seiner Geliebten ein, um Paulina beim Schlafen zuzuschauen. Sie lag im Bett ihrer Mutter und schnarchte so leise, dass wir genau hinhorchen mussten, wie bei einem Welpen.

Nach üppigem Frühstück im »Piano« – es war schon ziemlich spät – holten wir Paulina von meinem Schwiegerpapa ab. Das Wochenende war nach der Separation nur für uns drei reserviert. Meine Tochter klebte den ganzen Tag an mir, und ich musste ihr versprechen, dass ich mich von ihr und ihrer Mama nie wieder scheiden lassen würde.

»Meine Kleine, du bist alles, was ich besitze!«

»*Das* sagt Günter auch ...«

In der Nacht deuteten Maria und ich meinen Traum von den verstümmelten Händen. Wir schliefen wieder zu dritt, in einem Bett. Paulina, die am nächsten Morgen zur Schule musste, wälzte sich von einer Seite zur anderen, obwohl wir ganz leise sprachen.

»Vielleicht standen die abgeschnittenen Hände für gebundene Hände. Vielleicht war ich das Mischwesen, mit dem du zu kämpfen hattest?«

»Kann sein. Du warst für mich Befreier und Hoffnungsträger, aber du hast es mir auch nicht leicht gemacht. Jetzt stellst du mich erneut vor eine Wahl. Ich will nie wieder eine Entscheidung nach einem Mann ausrichten. Ob ich mit dir nach Berlin komme, weiß ich noch nicht. Das musst du verstehen.«

»Ich habe dich nicht darum gebeten, mit mir zusammen den Antiquitätenladen zu übernehmen.«

»Dafür bin ich dir dankbar. Du hast dich geändert. Und dein Dach?«, fragte sie.

»Ich werde *es* nach Berlin transplantieren müssen. Sonst bin ich erledigt.«

Wir schlichen uns aus dem Bett und gingen in die Küche. Maria war durstig, ich aß einen Apfel.

Wir fickten auf dem Teppich im Wohnzimmer, und als wir mittendrin waren, klingelte mein Handy, das ich aus Gewohnheit so gut wie nie abstellte, nicht einmal nachts, obwohl ich kein Autohändler mehr war. Um diese Stunde, es war halb drei, rief mich manchmal Volley an, wenn er betrunken und redselig war und immer noch nicht einschlafen konnte. Da er sich von Karola getrennt hatte, tippte ich auf ihn. Er würde mir wieder vorjammern, dass er die falsche Frau getroffen habe und dass er lieber allein leben würde, als sich und

Karola zu Grunde zu richten. Ich schenkte ihm jedes Mal Gehör. Ich fungierte als sein Therapeut, meine Ratschläge waren ihm schnurzpiepegal. Wenn ich ihn dann brauchte, um meine Sorgen loszuwerden, zeigte er meistens mit der rechten Hand auf seine Brust und sagte: »Steht hier Mülleimer drauf, oder was?«

Als mein Handy »Unbekannter Anrufer« meldete, wurde ich hellhörig und dachte sofort an meine Eltern. Mein Bauch sagte mir, dass es sich um keine gute Nachricht handeln dürfte. Ich nahm ab, am anderen Ende der Leitung war meine Mutter, und sie weinte.

In dieser Nacht legten wir uns nicht mehr ins Bett. Mein Vater war gestorben. Der Krebs hatte ihn besiegt.

Nachdem ich Lucha, so weit es nur ging, beruhigt und mit ihr einen Termin in B. ausgemacht hatte, öffnete ich mir ein Bier und nahm einen Schluck. Maria trank mit, sie zündete sich eine Zigarette an und gab sie mir. Wir rauchten sie zusammen.

Ein Teil von mir, ein paar Kilo frischen Menschenfleisches, war mit meinem Vater gestorben: seine närrischen Besäufnisse, seine Kindheit, in der er von Jan, seinem Alten und meinem Opa, aus belanglosem Anlass regelmäßig saftige Prügel bezogen hatte. Seine Mama, die ihn, als er drei war, in der Küche mit dem Seil ans Tischbein band, damit sie arbeiten gehen konnte. Seine Schulkameraden, die er beim Spielen mit Handgranaten der Wehrmacht oder der Roten Armee verloren hatte. Das sozialistische Polen war tot, Witolds Fabrik war tot und auch der Dadajsee, wo die Arbeiter, denen er das Urlaubsgeld auszahlte, Ferien machten. Es gab in B. immer weniger Soldaten, und die letzten kämpften für eine Sache, für die es sich nicht lohnte zu sterben, und sie wussten es. Die Ewige Nacht und die Rote Fahne hatten diesen Krieg verloren. Ein mächtigerer, klügerer und rücksichtsloserer Gegner hatte ihr Land erobert, die Marktwirtschaft und die Demokratie, die Unsichtbaren, wie mein Vater sie nannte, die in Wirklichkeit Sklavenhalter waren.

Am nächsten Morgen hatte ich allerhand Sachen zu organisieren. Am Donnerstag sollte die Beerdigung stattfinden, und ich musste bereits am Dienstag nach B. aufbrechen. Meine Mutter hatte kein Geld für das Begräbnis. Ich setzte mich mit meiner M. M. zusammen, um zu beratschlagen, was zu tun war. Ich sagte, dass ich im Schrebergarten von Horst fünfzigtausend Euro eingegraben hätte: »Ich verteile mein Bargeld überall, wie ein Hund die Knochen vom Mittagessen einbuddelt, aber man muss auch mit dem Unvorhergesehenen rechnen.«

»Du bist verrückt«, meinte Maria.

»Für diese Kohle kann sich Lucha eine renovierte Zweizimmerwohnung in einem Mietsblock kaufen, vielleicht sogar eine neue. Sie lebt von dreihundert Euro im Monat.«

Maria sagte, sie wolle mich zu dem Begräbnis begleiten. Sie hätte einige Überstunden abzufeiern und könne sich daher freinehmen. Paulina würde in der Zeit bei Horst sein, kein Problem. Auf meinen Schwiegerpapa war Verlass, was die Betreuung von Paulina anging.

Ich setzte mich auf mein Fahrrad und fuhr zu

Horsts Schrebergarten. Maria hatte mir den Schlüssel für die Pforte mitgegeben, und als ich mir aus der Holzhütte einen Spaten holte und anfing unter dem Kirschbaum zu graben, wurde das Loch immer größer und tiefer – von meiner Kohle war keine Spur. Ich grub an einer anderen Stelle, und bald stand ich bis zum Bauch in einem Graben.

Dreckig und von der Anstrengung erschöpft kletterte ich nach draußen, schmiss den Spaten in den Graben und fragte mich: Chopin, was tust du denn hier eigentlich? Was tust du? Dein Alter ist tot und du gräbst nach diesem beschissenen Geld, das ihn sowieso nicht mehr auferwecken kann.

Ich stieg auf mein Fahrrad. Ich hatte mir nicht einmal Hände und das Gesicht gewaschen, und als ich zu Hause das Badezimmer betrat, überraschte ich Maria beim Pinkeln. So schien es mir. Sie stand auf, zog sich das Höschen hoch, spülte einmal – und erst, als sie mir sagte, sie sei schwanger, bemerkte ich, was sie in der linken Hand hielt: ein weißes Plastikstäbchen, das einem elektronischen Fieberthermometer ähnelte und das einen rosa gefärbten Punkt in der Mitte hatte.

»Ich habe den Schwangerschaftstest zweimal durchgeführt«, sagte sie. »Jedes Mal fiel er positiv aus.«

Ich kniete vor Maria nieder, umschloss mit meinen Armen ihre Taille und drückte meinen Kopf an ihren Bauch. Ich schwieg und machte die Augen zu. Meine M. M. streichelte mir durchs Haar und sagte: »Dieses Mal werden wir das Baby nicht verlieren.«

10

Es war kurz vor Mitternacht, als ich meine E-Mails abrief. Ich entkorkte eine zweite Flasche Beaujolais und freute mich, dass ich am folgenden Morgen nicht um acht Uhr aufstehen musste, um auf unserem verflixten Autohof zu schuften, und kein ausländischer oder einheimischer Kunde würde mich mehr beleidigen. Ich war wieder ein freier Vogel, wie vor meiner Ausreise nach Deutschland. Mein Kopf strahlte nicht mehr vor Leere, ich war älter und klüger, dümmer und jünger geworden, weil mein Vater gestorben war und weil ich mich »Berliner Antiquitätenhändler« nennen durfte. Maria war wieder schwanger, und morgen früh um fünf würden wir nach B. fahren, zusammen mit meinem Freund Leo Bull, den ich über Witolds Tod telefonisch unterrichtet hatte. Er meinte: »Wir lassen dich nicht alleine in dieser schweren Stunde.«

Wer meine fünfzigtausend Euro gestohlen hatte, war schwer zu sagen. Jeder – außer Maria – kam in Frage. Jeder. Ich war mir sicher, dass ich es nie erfahren würde.

Ich hatte Volley im Verdacht. Er war schließlich derjenige gewesen, der mir dazu geraten hatte, mein Geld zu verstecken, und er hätte nicht lange nachdenken müssen, um auf Horsts Schrebergarten zu kommen. Wie dem auch sei. Ich beabsichtigte, nach dem Begräbnis nach Portugal zu fahren, um einen Teil meines Gewinns aus dem Deal mit Korzeniowski und meines Schwarzgeldes bei einer Bank einzuzahlen.

Dann plötzlich diese E-Mail aus B., diese Stimme, die ich seit mehr als zwanzig Jahren nicht mehr gehört hatte. Eine Stimme wie aus dem Grab, die ich glaubte, aus meinem Gedächtnis für immer getilgt zu haben. Wie der Clown in der Zirkusarena: Ein Daumenschnalzer, das Licht geht aus, die Vorstellung ist beendet.

Ich las die E-Mail in meinem Arbeitszimmer zehnmal hintereinander, stocherte dabei mit einem Streichholz in einem Zahnloch, das so tief war wie der Schlund eines Vulkans. Blitzschnell wurde ich nüchtern, mit einem Ruck, als hätte ich ein Glas Tran oder heißes Schweineschmalz getrunken, wie mein Opa Jan, der vor jedem Trinkgelage seinen Magen mit Schweineschmalz konservierte, um möglichst viel Wodka vertragen zu können. Meine Leber und Lunge brannten, meine Hände zitterten, und die Nacht brachte mir aus dem tiefen skandinavischen Norden die Kälte und die Polarlichter, die Diskothek der Teufel und Götter, nach Bremen.

Ich ging auf den Balkon, um einmal tief durchzuatmen. Dann setzte ich mich wieder an meinen Schreibtisch, druckte die E-Mail aus, und da es draußen nicht kalt und der Himmel über Bremen sternhagelvoll war, kletterte ich mit dem Ausdruck und der Flasche Beaujolais aufs Dach. Ich musste mich zwingen, ruhig zu bleiben, aber ich konnte nicht. Ich durfte nicht ruhig sein. Warum brüllte ich denn nicht? Warum warf ich mich nicht auf den Boden und wälzte mich im Dreck wie ein Hund? Warum sprang ich nicht hinunter auf den kalten Bürgersteig?

Mein alter Schulfreund Andrzej, mein Täufer aus B., hatte mir geschrieben, mein erster Freund. Vor ihm hatte es in meinem Leben nur Mädchen, Cousinen und Tanten gegeben, die ich heimlich beim Ausziehen im Schlafzimmer beobachtete, denen ich nachlief wie ein Spion und die ich über alles vergötterte, in meinem ganzen Wahn eines Heranwachsenden.

Ich las auf meiner nächtlichen Terrasse Andrzejs ausgedruckte E-Mail im Feuerzeuglicht noch einmal:

Chopin! Dein Brief, den ich vor Jahren erhalten habe und in dem Du mir das Wort »kuendigen« beigebracht hast, ist die abscheulichste Erfahrung meines ganzen verfluchten Lebens gewesen. Da schreibt mir mein Chopin, dass er mir die Freundschaft kündigt. Und dazu noch auf Deutsch. Obwohl er genau weiß, dass ich nur Polnisch und Englisch spreche. Ich wollte Dir den Kopf abreißen und in Deinen Schädel urinieren. Ich wollte Dich verbrennen und Deine Asche über den Mooren verstreuen, damit Schlangen und Ungeziefer sich darin wälzen könnten. Dein »Final Cut« hat mich gar nicht geschmerzt, sondern nur die Art und Weise, wie Du es getan hast: per Brief wie ein Beamter, und in einem Ton, als forderte man mich auf, meine Steuererklärung abzugeben. Aber sei es drum. Das ist lange her, und ich habe mich von Deinem Schlag erholt. Ich weiß nicht, welcher Erzengel mir heute auf die Zehen getreten ist, Dir zu schreiben. Ich stellte den Computer an, schlich mich ins Internet und tippte Deinen Namen ein, stieß auf »mobile.de« und Deine Firmenhomepage. That's all. Mach's gut.

Andrzej

Ich setzte mich hin, goss mir den Beaujolais ein und schaute über die Dächer in die Weite der Nacht, bis zu den Sternen. Ich rauchte meinen Drum-Tabak, nippte an dem Beaujolais und dachte nach und sprach mit mir selbst, der zweite Chopin war wieder da!

Als Andrzej und ich fünfzehn waren und dieselbe Schule besuchten, schworen wir einander die Treue. Bis zum letzten Atemzug. Wir gründeten eine Firma namens RBM, deren Aufgabe es war, unsere Freundschaft zu überwachen. Erst Jahre später erfuhren wir, dass die Staatssicherheit eine Akte über uns und unser Unternehmen angelegt hatte, in der sie penibel jeden unserer Schritte verfolgte. Vor allem aber zerbrachen sich die bösen Anzüge und Krawatten den Kopf darüber, was denn nun RBM heißen und was unser Ziel sein mochte. Wir hatten nichts Schriftliches festgehalten und auch keine Vorbilder gehabt, wir wussten nicht einmal genau, wer die Freimaurer waren, obwohl wir neben der regulären Schullektüre Tolstoi und Dostojewski lasen. Aber wir hatten *uns*, und das war den Offizieren unheimlich. Wir hatten uns, weil wir uns regelmäßig in unserem *Warteraum* trafen. Der Warteraum war unsere Kommandozentrale, das Büro von RBM.

Dieser Ort war auf den ersten Blick nichts Besonderes. Er lag an einem künstlich geschaffenen See, den die Deutschen vor 1945, als sie unser Land verwalteten, ausgebaggert hatten – *unser Land*, wie man es uns in der sozialistischen Schule eingetrichtert hatte. Doch zurück zum Warteraum von RBM. Nein, um Gottes willen, es war nicht der Badestrand mit dem Steg, von dem die Jungen ins Wasser sprangen. Manche bedachten nicht, wie flach der See war, und donnerten mit ihren Köpfen gegen den betonierten Boden des Schwimmbeckens und brachen sich die Knochen, in einem Fall sogar das Genick. Und wir, Andrzej und ich, saßen in unserer Kommandozentrale und beobachteten von weitem das Geschehen. Wir campierten auf einem Hügel – das war unser Warteraum. Dort wuchsen Pappeln: Wir haben sie einmal gezählt, es waren genau zwanzig Stück!, zwanzig robuste, junge Bäume, die uns Zuflucht boten. Auf diesem Hügel waren wir allein, ohne die Welt, und konnten philosophieren, wie es uns gefiel. Niemand redete uns rein, niemand konnte Protest einlegen und unsere Theorien in Frage stellen. Und die Pappeln schwiegen und hörten uns zu. Sie warteten. Genauso wie wir.

Wir warteten auf die Liebe. Auf die Briefe der Liebe. Auf die Küsse von den Mädchen. Zum Teufel! Wir waren zu dumm, uns in unserem von allen Geistern verlassenen und vergessenen Provinzstädtchen zwei Weiber zu besorgen. Wir fuhren lieber nach Breslau und Warschau, wo die Hübschen lebten, in die Metropolen, wo das Leben tobte, wo es Drogen, Wissenschaft und Religionen gab; wir fuhren lieber Zug und schlugen uns die Nächte um die Ohren und Augen.

Und wir warteten auch deshalb, weil die Mädchen nie uns besuchten. Was sollten sie auch schon tun in dieser gottlosen Gegend, wo sich die Jungen die Knochen brachen? Von uns aus etwa fünfundzwanzig Kilometer Richtung Norden begann ja schon das Kaliningrader Gebiet, das damals so aufgerüstet war wie Mordor.

Was bedeutete also RBM? *Ruch* (Bewegung)? *Bunt* (Aufruhr)? *Miłość* (Liebe)? Die Offiziere der Staatssicherheit hatten Recht, sie mussten uns im Auge behalten, wir waren gefährlich. Wir waren verliebt und besaßen einen Hügel mit Pappeln, auf dem wir die Welt abgeschafft hatten. Wir lebten nicht auf dem Mond, nein, wir lebten wie auf Kuba. Wir kreisten um die Erde wie ein Satellit und empfingen Funksignale von da unten, von dem glühenden Apfel, der unsere Heimat war. Wir horchten auf die Musik dieses seltsamen Planeten und konnten uns gar nicht satt hören an den Klängen der Jazz- und Rockbands. Wir berauschten uns an all den Sprachen, die geflüstert, geschrien und gesungen wurden.

In unserer Schule gab es einen Schlagetot, Marek hieß er. Sein Vater, ein Leutnant, war nie zu Hause. Er war mit der Gelben Kaserne und dem Truppenübungsplatz an der Łyna verheiratet. Und sein Sohn Marek knöpfte sich ab und zu einen Jungen vor und verprügelte ihn auf der Toilette der Turnhalle. Er drosch so lange mit seinen dicken Fäusten auf den Auserwählten ein, bis sein Opfer nicht mehr stehen und laufen konnte. Eines Tages war auch ich dran – trotz meiner Sonderrechte, die ich aufgrund der Tatsache, dass meine Mutter Lehrerin an unserer Schule war, ausgiebig genoss. Ich durfte den anderen Lehrern auf der Nase herumtanzen und ihnen verbotene Fragen stellen: »Wussten Sie eigentlich, Frau … und Herr …, dass die Sowjets uns 1939 überfallen haben? Zusammen mit den Nazis?« Oder: »Wussten Sie eigentlich, Frau … und Herr …, dass es das Jahr 1956 gegeben hat und dass ein Junge, der von seinen Eltern den Auftrag bekommen hatte, Butter zu kaufen, von unsichtbaren Schützen der Kommunisten erschossen wurde? In Poznań, an einem sonnigen Tag?! Es mag reiner Zufall gewesen sein, dass der Armselige einfach vor die Kugeln lief, aber für mich ist er ein Held!« Nach solchen Beiträgen bekam ich meistens eine schlechte Note – für mündliche Beteiligung. Aber vor Marek konnte mich meine Mutter nicht beschützen. Ich kämpfte wie ein Profiboxer. Erst in der letzten Runde fiel ich zu Boden. Dann kam Andrzej, und ich fragte mich, obwohl meine Nase blutete und ich sämtliche Sterne der nördlichen Hemisphäre erkennen und benennen konnte: Moment mal, was will der denn hier? Er hat doch die zartesten Hände in der ganzen Schule, seine Pfoten sind klein und für einen Boxkampf völlig ungeeignet. Er mag ja ein Riese sein, immerhin bringt er achtzig Kilo auf die Waage, aber er hat keine Panzerfäuste! Und seine Muskeln sind schlaff und untrainiert!

Andrzej baute sich vor dem Schlagetot auf, und ohne Hurra-Schrei schlug er Marek k. o., wie ein Karatemeister. Nach dieser Schlacht wurden wir zwar nicht zu Kaisern gekrönt, schon gar nicht von der päpstlichen Hand unseres Landsmannes in Rom, aber wir genossen plötzlich ein hohes Ansehen. Wie Heilige. Die Firma RBM hatte gesiegt und etablierte sich allmählich als Beratungsstelle für Verfolgte und Geknechtete. Den Warteraum mit den robusten Pappeln durfte aber keiner von den Hilfesuchenden betreten. Und Marek wurde unser Bodyguard. Er kam aber nie zum Einsatz.

Aber bevor ich Andrzej verließ und ihm nach vielen Jahren meinen Brief mit der amtlichen Freundschaftskündigung schrieb, geschahen noch andere Dinge. Es war Sommer, wir hatten die Aufnahmeprüfungen für das Technikum bestanden, obwohl wir in Mathematik wahrlich keine Leuchten waren. (Wir kannten die Griechen und die Russen und wussten, dass sie Großes geleistet hatten, aber wir konnten ihre Formeln nicht erklären. Jedenfalls nicht so, wie das die Lehrbücher von uns verlangten. Eins, eins, eins. Zwei, zwei, zwei. Drei, drei, drei. Und hier ist das Ergebnis. Und wir hatten einen gravierenden Fehler gemacht. Wir dachten, Mathematik, ihre Gesetze, die Regeln und selbst die Zahlenfolgen, die Primzahlen zum Beispiel, könne man auswendig lernen wie Gedichte. Das war äußerst dumm von uns. Wo war unser Logos geblieben? Ich wusste es nicht. Ich konnte mich nur daran erinnern, wie Andrzej völlig verzweifelt auf der Bank auf dem Schulhof saß – kurz nach der Prüfung, deren Ausgang noch bevorstand – und eine Miene zog, als hätte man ihm gesagt, dass er in wenigen Minuten zum Schafott geführt würde. Es war schmerzvoll, ihn in solcher Verfassung zu sehen.)

Es war Sommer, unser letzter, den wir vor meiner

Flucht nach Deutschland gemeinsam verbrachten; wir waren frisch gebackene Schüler des Technikums und gingen auf Segeltour durch die tausend Seen unseres Landes. Zusammen mit ein paar Bohemiens und Chaoten, die noch nie an ihrem eigenen Leib erfahren hatten, was es hieß, Matrose zu sein. Übrigens genauso wenig wie Andrzej und ich. Wir gerieten in die Hände von Danek mit seiner zwölf Meter langen Yacht. Er sagte uns, er sei Bootsmann und Gesetz, der Allerheiligste. Wir mussten ihm gehorchen. Auf seine Befehle hin taten wir alles: Wir sprangen vom Boot in den Mamrysee, festgebunden an einem Seil paddelten wir im Kielwasser hinterher. Oder besser gesagt: Wir versuchten zu überleben. Aber all die Strapazen, die wir durchstehen mussten, waren nicht der Rede wert. Danek war in Ordnung. Wir kochten für ihn und für die Mannschaft. Uns gefiel das Sklavenleben, zumal wir rauchen, trinken und sogar fremde Frauen ins Bett entführen durften, ohne Daneks schriftliche Erlaubnis einholen zu müssen. Wir waren stolz, dass er uns wie seinesgleichen behandelte. Dennoch. All die Erfahrungen schweißten Andrzej und mich nicht mehr zusammen. Denn ich wusste: Sobald ich wieder zu Hause wäre, nach diesem *rejs* – nach der Segeltour von einem Hafen zum anderen, von einer Insel zur anderen –, würde man mich gefangen nehmen; auf dem Milizrevier wartete auf mich mein Reisepass. Ich würde ihn nur noch abholen müssen. Das Marihuana aus dem Gewächshaus meiner Eltern hatte ich schon verkauft (sie hielten das Zeug für exotisches Gewürz), und das ganze Geld aus diesem zweifelhaften Geschäft war beim Erwerb von Schallplatten und

Büchern draufgegangen, in Kneipen und Restaurants, und Andrzej war mir bei diesen Ausgaben sehr behilflich gewesen.

Alles, was meine Eltern in ihrem Leben gehortet hatten, all die sperrigen Dinge, die die Wohnungen und Köpfe der Menschen voll stopfen – all dies hätte ich damals am liebsten innerhalb weniger Monate verkauft. Vernichtet. Und begraben.

Nachdem ich nun tatsächlich ausgereist war, Richtung Helmstedt und Paris, hatte Andrzej nie wieder unseren Warteraum betreten. Wir schrieben uns Briefe, die der Eiserne Vorhang durchschleuste wie Schiffe mit prall gefüllten Containern. Die Big Brothers des Ostens begriffen nicht, was in diesen Briefen stand. Sie fanden keine Informationen, die sie für ihre Zwecke verwerten konnten.

Irgendwann hörte unsere Korrespondenz von allein auf. Und irgendwann kam ein Frühling, der sich so gebärdete, als wäre er ein Herbst. Wie einer dieser Herbste oder Oktober, wenn die Menschen zu Haufen starben oder wahnsinnig wurden und nach Bremen Ost kamen. Mein Vater wurde Opfer solch eines Oktobers.

Ich war zwar am Leben, aber ich schrieb Andrzej meinen letzten Brief. Meine Kündigung.

Ich trank den Beaujolais, rauchte und legte mir im Kopf die Antwort auf Andrzejs E-Mail zusammen. Was ich Leo Bull im »Piano« erzählt hatte, müsste ich jetzt noch einmal wiederholen. Schriftlich.

Du hättest an meiner Stelle genauso gehandelt wie ich. Wenn Du wüsstest, was ich hier in der BRD durchgemacht habe, hättest Du meinen Namen auf Deine »Todesliste« gesetzt (ich vermute, dass auch Du eine solche besitzt), wie ich es mit Dir getan habe.
Warum hätte ich Dich mit meinem beschissenen Leben belasten sollen? Und wie, um Gottes willen, hätte ich Dir klar machen können, dass ich mit Dir und meinen Eltern ein für allemal glaubte, abgerechnet zu haben? Ich musste den Traum, der uns verband, durchschneiden, damit ich eine neue Uniform anziehen konnte. Ich diente plötzlich einer Armee, die unser Feind war. Verstehst Du?
Ich ertrug es nicht, dass ich von Euch abgehauen war und dass Ihr Sehnsucht nach mir hattet. In Wahrheit wollte ich es Euch leicht machen, indem ich Euch aus meinem Gedächtnis strich und Dir meine Kündigung aussprach. Ein Arschloch, einen Verräter zu verdammen würde für Euch ein Leichtes sein, dachte ich – dachte ich falsch, wie sich später herausstellen sollte.
Lieber Andrzej, Du lebtest weiterhin in B., und ich hatte nicht einmal ein Fernglas zur Hand, weil es ein Fernglas, mit dem ich Dich hätte beobachten können, nicht gab. Unsere Briefe – was hatten wir davon? Gar nichts. Wir waren beide keine Briefschreiber, und unser Warteraum musste geschlossen werden. Du schriebst mir einmal, Du seist nach meiner Flucht nie wieder zu unseren Pappeln gegangen, oder wolltest Du, dass ich mich von meinen Erinnerungen, von ihrer Magensäure zerfressen ließ? Einer von uns musste Schluss machen, und diese Arbeit hätten wir auf keinen Fall dem Tod

überlassen dürfen, wir mussten ihn dieses eine Mal überlisten.

Ich bin kein Held, kein Märtyrer, das weiß ich jetzt. Diese Erkenntnis verdanke ich Dir. Ich bin ein Soldat, so wie Du. Ein Soldat der Ewigen Nacht und der Roten Fahne.

Wir sind nicht allein, man beobachtet uns.

Wann erinnern wir uns wieder daran, dass wir ständig zu uns zurückkehren?

Der Himmel ist gelb wie eine Zitrone. Ich finde keinen Stier mehr auf dem Berg und im Regen keinen Tropfen mehr. Es musste ja so kommen, weil wir nichts mehr glauben und nicht mehr lieben. Jeder tut so, als wäre er für immer auf der Welt, und jeder fragt, was er wohl sei und noch werden könnte.

Unser Kampf ist verloren.

Chopin